KB118299

さよなら妖精

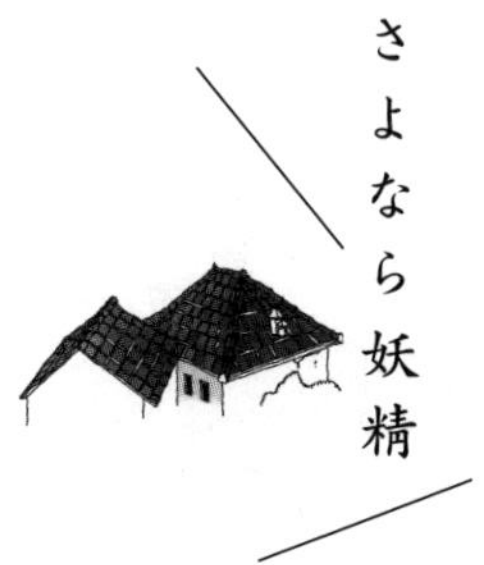

◎

SAYONARA YOSEI (THE SEVENTH HOPE)
by Honobu Yonezawa

이 도서의 국립중앙도서관 출판예정도서목록(CIP)은 서지정보유통지원시스템 홈페이지(http://seoji.nl.go.kr)와
국가자료공동목록시스템(http://www.nl.go.kr/kolisnet)에서 이용하실 수 있습니다.
CIP제어번호 : CIP2015024972

さよなら妖精

안녕 요정

요네자와 호노부
권영주 옮김

엘릭시르

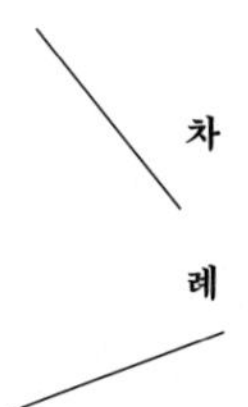

차 례

서장

1

1992년(헤이세이 4년) 7월 6일 월요일

집을 나서기 전에 문득 생각이 나 한 번만 더 전화를 해보기로 했다. 요새는 신호음만 이어질 뿐 전화를 받는 일도 없어졌다. 일부러 받지 않는다는 것은 알고 있었으므로 이번에도 전화가 연결되리라는 기대는 하지 않았다.

그렇기에 겨우 신호음 세 번 만에 다치아라이 마치의 목소리가 들렸을 때는 뜻밖이었다. '여보세요'라고도 하지 않고 특유의 낮은 목소리로 언짢은 듯 한마디.

"네."

나는 입술을 안으로 말아 축였다.

"모리야인데."

수화기 너머에서 작은 한숨 소리가 들렸다.

"질리지도 않는구나. 그 이야기지?"

나는 고개를 끄덕였다. 다치아라이에게 보일 리 없건만. 한숨이 또다시 흘러나와 잡음처럼 들려왔다. 다치아라이는 나를 타이르듯 한 마디씩 또박또박 끊어 말했다.

"……내 대답은 벌써 들었을 텐데, 똑똑하게. 한 번 더 말할게. 거절하겠어."

"오늘 시라카와를 만나. 둘이서 이야기할 거다."

"둘이든 셋이든 맘대로 해. 난 상관할 생각 없으니까. 전부터 그렇게 말했잖아. 너한테도 그러라고 권하고 싶어. 그 애 일은 이만 잊어버리는 편이 좋아."

말을 붙여볼 여지도 없었다. 다치아라이는 이 일에 관해 일관되게 이런 태도를 취해왔다. 그러나 작년에는, 우리가 고등학생이었던 작년에 다치아라이는 이렇지 않았다. 무뚝뚝하기는 해도 다치아라이 나름대로 그녀를 받아들이고, 함께 시간을 보내고, 그리고 웃으며 그녀를 배웅했다. 그게 겨우 일 년 전 일이건만.

수화기를 꽉 쥐었다.

설득해봤자 소용없다. 그런 것은 전화를 걸기 전부터 알고 있었다. 그렇다고 바로 단념할 수는 없다.

"오늘은 후미하라가 모은 자료가 있어. 내 일기도 참고할 거고. 그걸 조합해서 시라카와가 정리하고 답을 낼 거다. 여기에 너까지 있으면 틀림없어. 헛걸음하게는 안 할 거야."

잠시 침묵이 흘렀다. 약간 기대를 품었다.

그러나 다치아라이는 수화기를 바꿔 든 것뿐이었나 싶을 정도로 서슴없이 요청을 거절했다.

"얘, 모리야. 난 헛걸음하기 싫어서 너희한테 협조하지 않겠다는 게 아냐. 그 애를 잊고 싶다는 뜻이라고."

"……."

그러냐, 하고 중얼거렸다. 어째서 다치아라이는 잊고 싶다고 하는 걸까. 쓰라린 추억은 아닐 텐데. 아니, 행복한 기억이었던 만큼 지금에 와서는 잔혹하게 다가오는지도 모른다. 어느 쪽이든 다치아라이는 분명 대답하지 않을 것이다.

"알았다."

"알아줘서 기뻐."

수화기 저편의 목소리가 약간 부드러워졌다.

"하지만 자료가 그 정도 갖춰졌으면…… 어쩌면 넌 알아낼지도 모르겠네."

"알면 너한테도 가르쳐주마."

"필요 없어. 잊고 싶다고 했잖아."

통화를 끝내는 인사말도 없이 전화가 끊겼다. 예상했던 전개라 나는 낙담도 하지 않았다. 이야기를 할 수 있었던 것만 해도 그나마 다행인지 모른다.

발치에 놓여 있던 가방을 들었다. 안에 든 것은 작년 일기다. 현관으로 나가 신발을 신었다. 문을 열었다. 열기에 눈살을 찌푸렸다.

지나치게 푹신한 소파가 불편하게 느껴졌다. 적당한 냉방과 얼음을 띄운 아이스커피와 들려오는 웃음소리가 불편하게 느껴졌다.

걷는 속도를 잘못 예상해 약속 시간에 약간 늦는 바람에, 시라카와는 이미 준비를 끝내놓고 기다리고 있었다. 회백색 테이블에는 스크랩북과 바인더 노트, 잡지, 각종 판형의 책들. 그동안 모은 자료가 깔끔하게 쌓여 있었다. 그 무더기를 내려다보고, 이어서 시라카와를 보았다.

바가지 머리라고밖에 표현할 수 없던 단발머리에 층을 냈다. 가볍게 숱을 친 앞머리는 얼마 전까지만 해도 없던 것이다. 연분홍과 흰색 줄무늬 탱크톱에 검정 진은 내가 아는 시라카와의 센스가 아니다. 그래도 둥그스름한 얼굴 윤곽과 늘 졸린 듯한 눈이 주는 따스한 인상은 이전과 다름없었다. 시라카와 이즈루. 차분히 이야기하는 것은 거의 반년 만이다. 그 눈은 지금 어둡게 가라앉아 있다.

작은 찻집이라 주인이 직접 찬물을 갖다주었다. 뭐든 상관없었으므로 시라카와가 마시는 아이스커피를 시켰다.

자료 옆에 서류 봉투가 있었다. 안에 두 번 접은 편지지가 들어 있는 것이 보였다. 받는 사람은 시라카와 이즈루와 모리야 미치유키. 시라카와가 시선을 알아차렸다.

"후미하라가 보낸 거야. ……못 와서 미안하다고. 나랑 모리야한테 같이 보낸 건데, 읽을래?"

고개를 저었다. 후미하라 다케히코와는 지금도 전화 연락을 하고 지낸다. 이 일에 관한 후미하라의 생각은 충분하고도 남을 정도로 들었다. 새삼 편지를 쓰고 읽고 할 것도 없었다. 그나저나 매사에 무뚝뚝한 후미하라가 편지를 첨부할 줄이야. 그로서는 최대의 배려이리라. 그렇게 생각하니 슬쩍 웃음이 났다.

테이블 위의 자료는 거의 대부분 후미하라가 모은 것이다. 멀리 떨어진 곳에 있는 후미하라는 직접 못 오는 대신 자료를 종이 박스에 담아 보냈다. 책은 별로 쓸모가 없었지만 스크랩

북은 유용했다. 후미하라의 무뚝뚝한 조력이 솔직히 고맙게 느껴졌다.

그에 비해.

"마치는 역시……?"

나는 고개를 끄덕였다.

"계속 전화도 안 받더니 그나마 오늘은 받더군. 하지만 소용없었어. 잊고 싶다더라."

"그래……."

"어차피 차가운 녀석이야, 센도는."

비난할 생각은 없었다. 센도, 즉 다치아라이 마치가 그런 성격이라는 것은 자타가 공인하는 사실이라 이제 와서 그런 말을 해봤자 비난이나 비판이 되지는 않는다. 그런데도 시라카와는 눈을 내리깔고 나를 책망했다.

"그런 식으로 말하지 마. 마치는 그런 게 아닐 거야……."

그럼 뭐냐고 맞받아치지는 않았다. 오늘은 다치아라이 이야기를 하려고 만난 것이 아니다.

시라카와, 후미하라, 다치아라이와 나, 이렇게 네 사람에게는 공통되는 친구가 있다. 그녀가 우리 곁에 있었던 기간은 짧았지만 그녀가 남긴 인상은 선명하고 강렬하다. 그 기억은 빠지지 않는 얼룩처럼 깊이 스며들어 지워질 줄 모른다. 그녀는 자기를 마야라 불러달라고 했다.

유리컵 표면에 이슬이 맺혀 컵받침을 적셨다. 시라카와는 컵을 받침과 함께 테이블 한옆으로 치우고 대학노트를 폈다. 잘생긴 손가락은 볼펜을 쥐고 있었다. 가격표도 떼지 않은 대학노트의 첫 장을 펴고 시라카와는 천천히 볼펜을 놀렸다. 무엇을 쓰나 지켜보니 둥글둥글한 글씨체로 나라 이름을 쓰고 있었다. 그것을 보고 알았다. 첫 장에는 명사가 여섯 개가 늘어섰다. 머나먼 나라의 이름이다. 시라카와는 그것을 내려다보았다.

"이 중에서 어디냐는 거지?"

"그렇지."

"이 중 어딘가로 마야가 돌아간 거지?"

그 중얼거림은 나를 향한 것이 아닌 듯했다. 여섯 나라 중 한 곳이 마야가 태어난 고향이라는 것은 처음부터 의심의 여지가 없었다. 그리고 여섯 곳 중 당분간 위험이 닥치지 않을 나라는 한 곳뿐. 남은 다섯 나라는 정도의 차이가 있을 뿐 모두 위험을 내포하고 있다. 마야가 안전한 자기 집으로 돌아갔다면 상관없다. 그러나 어쩌면 그녀는 사지死地로 돌아갔을지도 모른다. 집에 가면 쓰겠다고 약속했던 편지는 아직 오지 않았다.

오래는 아니지만 시라카와와 마야는 한 지붕 아래서 살았다. 원래부터 정이 많은 시라카와다. 걱정이 앞서는 것도 무리는 아니었다. 그러나 나는 일부러 세게 말했다.

"너무 심각하게 생각하지 않는 게 좋아."

"어?"

"네 심정도 이해는 하지만 좀더 냉정하게 생각해야지."

자연히 팔짱을 끼고 나도 공책에 적힌 나라 이름을 내려다보았다.

"마야의 안부를 알고 싶은 마음은 나도 마찬가지야. 하지만 오늘은 단순히 정보를 수집해 분석만 한다고 생각해야지, 안 그러면 판단을 그르칠 거다. 어중간한 결론을 내려봤자 어차피 개운해지지 않을 거야. 연역이든 귀납이든 배리背理든, 뭐든 간에 객관적으로 임하지 않으면 의미가 없어."

조금 심했나 하는 생각도 들었으나 시라카와는 의외로 순순히 고개를 끄덕였다.

"그러게. 응. 나도 알아."

그러더니 덧붙여 말했다.

"……하지만 자신 없는걸. 그렇잖아, 모르는 사람이 아니라 마야 일이란 말이야. 모리야는 그런 식으로 생각할 수 있어?"

할 수 있다고 대답할 수는 없었다. 기껏해야,

"노력해야지."

정도였다.

시라카와는 기분을 바꾸려는 듯 힘차게 고개를 끄덕였다.

"그럼 모리야, 그건 갖고 왔지?"

나는 고개를 끄덕이고 가방에서 공책을 꺼냈다. 테이블 위의 새 공책과 마찬가지로 심플한 대학노트. 다만 이쪽은 새것이 아니라 작년에 쓴 일기장이라 낡았다. 내용이 있다는 것을 보여주기 위해 팔랑팔랑 페이지를 넘기자, 시라카와는 근심 어린 얼굴에 처음으로 희미하게 미소를 띠었다.

"진짜 일기구나."

"그렇다고 했잖냐."

"응, 하지만…… 모리야, 꽤 착실했네."

시라카와는 손을 뻗었다. 나는 그 거리만큼 일기장을 뒤로 뺐다. 시라카와는 의아스레 눈살을 찌푸렸다.

"안 보여주는 거야?"

"일기니까."

"그럼 소용없잖아."

"해당되는 부분들을 읽어줄게."

시라카와는 그래도 불안한 얼굴이었지만, 그 이상 뭐라 않고 자기 공책의 새 페이지를 폈다. 펜을 고쳐 쥐고 얼굴을 밑으로 향하며 눈을 위로 뜨고 나를 보았다.

"알았어. 그럼 시작할까?"

나는 말없이 고개를 끄덕였다.

시라카와가 기도하듯 중얼거리는 소리가 들렸다.

"성공하기를."

그러게, 하고 대답하는 대신 가볍게 고개를 끄덕였다.

심신을 진정시키듯 깊이 한숨을 내쉬었다.

동그란 안경을 쓴 주인이 아이스커피를 내왔다. 탁상 위의 종이들을 피해 아직 이슬이 맺히지 않은 아이스커피를 내 앞에 놓고 갔다.

그래, 그날도 나는 커피를 마셨다. 그녀와 함께. 그날은 추웠다. 커피는 뜨거운 커피였다. 그녀는 그 커피를 별로 마음에 들어 하지 않았다.

일기장을 펴고 4월 23일을 찾았다.

모호한 기억 속에 몇몇 선명한 장면이 있다. 나를 가까이서 빤히 쳐다보는 눈, 곱슬곱슬한 검은 머리, 하얀 목덜미, '철학적인 의미가 있습니까?', 그리고 수국. 그것을 광원으로, 범위를 넓혀가듯 조금씩 지나간 날들을 생각해낸다. 방금 생각났다. 그녀는 아름다웠다. 어째서 그것을 지금까지 잊어버리고 있었느냐 하면, 그녀는 그 외모보다 더 가치 있는 것을 보여주었기 때문이다.

……십오 개월 전, 후지시바 시. 나는 학교가 파하고 다치아라이와 집으로 돌아가는 길이었다. 여느 때처럼 말을 갖고 놀면서.

그리고…… 그래, 그날은 비가 왔다. 오래 계속된 비였다. 봄비다. 봄이었다.

우산을 때리는 빗소리까지 되살아난 듯했다.

가면과 이정표

제1장

1

1991년(헤이세이 3년) 4월 23일 화요일

의식衣食이 넉넉해야 비로소 예절을 안다고 한다. 가난해지면 머리까지 아둔해진다는 말도 있다. 즉 예절이란 일부 성인聖人을 제외하고는 배가 불러야 생각할 수 있는 부차적인 것이라는 뜻이리라. 참으로 지당한 말이 아닐 수 없다. 눈앞의 토끼를 잡지 않으면 내일의 해를 볼 수 없는 사내에게, 창을 든 손에 힘을 주는 것 이외를 요구하는 것은 잔혹하다는 이야기다.

물론 부차적인 것을 모두 허구라고 생각할 수는 없는 노릇이다. 인용하는 김에 대중적인 격언을 하나 더 들자면, 사람은 빵만으로 살 수 없다는 말도 있다. 전부 여러 가지가 뜻대로 되지 않던 시대에 살았던 사람들이 남긴 유산이다. 극히 단순한 이야기라 순순히 납득할 수 있다. 극히 단순해서 순순히 납득할 수 있기 때문에 '대중적'이라 불린다.

그러나 입장을 바꿔놓고 생각하면 이는 중대한 문제를 내포하고 있다. 무엇이 문제인가 하면, 하여간 행복한 게 가장 문제다. 세상에 태어난 순간부터 의식이 넉넉한 사람이 예절을 알려면 의식이 한층 더 넉넉해지거나 일단 전부를 잃어봐야 한다. 어느 쪽이건 부자연스럽고 불합리한 이야기다. 옛날에 읽은 짧은 SF 소설 중에 모든 게 풍족한 세계를 그린 것이 있었다. 그 세계의 주민은 달리 할 일이 없기 때문에 즐겨 자살했다. 사치병도 병은 병이다.

무슨 이야기든 하라기에 건성으로 그런 이야기를 했다. 어차피 진지하게 들어주리라고 기대하지 않았다. 아니나 다를까 그 사람, 내가 센도라고 부르는 여자는 무심하게 한마디 중얼거렸을 뿐이었다.

"그러게."

늘 있는 일이기 때문에 딱히 불만은 없었다.

회백색 블레이저 위로 늘어진, 요즘 세상에 유행하지 않는

층 없는 생머리가 되레 눈을 끈다. 여자 친구들은 자르라고 하는 모양이지만 다치아라이 왈 "난 귀여운 유치원생 때부터 반드르르한 검은 머리를 동경했단 말이야. 힘들게 여기까지 길러놓고 자르면 머리카락이 귀신이 돼서 나올 거야"란다. 머릿결이 좋고 손질도 잘하기 때문에 실제로도 다치아라이의 머리는 반드르르한 검은 머리다. 날씬하다기보다는 다소 마른 듯하고, 얼굴에서 그늘과 사나움, 그리고 날카로움이 느껴지기는 하지만, 그래도 다치아라이의 외모를 평범하다고 하면 남들은 어떻게 하라는 말인가 싶을 것이다. 키는 크다. 크기는 하지만 평균적인 남자 신장인 나보다 주먹 하나 정도 작다. 일부러 고고해 보이려는 건 아닌데 어딘지 모르게 초연한 분위기 때문에 남자들에게 마니악한 인기가 있으려니와, 듣자 하니 오히려 여자들에게 더 인기가 있는 모양이다. 그런 다치아라이와 평범함 이하인 내가 친근하게 말을 나누게 된 배경에는 '센도'라는 별명이 있다.

사월도 끝나가는데 추위는 누그러질 줄 모르고, 그런 와중에 봄비가 사정없이 찾아와 오늘은 특히나 춥다. 좍좍 퍼붓는 정도는 아니지만 통 그칠 기미가 없어 누구나 우산을 쓰고 있었다. 심심한 내 박쥐우산과 영 불길해 보이는 다치아라이의 검붉은 우산. 얼굴을 들면 넓은 인도에 형형색색의 우산이 흘러넘친다. 그것을 받쳐든 블레이저 차림의 사람들. 우리 후지시바 고등학교 학생들이다.

때마침 파란 체크무늬 우산을 쓴 여학생이 총총걸음으로 우리를 앞질러 갔다. 그녀는 두세 발짝 지나쳐 돌아보더니 "안녕히 가세요, 다치아라이 선배!" 하며 머리를 꾸벅 숙였다. 다치아라이는 손을 흔들어 그에 답했다. 예의상 입가에 웃음을 띠기는 했으나 여학생이 가버리자 다치아라이는 나직하게 중얼거렸다.

"지도가 아직 부족했나."

다치아라이는 '다치아라이'가 본명인데도 왜 그런지 그렇게 부르면 언짢아한다. 그런 다치아라이 양에게 입학 직후 '센도'라는 별명을 붙인 사람이 나였다. 유래는 다름 아니라, 다치아라이가 수업중이건 쉬는 시간이건 가리지 않고 자리에서 꾸벅꾸벅 졸았기 때문이다. 신입생의 긴장감이고 자시고 없다. 어찌나 기분 좋게 배를 젓는지 장난 삼아 '뱃사공(船頭 센도)'이라고 불렀다. 다치아라이는 이 이름이 몹시 마음에 든 듯, 그 뒤로 우리는 말을 주고받게 되었다. 다치아라이는 주로 듣는 역할이었지만 이 년간 불평하지 않은 것을 보면 내가 그렇게 따분하게 하지는 않은 모양이다. 한편 다치아라이는 이따금 핵심을 파고드는 한마디를 던질 때가 있는지라 그것이 즐거움이다.

하굣길이 빨간불로 차단되었다. 인도에 학생들이 차곡차곡 쌓여간다. 전부 동급생 아니면 하급생. 3학년이 되면 입시 생각을 안 할 수 없을 것이라고 늘 주위에서 암시를 걸곤 하는데, 현재로서는 그리 위기감이 없다. 붐비는 횡단보도 앞, 센도의 검붉은 우산이 옆 학생이 든 진녹색 우산을 치면서 물이 튀어 내 목덜미를 적셨다. 다치아라이는 손톱 끝으로 물방울을 튕기는 나를 보는 둥 마는 둥 하더니, 신호가 파란불로 바뀌자 "후도 다리로 해서 안 갈래?" 하고 제안했다. 여느 때와 다른 길로 가서 혼잡을 피하려는 것이리라. 혼잡이 성가시지는 않았지만 말없이 동의했다.

큰길에서 벗어나 곁길로 들어서자 사람들이 확 줄었다. 학생은 금세 우리만 남았다. 중앙선이 없는 도로 양옆으로 주택이 있어, 처마 끝에서 떨어지는 낙숫물이 방울방울 우산을 때렸다. 바람이 몹시 차다. 슬슬 벚꽃이 질 때가 됐건만 오늘 날씨는 영 이상하다. 이야기를 재촉하지 않기에 말없이 걸었다. 우리 둘에게는 종종 있는 일이다. 우리는 침묵을 무겁게 생각하지 않았다. 이따금 지나치는 자동차가 젖은 노면에 물보라를 일으켰다. 그때마다 나는 바짓단이, 다치아라이는 양 말이 젖었다.

후지시바 고등학교는 후지시바 시에 있다.

후지시바 시 인구는 십만 정도라 한다. 실제로는 좀더 많은 모양이다. 이 일대에서는 문화, 경제, 정치의 중심인 지방 중추 도시이지만, 요는 지방 도시다. 바다는 없고 북부에 산지가 펼쳐져 있다. 원래 임업으로 성립된 도시이지만 이곳도 다른 곳과 마찬가지로 임업은 쇠퇴하고 지금은 관광이 주축이다. 공전의 호경기는 이곳에도 충분한 혜택을 가져다주었다. 그 혜택을 이용해 북부 산지를 깎고 새로 골프장을 만든다는 이야기도 들려온다.

아토쓰가와 강이라는 강이 시 한복판을 가로질러 흐르는데, 대략 그것을 경계로 북쪽이 구시가, 남쪽이 신시가로 나뉜다. 근세의 모습이 남아 있는 구시가의 집들이 관광 도시 후지시바 시의 생명선이다. 요컨대 지방 도시인 후지시바 시는 제2차세계대전중 전략 목표가 되지 않았고, 또 다행히 시가지를 태워버릴 대화재도 근세 이후로 발생하지 않았다. 덕분에 옛 시가지가 보존되어 있는 것이다.

좁은 골목에서 이륜차가 튀어나왔다. 그것을 보내려고 우리는 동시에 멈춰 섰다.

"아까 한 이야기."

"어? 아아."

그렇게 말을 걸고도 다치아라이는 나를 보지 않았다.

"무슨 말인지는 알겠어. 짚이는 데도 없진 않아. 일률적으로 말할 순 없겠지만 그래도 재미는 있네."

"그거 고맙군."

"하지만 말이지, 인정하고 싶지 않아."

"……."

"좋아하지 않는다는 이야기야."

다치아라이는 이유가 무엇인지 설명하지 않았다. 다치아라이의 말은 늘 한마디 이상 부족하다. 나는 그에 익숙했다. 다시 걸음을 뗐다.

"그러셔? 뭐, 맘에 안 들면 대충 넘겨들어라."

빗소리에 섞여 강물이 흐르는 묵직한 소리가 들려오기 시작했다. 후지시바 고등학교는 신시가도 아니고 구시가도 아닌, 농지가 펼쳐진 교외에 위치한다. 학교와 집을 오가려면 나나 다치아라이나 강을 건너야 한다. 기와지붕을 얹은 오래된 목조 가옥 사이로 고양이가 산책할 때 지날 듯한 좁은 골목을 빠져나가면 바로 후도 다리가 나온다. 낡은 다리다. 거뭇한 나무가 교묘하게 짜맞춰져 교각을 이루고, 바닥에는 구색만 맞춘 듯한 아스팔트가 깔려 있다. 보행자 전용이므로 폭은 좁다. 둘이 나란히 서자 우산이 부딪혔다.

다리를 건너갔다. '후도不動 다리'라는 이름은 농담으로 붙인 게 아닐까 싶을 정도로, 겨우 두 사람이 건너는데도 분명하게 흔들렸다. 계속되는 비에 아토쓰가와 강은 평소보다 물이 불어나 있었다. 난간을 툭 쳤더니 조그맣게 파편이 떨어져 나갔다. 우리가 다리 건너편에 도달한 순간 굉음과 더불어 강물에 떠내려가도 이상할 것 없다. 건너는 도중에 떠내려갔다가는 비명도 못 지르고 저승행이다.

문득 시선을 들었다.

건너편에 사람이 있었다.

폐업한 사진관의 셔터 앞, 텅 빈 진열창 옆. 아무것도 하지 않고 그냥 서 있다. 윤곽은 호리호리한데 남자인지 여자인지는 모르겠다. 다치아라이도 내 시선을 깨달았는지 얼굴을 들고 강 건너편을 유심히 쳐다보았다. 물소리에 묻히지 않기 위해서인지 그녀의 목소리는 조금 높았다.

"……비를 피하는가 봐."

비를 피하는 걸까.

이 비는 봄비다. 금세 그치지 않는다. 게다가 오늘은 기온이 꽤나 낮다. 그런데도 그 사람은 우산이 없는 것 같았다.

다리 중간까지 왔다. 그 사람은 키가 크지도 작지도 않았다. 검은 머리는 어깨 길이. 발치에 커다란 가방이 놓여 있었다. 한아름은 될 듯한 검은색 가방이었다. 어쩐지 이질감이 느껴지는 모습이다. 거기까지 생각했다가 알아차렸다. 진한 청색 재킷, 분홍색 바지, 난색 계열 줄무늬 셔츠에 붉은 니트 캡. 옷 취향이 약간 묘하다.

"센도."

"……."

"저 사람 보이냐?"

"보여. 아까 말했잖아."

다리 4분의 3 지점에 이르렀다. 건너편 사람과 시선이 마주쳤다는 생각이 들었다. 흡사 거짓말처럼, 강 양옆으로 우리와 그 사람밖에 없었다.

확신했다.

"일본인이 아닌걸. ……몽골 인종이 아니야."

"백인?"

"그런 것 같은데."

다치아라이는 고개를 살짝 갸웃했다.

"그렇다고 일본인이 아니라는 건 너무 거친 말인걸. 귀화했을 가능성도 있잖아."

"그건 겉모습으로 모르지."

외국인이라는 사실만으로는 신기할 것도 없다. 후지시바가 비록 지방 도시이기는 해도 백인, 흑인, 황인종 할 것 없이 외국 사람은 자주 본다. 하지만 시내 중심부에서 떨어진 이런 곳에서 혼자 비를 피하는 외국인은 신기하다.

그 사람은 몸을 움츠리고 있는 것처럼 보였다. 하늘을 올려다보며 날씨를 살피고 있다.

"곤경에 처한 것 같은데."

"그러게."

"센도, 미안하지만 나 집까지 좀 바래다줘라."

"……모리야."

다치아라이는 어처구니없다는 얼굴로 나를 보았다.

"참견쟁이 같으니라고. 그 우산, 싸지 않을 텐데."

내가 지금부터 하려는 일을 순식간에 꿰뚫어 보았다. 그런 일은 전에도 자주 있었으므로 별로 놀라지는 않았다.

"아냐, 싸. 세일 상품이었거든."

나는 쓴웃음을 짓고는 덧붙여 말했다.

"작은 친절이야."

다치아라이는 '큰 참견이겠지'라고 하지는 않았다.

다리를 다 건넜다. 곧바로 그 사람에게 다가갔다.

보아하니 여자 같았다. 검은 눈, 검은 머리, 얼굴은 이목구

비가 다소 또렷한 정도고, 소위 '백인'다운 특징은 강하지 않다. 약간 기름한 얼굴에 콧날이 오뚝하고 커다란 눈 위의 눈썹은 굵고 검다. 전체적으로 애티가 남아 있는 얼굴이다. 피로한 기색이 엿보이고 여행으로 꾀죄죄해지기는 했지만 이목구비는 단정하다. 예쁘다기보다 귀여운 느낌인데 그런 것치고는 눈매에 뭐라 형언할 수 없는 씩씩함이 감돌았다. 가까이 다가가자 하늘을 올려다보다 말고 우리에게 시선을 돌렸다.

내 뒤로 다치아라이도 따라오는 게 느껴졌다. 그 사람은 약간 긴장하는 듯했다. 우리를 경계하는 것이다. 상대를 안심시키듯 미소를 지었다. 빗속에서 마를 리도 없는 입술을 안으로 말아 축이고, 한 번도 직접 써먹어본 적이 없는 입시 영어로 물었다.

"May I help you?"

내가 생각해도 썩 괜찮은 발음이다.

그러나 상대는 경계심과 당혹감이 뒤섞인 표정만 짓고 대답을 하지 않았다. 한 발짝 더 다가가자 왼손을 앞으로 내고 오른손을 뒤로 당겨 자세를 취했다. 덤빌 테면 덤벼보라는 의사 표시다. 오해하는 것이 역력했다. 다시 한번, 이번에는 다른 표현으로.

"Are you in trouble?"

역시 전혀 통하지 않는다. 상대도 어떻게 반응하면 좋을지 모르는 것 같았다. 당황한 얼굴로 말했다.

"ko ste Vi(코 스테 비)?"

"우……. Do you need any help? What's the matter?"

손짓 발짓을 섞어가며 도움이 필요하냐고 거듭 물었다. 나도 모르게 우산을 휘둘렀는지 물이 튀어 다치아라이가 눈살을 찌푸렸다. 어깨에 묻은 물방울을 털더니 다치아라이는 가볍게 한숨을 쉬었다.

"소용없는 것 같은데."

여자의 시선이 다치아라이를 향했다. 어쩐지 경계의 빛이 엷어진 듯했다. 역시 같은 여자인 편이 안심이 되는 걸까. 그런 생각을 하는데 다치아라이가 내 앞으로 슥 나서더니 부족한 붙임성을 보충하는 기색도 없이 불쑥 말했다.

"……우산 빌려드릴까요?"

그러자 여자가 표정을 누그러뜨리더니 머리를 숙였다. 그러고는 약간 콧소리를 섞어 말했다.

"감사합니다. 괜찮으시면 부탁드리겠습니다. 일본어를 할 줄 아는 사람이 계셔서 다행입니다."

……이건 사기다. 어안이 벙벙한 나를 다치아라이가 돌아보더니 웃음을 참는 듯한 묘한 표정을 지었다.

"외국인은 다 영어를 할 수 있을 거라고 생각하는 것도 거칠고, 일본어를 모를 거라고 생각하는 것도 거칠었어. 하지만 그렇다고 비난은 안 할게."

그렇다면 다치아라이는 자기가 '소용없는 것 같은데'라고 했을 때 여자의 태도가 변한 것을 보고 일본어를 안다고 알아차렸나 보다. 그래도 그렇지!

여자는 다치아라이의 말을 알아듣는지 웃고 있었다.

"당신도 일본어를 할 줄 아는군요?"

"그야 물론이죠. 아니, 일본어밖에 못 합니다. 영어는 엉터리고요."

나는 거의 화풀이를 하듯 빠른 말투로 말했다.

"저는 영어 못 합니다."

"일본어는 잘하는군요."

"아직 미숙합니다."

그녀는 그렇게 대답하고는 또다시 웃어 보였다. 웃으면 두세 살은 더 어려 보이고 강한 의지 대신 활발함이 느껴졌다. 울적한 봄비 속에 그 표정을 보니 마음이 놓였다. 자연스럽게 말이 나왔다.

"어느 쪽에서 왔어요?"

"어느 쪽?"

아아, 음.

"어느 나라에서 왔죠?"

그녀는 알았다는 듯이 고개를 끄덕였지만 대답을 하기 전에 왜 그런지 잠깐 뜸을 들였다.

"Jugoslavija요."

"유고 뭐라고요?"

다치아라이가 끼어들었다.

"유고슬라비아야."

"Da. Socijalistika Federativna Republika Jugoslavija(다. 소치얄리스티카 페데라티브나 레푸블리카 유고슬라비아)."

처음 듣는 나라다. 아니, 들은 적은 있다. 아무리 그래도 태어나서 지금껏 한 번도 이름을 들어본 적이 없는 나라는 그렇게 많지 않다. 그런데 그게 어디쯤 있는 나라였더라?

"센도, 너 아냐?"

다치아라이는 원하는 만큼 선택의 폭을 넓힐 수 있는 지식의 소유자다. 그러나 돌아온 대답은 애매했다.

"안다는 표현의 수준에 따라 다른데."

"어디 있는지 아냐?"

"……동구."

"동구? 핀란드?"

“그건 북구. 불가리아나 뭐 그 근처일 걸.”

머릿속에 지도가 떠올랐다. 서쪽 이베리아 반도에서부터 포르투갈, 스페인, 피레네 산맥을 넘어 프랑스, 벨기에, 네덜란드, 독일, 스위스, 남쪽에 이탈리아, 이탈리아 주위의 작은 나라들, 동쪽에 오스트리아, 폴란드, 그보다 더 동쪽이라면.

“…….”

이상하다. 지도가 중동으로 넘어갔다. 이스라엘, 이란, 이라크, 쿠웨이트. 이 일대도 금년 초에 걸프 전쟁이 일어났기 때문에 어쩌다 기억에 남아 있을 뿐이다. 그 사이가 쑥 빠진 것처럼 비어 있다. 그럼 그리스는 어디로 갔나?

“동구란 말이지, 동구. 동유럽.”

“저기, 모리야, 어쩌면 중앙 유럽이라고 하는 편이 나을지도 몰라.”

별로 의미가 있을 것 같지 않은 수정을 한다. 그러나 여자는 금세 손을 내저었다.

“마음을 써주셨습니다. 하지만 ‘동’이어도 됩니다. 저는 ‘서’가 좋지 않습니다. ……웅, ‘서’가 좋지도 않습니다?”

“혹시 ‘서’를 좋아하는 건 아니라는 말인가요? 싫어하지도 않고.”

“Da!”

그녀는 일본에서는 들을 일이 거의 없는 감탄사로 쾌재를 불렀다. 어째 묘하게 기뻐하는 얼굴이었다. 그 기분이 내게도 전염되었다.

그나저나.

"아아, 그럼 영어하고 상관없을 만도 하군요. ……어쨌든 이거 쓰시죠."

나는 박쥐우산을 내밀었다. 당연히 비를 맞게 됐는데 다치아라이는 자기 우산을 씌워주려는 시늉도 하지 않았다. 하는 수 없이 비를 피해 유고슬라비아에서 온 그녀 옆에 섰다. 그녀는 우산을 받아들더니 아까보다 정중하게 고개를 숙여 인사했다.

"감사합니다. 덕분에 살았습니다."

그러더니 손에 든 우산으로 시선을 떨어뜨렸다.

"……어떻게 하면 돌려드릴 수 있습니까?"

"아아, 됐어요. 드리죠. 원래 우산하고 책은 빌려주면 안 돌아오는 법이니까요."

"아주 재미있는 생각이군요. 그럼 감사히 받겠습니다."

또다시 머리를 숙인다.

박쥐우산은 남자용이라 큼지막하다. 하지만 그녀와 그녀가 든 우산과 그녀 발치에 놓인 커다란 가방을 번갈아 보니,

우산 한 자루로는 다소 불안해 보이는 게 사실이었다. 그 큰 짐에, 그 가는 팔로, 일본의 명물 봄비 전선을 돌파하겠다는 것은 좀 심하지 않나? 그녀의 분홍색 바짓부리는 이미 쫄딱 젖었다.

어차피 다치아라이에게 참견쟁이라는 말을 들은 몸이다. 한 번쯤 더 참견해도 안 될 것 없으리라. 그렇게 생각하고 물었다.

"어느 쪽으로 가시죠?"

그런데 그녀는 미간에 주름을 잡고 조용해졌다. 좀 전에도 그랬는데 간접적인 경어는 잘 못 알아듣기도 하나 보다. 직접적으로 고쳐 말했다.

"어디 갈 생각이에요?"

"……."

"……무슨 말인지 모르겠어요?"

그녀는 고개를 흔들었다. 보아하니 유고슬라비아에서도 모를 때는 고개를 가로로 젓는 모양이다. 아니면 일본 사람이 유럽 문화를 들여온 걸까.

"아니요, 당신 일본어는 알아듣습니다. 하지만 어떻게 대답하면 좋을지 모르겠습니다."

"길을 잃었어요?"

그녀는 다치아라이의 물음에도 역시 똑같이 고개를 흔들었다.

“아니요, 웅, 말하자면 깁니다. 하지만 간략하게 말하면.”

그러더니 잠깐 침묵했다. 아마 가장 적당한 어휘를 찾는 것이리라. 이윽고 그녀는 입을 열었다.

“갈 데가 없습니다.”

나와 다치아라이는 얼굴을 마주보았다. 동구에서 온 방랑자? 우리가 어지간히 묘한 표정이었는지, 그녀는 담배 연기를 흩는 듯한 손놀림으로 앞말을 철회했다.

“그러니까 말이죠, 웅, 사정이 있습니다. 실은 저는 어쩌면 좋을지 알 수 없었습니다. 어디로 가면 좋을지 모르겠습니다. 곤궁합니다.”

꽤나 문어적인 단어를 쓴다. 그러나 모국어가 아닌 언어로 말하면 원래 그런 건지도 모른다. 모국어밖에 못 하는 나는 판단할 길이 없다. 어쨌든 유고슬라비아에서 온 그녀는 곤경에 처한 모양이다. 나는 다치아라이에게만 들리게 목소리를 낮추었다.

“어쩔래?”

애초에 다치아라이에게 묻는 게 잘못이다. 당연한 대답이 돌아왔다.

"모리야가 하고 싶은 대로 해."

"그냥 두면 꿈자리가 뒤숭숭할 것 같은데."

"그건 곤란한걸. 난 잠을 설치는 게 제일 싫어."

"조금만 더 같이 다녀줄래?"

"어머, 바래다달라는 거 아니었어?"

고맙다는 말 대신 손을 까닥까닥하고, 유고슬라비아에서 온 그녀를 돌아보았다. 애써 무뚝뚝한 표정을 지은 것은 물론 쑥스러워서다.

"일본에 '올라탄 배'라는 말이 있거든요."

"올라탄 뭐라고요?"

의아스러운 얼굴의 그녀에게 일부러 대답하지 않고 옆 골목을 가리켰다.

"계속 서서 이야기하기도 뭐한데요. 이 길을 지나면 상가가 나와요. 괜찮으면 따뜻한 차라도 마시면서 사정을 이야기해주세요."

"이 사람이 도와주겠대요."

다치아라이가 거들었다.

제안하고 나니 어쩌면 수상하게 생각할지도 모른다 싶었지만, 그녀는 생각해보는 눈치도 없이 선선히 고개를 숙였다.

"이것 참, 송구스럽습니다."

우산을 증정한 덕에 신용을 얻었는지 그녀는 내가 짐꾼처럼 그녀의 가방을 드는 것조차 미소를 지으며 허락해주었다.

골목을 지나 찻집으로 들어갔다. 실은 이 집은 여러 번 오고 싶은 곳은 못 된다. 자동차며 배 같은 취미와 관련된 사진이 가게 안에 어수선하게 장식되어 있는데다 단골과 주인이 수다떠는 소리가 너무 큰 것도 마음에 들지 않는다. 무엇보다 샌드위치가 맛없다. 그러나 그녀를 만난 사진관에서는 이곳이 가장 가까웠다.

비 오는 저물녘이라 손님은 우리 셋뿐이었다. 보기 좋지 않다는 것은 알아도 젖은 얼굴을 따뜻한 물수건으로 닦지 않을 수 없었다. 유고슬라비아에서 온 그녀도 빨간 니트 모자를 벗고 검은 앞머리에서 떨어지는 물방울을 대강 닦았다. 머리카락이 다소 뻣뻣해 보였다. 다치아라이 혼자 물수건 대신 팥죽색 손수건으로 어깨를 슬쩍 훔쳤다.

일단 커피를 마시며 숨을 돌렸다. 유고슬라비아에도 커피는 있나 보다. 그녀도 서슴없이 마시고는 말했다.

"일본의 Kafa(카파)는 연합니다."

그 말을 듣고 나는 내 잔을 들어 한 모금 마셨다.

"……보통 같은데요."

"이걸 연하다고 하는 걸 보니까 유고슬라비아의 커피는 더 진한가 봐요?"

"네. 게다가 이건 맛이 씁니다."

유고슬라비아의 커피는 일본 커피보다 진하지만 쓰지는 않은 모양이다. ……어떤 맛일까.

당면한 문제는 커피가 아니다.

사월의 비에 차갑게 식은 몸이 조금 따뜻해졌을 즈음 이야기를 꺼냈다.

"그래서 당신은…… 당신이란 말도 이상하군요. 뭐라고 부르면 되죠?"

그녀는 생긋 웃었다.

"마야라고 불러주십시오."

마야. 마야. 입속으로 중얼거려 보았다. 과연 일본 이름이 아니다. 눈앞에 앉은 백인 소녀의 모습과 이름을 연결시켰다. 그렇다, 잊어버리면 안 되지. 나는 의식적으로 헛기침을 하고 자세를 약간 바로잡았다.

"마야 씨, 난 모리야 미치유키예요. 모리야, 미치유키. 모리야라고 불러주세요."

"난 다치아라이 마치, 마치, 아니면 센도라고 부르면 돼요."

차례대로 이름을 밝히자 마야는 우리를 유심히 쳐다보았다. 그러고는 나를 가리키며,

"모리야 씨."

다치아라이를 가리키며,

"마치 씨. 기억했습니다. 잊지 않겠습니다."

그것참 고맙군요. 커피를 후루룩 마셨다.

"그래서 마야 씨, 뭐가 문제인가요? 간단한 일이면, 도움이, 될 수 있을지도 몰라요. 그러니까 이야기해주겠어요?"

되도록 평이한 일본어를 쓰려고 주의했는데 의식해서 말하려니 이게 얼마나 어려운지 모른다. 그렇다고 평소와 별반 다른 말투인 것도 아니다. 다리가 엉킨 지네라는 비유가 생각났다. 하기야 그 정도로 신경쓰지 않아도 마야의 일본어 회화 실력은 꽤 뛰어난 것 같지만 우선 처음에는 상황을 봐가며 할 수밖에 없다. 다행히 노력한 보람이 있는지 대화는 순조롭게 진행되었다.

"네. 웅, 우선 제 이야기를 하겠습니다."

마야는 그렇게 운을 뗐다.

"유고슬라비아는 돈이 많은 나라가 아닙니다. 그렇기 때문에 유고슬라비아는 돈이 많은 나라나 자원이 많은 나라를 공부합니다. 제 아버지의 직업은 그것입니다. 저는 어렸을 때

부터 아버지를 따라 여러 나라에 갔었습니다.

그 때문에 아버지는 일본에도 친구가 있습니다. 지금 아버지가 일본에 오면서 저는 그 사람에게 머물 곳을 빌리게 됐습니다. 이 개월 예정으로. 하지만 이곳에 와보니 그 사람이 죽었다는 것을 알았습니다. 어쩌면 좋을지 알 수 없는 건 그 때문입니다."

"아버님은 어디 계시는데요?"

"수도는 아닙니다. 웅, 가장 큰 주도州都입니다."

수도를 빼고 일본에서 가장 큰 도시는.

"……오사카?"

"Da! 그곳입니다."

"그럼 오사카로 가지그래요?"

당연한 결론이고, 망설일 필요가 전혀 없어 보였다. 그러나 마야는 단호하게 말했다.

"아니요. 아버지가 일하시는 동안 저는 그 나라에서 공부하고 생활합니다. 그게 저와 아버지가 한 약속입니다. 무슨 낯으로도 돌아갈 수 없습니다. 제가 오사카로 가는 때는 유고슬라비아로 돌아갈 때입니다."

"……그렇군요."

역시 가끔씩 일본어가 이상하기는 해도 사정은 이해했다.

게다가 마야가 고집 센 성격 같다는 것도 알았다. 이국땅에서 갈 데도 없이 비를 맞고 있느니 자존심을 굽히고 아버지에게 매달리면 될 것을. 그 정신은 존경할 만하지만…….

요컨대 마야의 문제는 지낼 곳을 확보하는 것이리라.

"원래 이곳에서 마야 씨를 보살펴주기로 했던 사람은 누구죠?"

"이치야 다이조라는 사람입니다."

"그 사람 가족한테 부탁할 수는 없나요?"

일부러 유족이라는 말은 쓰지 않았다. 구태여 헛갈릴 단어를 쓸 필요는 없다.

마야는 또다시 고개를 저었다.

"이치야 다이조는 가족이 없었습니다."

그럼 방법이 없다.

커피로 손을 뻗으며 다치아라이에게 소곤거렸다.

"민박이라도 소개해야 되나?"

"안 비싼 데 알아? 이야기 들어보니 돈이 별로 없을 것 같은데."

"결국은 돈인가."

다치아라이는 고개를 끄덕이더니 단도직입으로 물었다.

"마야 씨, 하루 숙박비 상한선을 얼마쯤으로 생각하고 있죠?"

"죄송합니다. 숙박비? 상한선?"

신경 좀 써라. 옆에서 내가 고쳐 말했다.

"지낼 곳에 돈을 낸다면 하루 얼마 정도까지 낼 수 있죠?"

마야는 두어 차례 고개를 끄덕이더니 얼마 동안 생각한 뒤 눈을 살짝 내리깔았다.

"아마 부족할 것 같은데, 천 엔 정도입니다."

우리는 얼굴을 마주보았다. 아무리 그래도 천 엔으로는 무리다. 잠만 자는 데 사천 엔인 곳도 한바탕 난리법석을 치며 찾아야 나올까 말까 한데. 우리 얼굴을 보고 짐작했는지 마야의 표정도 흐려졌다.

"안 됩니까?"

아르바이트를 하면 어떻게든 되려나, 하고 잠깐 생각했지만, 아무리 세상 물정 모르는 고등학생이어도 취업 비자가 없는 외국인이 일본에서 일할 수 없다는 것쯤은 안다. 상관없이 일하는 사람과 일을 시키는 사람이 있다는 것도 들어 알고 있지만 고등학생인 내게 그런 연줄이 있을 턱도 만무하다. 게다가 마야의 이야기가 사실이라면 마야의 아버지는 정부 관계자다. 불법 취업은 곤란하다.

"무력하구나."

다치아라이는 일찌감치 포기했다.

그러나 나는 그렇게 빨리 단념할 마음이 들지 않았다. 실제로 무력하다는 것을 아니까 그렇게 간단히 그것을 실증할 수는 없었다. 요는 무료, 또는 무료나 다름없는 싼값으로 마야를 두 달 동안 재워줄 숙박 시설을 찾으면 그만이다. 호텔과 여관은 논외. 민박도 힘들다. 유스호스텔? 하지만 두 달간, 하루 천 엔이라.

잠깐. 굳이 숙박 시설일 필요는 없나.

뭐야, 간단하잖아. 다치아라이에게 억지웃음을 지었다.

"센도."

"그 기분 나쁜 얼굴은 뭐니."

……아니다, 참자.

"너희 집에 빈방 없냐?"

"홈스테이?"

다치아라이는 바로 말했다.

"우리집은 안 돼. 쩨쩨해 보일지 몰라도 그런 여유는 없어. ……남 말을 하기 전에 너네 집은 어때?"

우리집이라. 무심코 괜찮다고 말할 뻔했지만, 애초에 다치아라이에게 물어봤다는 것은 나 스스로도 우리집이 무리임을 알기 때문이리라. 이삼일이면 또 몰라도 두 달쯤 되면 문제가 다르다. 무엇보다도 우리 집에서 내가 무슨 제안을 하는 일은 불가능하다.

그래도 무슨 수가 없을까.

"응……. 무슨 방법이 있습니까?"

"잠깐만요."

요컨대 물리적으로 다른 사람을 재워줄 여유가 있고, 마야를 받아들여줄 만한 사람이 있으면 된다. 하지만 그렇게 편리한 인간이 어디에.

미간에 주름이 잡힌 것을 알 수 있었다. 커피를 끝까지 다 마시고 말았다. 빈 잔에 손가락을 건 채로 만지작거렸다. 역시 무력한가?

"이즈루."

별안간 다치아라이가 중얼거렸다.

"응?"

내가 되묻자, 다치아라이는 흡사 커피잔에게 이야기하듯 말했다.

"이즈루 같으면 받아줄 것 같아. 이즈루 알지?"

고개를 끄덕였다. 그와 동시에 납득했다. 시라카와 이즈루, 좋은 생각이다.

관광 도시 후지시바에서 시라카와의 집은 '기쿠이'라는 여관을 한다. 옛 혼진• 정도는 아니지만, 옛 와키혼진•• 정도는 된다. 시라카와는 걱정스러울 정도로 사람이 좋으니 이야기 정도는 들어줄 것이다. 나와 시라카와는 위원회 활동을 같이 하면서 이것저것 서로 도움을 받았다. 그러나 다치아라이와 시라카와 사이에 교류가 있는 줄은 몰랐다. 여담이지만 센도의 유래는 '뱃사람'이나 시라카와는 '시라카와 밤배•••'와 무관하다.

"너 시라카와하고 친했냐?"

"친하다고 할 정도는 아니지만 아는 사이이긴 해."

"그럼 전화해보자. 집에 있으면 좋겠는데."

"아마 있을 거야."

"부탁할 수 있겠어?"

순간 다치아라이가 동작을 멈추었다. 그러더니 시선을 들었다.

"……교섭을 할 땐 되도록 성공률을 높여야겠지?"

"뭐, 그렇겠지."

"그럼 모리야가 걸어."

• 에도 시대에 역참에서 다이묘가 이용하던 공인 여관.

•• 혼진 다음 급의 객사.

••• 세상모르게 깊이 잠든 것을 뜻하는 말.

"그래."

고개를 끄덕인 다음에야 깨달았다.

"내가 왜?"

다치아라이답지 않은 모호한 웃음이 돌아왔다.

"나 이즈루한테 빚진 게 있거든. 지금은 부탁하기 좀 뭐해."

흐음. 무슨 사정이 있는지는 알 수 없지만 전화를 걸기 껄끄러운 것은 나도 마찬가지다. 그도 그럴 것이 지금까지 시라카와에게 전화를 건 적이 단 한 번도 없다. 하지만…….

"미안하지만 부탁해."

다른 사람도 아니고 다치아라이에게 그런 말을 들으면 방법이 없다. 뭐, 처음부터 내가 나선 일이겠다, 이치에는 맞다. 나는 일의 추이를 잠자코 지켜보는 마야에게 "전화 좀 하고 올게요"라고 한 뒤 소파에서 일어섰다. 가게 입구 옆에 공중전화가 있었다. 지갑에서 십 엔 동전을 두 개 꺼냈다.

아아, 우선 번호부터 알아내야 한다. 주소로 찾으면 빠르겠지.

신호음 세 번 만에 여관 기쿠이로 전화가 연결됐다. 집 전화와 가게 전화가 공용인 듯, 시라카와 이름으로 전화번호를 찾아 걸었는데 전화를 받은 사람은 이렇게 말했다.

"감사합니다. 민예여관 기쿠이입니다."

잠깐 당황했지만 깊이 있고 차분한 목소리와 느릿한 말투는 귀에 익은 것이었다. 그래도 일단 예의를 지켰다.

"바쁘신데 죄송합니다. 후지시바 고등학교의 모리야라고 하는데, 이즈루 있나요?"

"……모리야?"

"부모님 일을 돕는 거냐? 장한걸."

수화기 저편의 목소리가 수줍어했다.

"장하긴, 그런 거 아냐. 웬일이야? 모리야가 전화를 다 하고."

"아마 처음이지?"

"그런가? 그럴지도 모르겠네. ……그런데 무슨 일 있어?"

"응. 실은 들어줬으면 하는 이야기가 있는데."

그렇게 운을 떼고 헛기침을 한 번.

마야에 관해 간략하게 설명했다. 시라카와도 유고슬라비아에 대해선 이름 정도밖에 모르는 듯했다.

우연한 기회에 마야를 알게 되었다는 것, 그녀가 이 나라에 연고를 잃었다는 것, 더욱이 숙박비도 부족해 보인다는 것을 순서대로 이야기했다. 시라카와는 일일이 대꾸를 해가며 이야기를 들어주었다.

시라카와는 워낙 사람이 좋아서 나쁘게 말하기가 힘들 정도다. 그러나 그런 시라카와에게 짜증이 날 때가 있다면 그것은 둔감함 때문일 것이다. 1과 2까지 나왔는데 그다음이 3이라고 놀라는 듯한 부분이 있다. 그래도 마야가 지낼 곳을 내가 마련해주기는 힘들 것 같다고 하자 무슨 말인지 바로 이해한 듯했다.

"그러니까……."

대략 설명을 마치자 시라카와는 말했다.

"우리집에서 그 마야 씨를 받아줄 수 없나, 그런 뜻이구나."

바로 그렇다고 대답하지는 못했다. 대략적인 취지는 그게 맞지만.

잠시 생각했다가 입을 열었다.

"그렇기는 한데, 물론 꼭 그래야 할 의무는 없어. 더군다나 이건 마야 씨 문제니까 내가 부탁할 일도 아니고. 그러니까 무리해서 들어줄 필요는 없다. 이런 일이 있는데 어떤가, 하는 소개 정도로 생각해주면 돼."

호흡이 새어 나오는 것 같은 희미한 웃음소리가 들렸다. 시라카와는 웃을 때 입을 가리고 조용히 웃는다.

"모리야다워."

"……."

칭찬이 아니겠지, 역시.

"저, 그 사람 일본어는 할 줄 알지?"

"그래."

잠시 생각했다가 덧붙여 말했다.

"촉음하고, 경우에 따라선 '응' 발음이 좀 알아듣기 힘들 때도 있지만 그냥 이야기하기엔 문제없다."

"말만 통하면 돼."

그러더니 시라카와는 고민하는 대신 결론을 유보했다.

"응, 무슨 이야기인지 알았어. 난 그러고 싶지만 여관 일도 있으니까 한번 의논해볼게. 혹시 우리집에서 받아주더라도 아마 일을 좀 도와줘야 할 거야. 삼십 분…… 이십 분쯤 있다가 한 번 더 전화해줄래? 그리고 결론이 어떻게 나오든 비가 이렇게 쏟아지니까 차로 데리러 가달라고 부탁해볼게. 지금 어디 있어?"

가게 이름을 말했다.

"위원회에서 한 번 온 적 있는데 기억나냐?"

"응. 그, 샌드위치가 아주……."

뒷말을 못 잇는 시라카와를 거들어주었다. 엄해 보이는 주인에게 들리지 않게 작은 목소리로.

"맛없는 집."

시라카와는 또 웃은 듯했다.

"그럼 이따가 다시 걸어줘."

십 엔 동전이 하나 도로 나왔다.

어떻게 됐느냐고 다치아라이가 물었지만, 대답하는 대신 마야에게 말했다.

"마야 씨."

배짱이 좋은 건지 낙천적인 건지 마야는 침착하게 비非유고슬라비아풍 커피를 여유 있게 음미하는 듯했다. 내가 말을 걸자 그제야 잔을 내려놓았다.

"Da."

"당신을 묵게 해줄 만한 사람하고 이야기했어요."

"네."

"만약 그 사람이 괜찮다고 하면 돈은 별로 안 들어요. 그 대신 돈을 안 받고 일을 해야 할지도 모릅니다. 그래도 되겠어요?"

마야는 고민하는 기색도 없이 대뜸 고개를 끄덕였다.

"저도 그편을 바라는 바입니다. ……여러모로 감사드립니다. 감사합니다."

"그럼 이야기가 된 겁니다. 그 사람한테서 답이 올 때까지 잠깐 기다리죠."

소파에 몸을 파묻었다. 커피잔에 손을 뻗었지만 이미 다 마신 뒤였다.

사진관 앞에서 만난 뒤로 이제까지 마야의 태도는, 의사소통이 완전치 못한 것을 감안하고 봐도 여유가 있어 보였다. 여행지에서 의지하려던 사람이 막상 찾아와보니 죽었더라 하는 빼도 박도 못할 상황에서도, 마야는 말과 달리 '어쩌면 좋을지 알 수 없어' 하는 것처럼 보이지 않았다. 어쩌면 오사카에 아버지가 있다는 구명줄 때문일지도 모르지만, 이 태연함은 그녀의 경험에서 나온 것이라는 생각이 들었다. 그렇다면 구태여 우리가 나서지 않았어도 마야는 혼자 힘으로 방법을 찾아냈을지 모른다. 아니, 아니면 우리 같은 사람이 나타날 것을 경험적으로 예감했던 걸지도.

그런 생각을 하는 사이에 당사자인 마야는 다치아라이와 친해진 듯했다. 다치아라이는 따뜻함은 부족해도 험악한 사람은 아니다. 마야도 역시 같은 여자가 더 편할 것이다.

"마치 씨는 몇 살입니까?"

"열여덟 살."

"열, 여덟?"

이번에는 다치아라이도 마음을 쓴 듯 양손을 폈다.

"열."

그러고는 왼손 손가락을 둘 꺾었다.

"여덟."

"응, Osamnaest(오사므나에스트). 열, 여덟. 저보다 한 살 많습니다."

마야는 열일곱 살인가. 나와 동갑이다. 훨씬 어릴 줄 알았는데.

"마치 씨는, 응, 고등학생이죠?"

"응. 그리고 수험생."

"수험생? 고등학생과는 다릅니까?"

"고등학생의 아종이야."

나도 모르게 말했다.

"특수한 표현은 쓰지 마라."

다치아라이는 역시 마음 씀씀이가 너무 부족하다. 무슨 말인지 모를 때 미간에 주름을 잡는 것도 일본과 마찬가지인 듯, 마야도 그런 표정을 지었다. 그러나 질문이 더 나오기 전에 이번에는 다치아라이가 물었다.

"열일곱 살이면 학교는 어떻게 해?"

마야는 미소를 짓고 자랑스럽게 대답했다.

"유고슬라비아에 있을 때는 학교에 갑니다. 다른 나라에서도 학교에 갈 때가 있습니다. 하지만 지금은 당신이 제 학교입니다."

그 말을 듣고 지금까지 다녔던 세 학교가 잇따라 생각났다.

"일본엔 몇 번째로 온 거야?"

"처음입니다."

"처음? 그럼 일본어는 어떻게 배웠어?"

"Češka Slovačka(체슈카 슬로바치카)에서 일본 사람이 친구였습니다. 저는 유고슬라비아 말을 가르치고 그녀는 일본말을 가르쳐주었습니다."

겨우 그것만으로 한 나라의 언어를, 그것도 어족이 다른 말을 습득할 수 있는 건가? 아니, 의심하나 마나 마야는 실제로 일본어를 구사하지만. 어학의 천재라는 족속들의 일화가 생각난다. 롤린슨이니 샹폴리옹 같은 사람들 말이다. 설마 그 정도야 아니겠지만.

듣고만 있으려니 따분해져서 커피를 한 잔 더 시켰다.

"난 유고슬라비아에 대해 아는 게 거의 없거든. 어떤 나라야?"

이 질문에 마야는 고개를 살짝 갸웃했다.

“어떤? 약간 어려운 질문이네요.”

아닌 게 아니라 너무 추상적인 질문이다. 다치아라이도 그것을 깨달았는지 덧붙여 말했다.

“그러게. 산이 많다든지, 덥다든지.”

그렇게 한정했는데도 마야는 쉽게 대답하지 못했다.

“응……. 여러 가지입니다. 산이 많은 곳이 많지만 섬이 많은 곳도 있습니다. 평야가 많은 곳도.”

“전체적으로 말할 만한 건 없는 거야? 일본 같으면 ‘산이 많다’든지 ‘섬나라’가 맨날 나오는 말인데.”

“글쎄요, 우리 나라 같으면 산이 많습니다.”

이상한 대답이다. 다치아라이는 지금 계속 마야의 나라, 즉 유고슬라비아 사회주의 연방 공화국에 관해 이야기하고 있는 걸 텐데, 아닌가? 그 의문이 입 밖으로 튀어나왔다.

“우리 나라?”

마야는 고개를 끄덕였다.

그러더니 오른손을 펴 앞으로 내밀고 왼손 손가락을 하나 세웠다.

“모르는 일본 사람이 많은 것은 압니다. 유고슬라비아에는 나라가 여섯 개 있습니다.”

"……그렇구나."

다치아라이가 먼저 이해했다. 한발 늦게 나도 무슨 말인지 알아들었다. 연방은 한자로 聯邦. 우방, 방인, 이방인. 연방의 '방'은 다름 아닌 '나라'다. 하지만 독립 국가는 아닐 테니,

"현 같은 건가?"

"일본의 '현'에 비하면 유고슬라비아의 레푸블리카는 훨씬 굉장합니다."

"미국의 '스테이트' 정도야?"

마야는 가볍게 고개를 흔들었다.

"죄송합니다. 저, Amerika(아메리카)는 잘 모릅니다. 그것은 제 오빠 일입니다."

그러더니 뭔가 재미있는 생각이 난 것처럼 웃음을 지었다.

"응……. 그래요. 마치 씨, 모리야 씨, 레푸블리카의 하나, Crna Gora(츠르나고라)를 압니까?"

나는 솔직하게 고개를 가로저었다. 오스트리아 옆에 공백이 있고 이스라엘로 이어지는 지도밖에 머리에 없는데 알 턱이 없다. 다치아라이도 알 까닭이 없다.

그러자 마야는 비밀을 밝히듯 몸을 살며시 앞으로 내밀었다.

“모르면 안 되죠. 사실을 말하자면 츠르나고라는 일본과 전쟁을 하고 있습니다. 선전포고도 완벽합니다.”

“옛날 이야기겠지.”

“아니요. ……지금도 그렇습니다. 전쟁이 끝이라는 조약이 없습니다.”

여우에 홀린 기분이다.

마야는 윙크를 했다.

“그러니까 일본 사람은 츠르나고라에 가면 안 됩니다. 저희 집에 츠르나고라에서 친구가 왔을 때, 일본에 가면 위험하다고 했습니다. 포로는 조약에 의해 다루어져야 합니다.”

그러고는 키들키들 웃었다.

“……센도, 너 알았냐?”

“글쎄.”

아마 무슨 농담인 모양인데 어디가 포인트인지 모르겠다. 교전국(을 포함하는 나라) 사람이 하는 말이니 순전히 거짓말은 아니겠지만. 마야는 웃기만 하고 설명해줄 마음은 없는 듯했다.

이야기가 이어졌다.

“그리고 덥다? 춥습니다. 사실을 말하자면 저 지금 덥습니다. 유고슬라비아가 훨씬 춥습니다.”

마야는 재킷을 벗어 옆에 두고 니트 모자는 무릎 위에 올려놓고 있었다. 사월치고는 다소 두껍게 입은 것 같지만 오늘은 특히 날이 춥다. 그런데도 더웠다면 분명 유고슬라비아의 추위는 더 혹독하리라.

"그리고 비는 별로 많이 오지 않습니다. 이것도 일본에 비해서 그렇습니다. 일본은 비가 많이 와서 아주 놀랐습니다. ……하지만 일본 친구가 한 말은 틀렸군요. 친구는 유고슬라비아 사람이 우산을 쓰지 않는다고 이상하게 생각했습니다. 하지만 일본 사람도 우산을 쓰지 않는 것 같습니다."

……이번에는 농담이 아닌 것 같다.

그렇게 판단하자마자 나와 다치아라이는 동시에 말했다.

"아니, 쓰는데, 우산."

"우산 써."

일제 공격에 마야는 눈을 깜박이더니 바로 웃음을 되찾았다.

"제 말이 나빴습니다. 사실을 말하자면 유고슬라비아는 비가 많이 오지 않기 때문에 우산을 갖고 다니지 않는 사람이 많습니다. 친구는 그것을 이상하게 생각하면서 일본 사람은 모두 우산을 갖고 있다고 했습니다. 그래요, 갖고 있는 것 같습니다. 하지만 비에 익숙하군요. 갖고 있어도 늘 쓰는 것은 아닌 것 같습니다."

아아, 그런 말인가.

……그렇지 않다! 비가 오는데 우산을 갖고 있으면 쓴다. 아무리 일본에 비가 많이 와도 그렇지, 우산이 있는데 일부러 쓰지 않는다는 선택이 당연한 것일 리 없다.

다치아라이도 의아하게 생각한 듯했다.

"이상한데, 그거."

"그럼 그렇지 않은 사람도 있다는 뜻이군요."

"……그보다 마야 씨, 왜 그렇게 생각했죠?"

내가 묻자 역시 이유가 있었는지 마야는 고개를 가볍게 끄덕이고 이야기하기 시작했다.

"제가 이곳에 온 것은 어제입니다. 이치야 다이조가 사망했다는 것을 알고 저는 일단 역에서 어젯밤을 지냈습니다.

그런데 오늘 아침에 어두울 때 눈을 뜨니 아직 비가 오고 있었습니다. 저는 오사카에서 우산을 잃어버렸기 때문에 곤란하게 됐다고 생각했습니다.

그래서 거리를 바라보는데 눈앞 주택 단지에서 남자가 나왔습니다. 그 사람은 우산을 들고 있었는데도 그것을 쓰지 않고 든 채로 빗속을 달려갔습니다. 그것을 보고 저는 감탄했습니다. 일본 사람은 비에 익숙하기 때문에 이 정도 비로는 우산을 쓰지 않는다. 철학으로서 재미있다. 저도 일본에 왔으니 그 철학을 배워야겠다고 생각했습니다.

어떻습니까? 저는 틀렸습니까?"

마야는 자신에 찬 얼굴로 나와 다치아라이를 번갈아 보았다.

'역 앞 단지'라는 말에 놀랄 필요는 없었다. 후지시바 역 남쪽 입구 부근은 북쪽에 비해 전혀 개발이 되지 않았고 연립주택도 몇 채 남아 있다. 단지는 없지만 마야가 말하는 것은 그곳이리라. 문제는 우산이다.

설마 마야가 우산이 아닌 것을 우산으로 잘못 봤을 리도 없고. 가랑비 정도면 귀찮아서 우산을 쓰지 않을 수도 있다. 데면데면한 사람이라면 있을 수 있는 일이다. 그러나 이 비는 며칠 전부터 꽤 쏟아진 편이었고, 오늘 아침 것도 풍류로 보아 넘길 정도는 아니었다. 무엇보다 그 남자가 '달려갔다'면 비에 젖기 싫었다는 뜻이다.

대답할 말을 찾지 못하는 내 옆에서 다치아라이는 조금 전과는 달리 시시하다는 얼굴로 커피잔을 입으로 가져갔다.

"그래. 본 그대로라면 틀리지 않지."

그 태도를 보고 감이 왔다.

다치아라이는 마야가 본 장면이 정말은 무엇인지 깨달은

것이다.

지난 이 년 동안, 다치아라이는 이런 약간 특이한 상황을 조금도 이상할 것 없는 당연한 일로 풀어 설명해 보인 적이 몇 번 있었다. ……아니, 이건 정확한 표현이 아니다. 다치아라이는 약간 특이한 상황을 당연한 일로 이해했을 뿐이다. 그것을 설명해준 적은 한 번도 없다. 일부러 골탕 먹이려고 그러는 게 아닐까 싶을 정도로 다치아라이는 설명이나 해설을 잘하지 않는다. 그러나 아마 골탕 먹이려는 건 아닐 것이다. 요컨대 그것이 다치아라이 마치란 사람이다.

그렇지만 나나 다른 허물없는 사람들이 상대일 때면 또 몰라도, 이국에서 온 사람에게까지 그런 태도로 일관해서 쓰겠나. 그렇게 생각하고 작은 목소리로 말했다.

"센도."

"뭐?"

"가르쳐줘라. 마야 씨한테. 뭘 봤는지."

다치아라이는 입으로만 웃었다.

"도치법이네. 특수한 표현은 마야 씨 앞에서 안 쓰는 게 좋지 않겠어?"

"지금은 너한테 이야기하는 거야. 넌 그 남자가 왜 우산을 안 썼는지 눈치챘잖아."

"어머, 왜 그렇게 생각해?"

"얼버무리지 마라, 이런 상황에서까지."

다치아라이는 또다시 웃더니 나를 돌아보았다.

"마야 씨한테 가르쳐주고 싶으면 네가 직접 가르쳐주면 될 거 아냐? 모르겠으면 생각해보지그래?"

이거다. 아닌 게 아니라 내가 하고 싶은 일이면 내가 해야 한다는 것은 맞는 말이다. 맞는 말이기는 하지만, 인간관계란 그런 게 아니지 않나. 좀더, 뭐랄까, 부드러움이 있어도 되지 않나.

소용없다는 것을 알면서도 그런 반론이 목구멍까지 치밀었다. 그러나 그전에 마야가 우리 이야기를 알아들었다.

"모르는 일본 말도 몇 개 있었지만…… 즉, 제가 본 것은 남이 가르쳐주지 않으면 안 되는, 아주 이상한 것이었다는 뜻입니까?"

고개를 끄덕이지 않을 수 없었다.

"그렇습니까. 그것은 모리야 씨도 마치 씨도 전혀 모르는 일입니까?"

다치아라이에게 냉랭한 시선을 던졌다. 똑바로 맞받아낸 다치아라이는 그래도 목석은 아닌지 조금은 켕기는 모양이었다. 가볍게 한숨을 쉬더니 말했다.

"마야 씨, 그 남자를 보고 나서 한동안 그쪽을 안 봤지?"

마야가 눈을 크게 떴다.

"어떻게 알았습니까? 공안이 와서 저에게 몇 가지 질문을 했습니다."

"……중국에 간 적 있구나?"

"또 맞았습니다! 어떻게 압니까?"

"일본에선 보통 공안이라고 안 하거든. 앞으론 경찰이라고 해. 그건 그렇다 치고, 마야 씨가 그 남자를 본 직후에 그 사람은 왔던 길을 역시 달려서 돌아갔을걸."

거기까지 이야기하더니 다치아라이는 검지와 중지를 붙여 막연히 나를 가리켰다.

"그다음부터는 이 애가 이야기해줄 거야."

"센도!"

다치아라이는 나를 돌아보았다. 그러나 이번에는 얼굴에 웃음기가 없었다. 턱을 가볍게 끌어당기고, 늘어진 앞머리 밑에서 시원스러운 눈으로 나를 응시했다.

"모리야. 전부터 이 말을 하고 싶었는데, 난 모리야가 자립 지향이 강한 면이 싫지 않아. 하지만 의존심도 강한 점은 좋아하지 않거든."

"그거 모순 아니냐?"

"모순된 건 너지. 있지, 이런 건 풀코스로 따지면 전채인 셈이야. 정말로 모르는 게 아니잖아? 아직 생각을 안 해봤을 뿐이잖아?"

말문이 막혔다. 아닌 게 아니라 스스로는 아직 아무것도 생각하지 않았다.

그것을 꿰뚫어 봤다면 이제 어쩔 수 없다. 큰 눈을 더욱 크게 뜨고 추이를 지켜보는 마야의 기대에 부응하기 위해, 팔짱을 끼고 생각에 잠겼다.

생각하지 않았기 때문에 모를 뿐이라는 다치아라이의 지적은 분하게도 맞았다. 그리 애먹지 않고도 이게 틀림없으리라는 확신을 가질 수 있었다. 팔짱을 풀었다.

"마야 씨."

"Da."

그때 마야의 손에 조금 전까지 없던 것이 들려 있음을 알았다. 왼손에는 자물쇠까지 달린 짙은 갈색 표지의 수첩이. 오른손에는 일본 편의점에서 백 엔이면 살 수 있는 싸구려 볼펜. 그러고 보니 아까보다 약간 몸을 앞으로 내민 것 같기도 하다.

"언제든 좋습니다."

"……."

"……어떻습니까?"

"그 수첩은 뭐죠?"

수첩을 가리키며 묻자 마야는 내려다보았다.

"이것은 '수첩'입니까. 사물의 이름은 모르는 것이 많습니다."

"그게 아니라요. 기록까지 할 만한 이야기는 없어요."

영어는 전혀 모른다면서 마야는 미국식으로 검지를 좌우로 저었다.

"Ni. ……아니요."

"아니요?"

"제가 그것을 정합니다."

쓴웃음이 나왔다. 뭐, 상관없다.

짐짓 헛기침을 했다.

"음, 우선 말이죠, 비가 오는데 우산을 안 쓰는 일은 일본에서도 보통 없어요. 그런 오해를 했을 정도니까 남자는 비옷 같은 것도 안 입고 있었겠죠. 남자는 우산을 쓸 필요가 있는데 쓰지 않았어요. 이유는 무엇인가."

마야는 응, 하며 생각에 잠겼다. 나는 기다리지 않고 말을 이었다.

"간단해요, 남자는 우산을 쓸 수 없었던 거예요. 우산이 망가졌기 때문이겠죠."

곁눈질로 다치아라이의 눈치를 살피니 그녀는 무관심한 얼굴로 창밖을 바라보고 있다. 내 기대가 과한지 모르지만, 명백히 엉뚱한 소리를 하는데 수정해주지 않을 리는 없다. 마음이 조금 가벼워졌다.

한편 당연한 일이지만 마야는 납득할 수 없는 모양이었다.

"그것은 이상합니다. 그 사람은 이른 아침에 망가진 우산을 들고 무엇을 하고 있었습니까?"

잠깐 웃었다.

"마야 씨. 유고슬라비아에선 어떤지 모르지만, 일본에선 대부분의 지역에서 쓰레기는 아침에 내놔야 해요."

"……쓰레기? 웅, 필요 없는 것?"

"그래요. 예를 들면 망가진 우산이라든지. 남자는 아침에 쓰레기를 버리러 밖에 나왔던 것뿐이에요. 불에 타지 않는 쓰레기는 타는 쓰레기만큼 자주 수거하지 않기 때문에 버릴 수 있을 때 버리는 게 좋아요. ……그래요, 다른 우산이 없어서 비를 잠깐 맞는 일이 있어도 말이죠."

불필요한 물건을 들고 아침에 잠깐 외출한다. 상황을 그렇게 파악하면 남자의 행동은 그리 별날 것도 없다. 마야가 그것을 일본인의 기괴한 버릇으로 생각한 것은 이방인답다면 이방인답다고 할 수 있으리라.

마야는 깊이 한숨을 쉬었다.

"응……. 그랬군요. 그런 이유라면 저도 잘 알 수 있습니다. 감사합니다. 틀릴 뻔했습니다."

꽤나 감탄한 모양이다. 연신 고개를 끄덕이며 볼펜으로 뭐라 끼적인다. 뭐 적어놓을 만한 게 있었나. 다시 한번 다치아라이를 보자 조금 전과 다름없이 멍하니 앉아 있다. 어쩌면 아까 내게 배턴을 넘겨준 뒤로 말소리가 귀에 들어오지 않았는지도 모른다.

그때 그 눈이 먼 곳을 바라보듯 가늘어졌다.

"……왔어."

다치아라이가 본 것은 곧 내 눈에도 보였다. 비 저편에서 하얀 소형 왜건이 다가왔다. 비상등을 켜고 속도를 줄이더니 가게 앞에 멈춰 섰다. 시라카와 이즈루가 군청색 우산을 쓰고 조수석에서 내린다. 쪽빛 터틀넥의 소매가 우산을 든 손을 거의 손끝까지 덮었다.

소몰이 종을 딸랑거리며 들어온 시라카와는 나를 발견하고 미소를 짓더니 옆에 다치아라이가 있는 것을 보고 활짝 웃었다.

"아, 마치. 마치도 있었구나."

"어려운 부탁을 해서 미안해."

시라카와는 우산의 물방울을 출입구 매트에 뚝뚝 떨어뜨리며 내게 말했다.

"미안. 오래 기다렸지?"

"기다렸다고 해야 할지……."

손목시계를 보았다. 과연 전화를 한 지 삼십 분쯤 지났다. 마야와 이야기하는 사이에 시간 가는 것을 깜박한 모양이다. 그러나…….

"이십 분쯤 있다가 다시 걸라며? 그래놓고 네가 나오면 어쩌냐?"

"……내가 그랬어?"

"그래."

"그래서 전화했어?"

"미안. 안 했다."

"그럼 됐네. 아니, 그게 아니지. 미안해."

시라카와가 머리를 숙여 사과했다. 계획이 틀어진 것도 아니고, 딱히 비난할 마음은 없었는데.

마야는 시라카와를 보더니 나를 돌아보았다.

"모리야 씨, 이분이?"

시라카와도 말했다.

"모리야, 이 사람이?"

스테레오로 들려오는 물음에 나는 두 사람 사이에 섰다.

"시라카와, 이 사람이 마야 씨. 유고슬라비아에서 오셨대. 마야 씨, 이 사람이 시라카와 이즈루. 우리 친구입니다."

그러고는 시라카와에게 눈으로 물었다. 가족과의 의논은 결론이 어떻게 내려졌나.

시라카와는 고개를 끄덕이고 한 발짝 앞으로 나섰다.

"마야 씨라고 하셨죠?"

"네."

"사정은 들었어요. 괜찮으시면 저희 집으로 오세요. 별 대접은 못 해드리지만, 이것저것 이야기를 들려주세요. 방도 따로 준비할 거예요. 돈은 필요 없지만 설거지랑 청소 등을 도와주셨으면 해요."

마야의 얼굴에 희색이 돌았다.

"감사합니다! 꼭 신세를 지겠습니다."

그러고는 오른손을 내밀었다. 바야흐로 만국 공통인 친애의 징표다. 시라카와는 잠깐 당황했으나 금세 미소를 짓고는 손등을 덮은 소매를 걷고 마야의 손을 잡았다. 그 모습을 보고 참견쟁이 중개가 성공한 모양이라고 안도했다.

다치아라이가 두 사람에게 말했다.

"다음번에 놀러갈게."

"네. 꼭 와주십시오. 일본 이야기를 많이 들려주십시오. 마치 씨, 모리야 씨, 감사합니다!"

마야는 나와 다치아라이 각각에게 머리를 정중히 숙여 인사했다. 천만의 말씀, 별일 아니에요. 그쯤 되는 의미로 손을 팔랑팔랑 저었다. 밖을 보니 비는 당분간 그칠 성싶지 않았지만, 이제 우산을 빌려줄 필요가 없으니 집에 가는 데 문제는 없을 것이다.

2

1991년(헤이세이 3년) 5월 12일 일요일

"그래서 그 동유럽 사람은 어떻게 됐냐?"

책상다리를 하고 손을 머리 뒤로 깍지 낀 누카타 히로야스가 자못 속 편한 어조로 물었다. 여름은 아직 멀었는데도 거무스름하게 탄, 보기에도 활발할 것 같은 녀석이다. 그 정도로 느긋할 수는 없었지만 나도 붙임성 있게 대답했다.

"몰라. 센도는 가끔 만나러 가는 모양이더라만."

"넌 안 가냐? 예쁠 거 아냐."

"일기일회一期一會의 상대가 예쁘다고 뭐 어떻게 되는 것도 아니잖냐."

"그걸 일기일회로 안 끝내는 게 테크닉이지."

누카타가 웃으며 말했다. 다 너 같은 줄 아느냐고 대꾸하려다가 말았다. 누카타의 페이스에 맞추다 보면 이쪽이 이상해진다. 그래도 상관없다면 상관없기는 하지만, 나는 그렇게 단순 명쾌하게 생각할 수 없다.

"테크닉은 그렇다 치고……."

뒤에서 목소리가 들려왔다. 후미하라다. 여느 때처럼 무뚝뚝한 얼굴로 역시 책상다리를 하고 앉아 있다. 팔꿈치 위까지 오는 소매 밑으로 굵은 팔이 보인다. 어깨가 떡 벌어진 체구가 누카타와 대조적으로 우락부락한 인상을 준다.

"한번 도와준 상대인데, 부탁하면 그에 응할 마음 자세 정도는 있어야 당연하지 않겠냐."

"뭐, 부탁하면 말이지."

두 사람 사이에 나는 한쪽 무릎을 세우고 앉아 있었다. 마루를 깐 어두침침한 대기실이다. 세 사람 다 위는 도복, 밑은 하카마를 입고 품에는 활 장갑이 들어 있다. 벽에는 활이 즐비하게 늘어서 있다. 기대어놓은 활 중에는 시위를 걸어놓은 것이 많지만 벗긴 것도 있다. 걸어놓은 채로 두느냐, 벗기느냐는 궁수가 각자 자기 경험에 따라 정할 문제다.

바닥에 앉아 있는 것은 우리만이 아니다. 고등학생만 수십 명이 곳곳에 몇 명씩 둘러앉아 있다. 도복에 이름표를 단 것이 아니니 누가 어디의 누구인지도 모르지만, 이 지구에 있는 거의 모든 고등학교에서 선수가 모여들었을 터였다. 전국 고등학교 종합 체육대회, 궁도, 지구 예선, 개인전.

우리 후지시바 고등학교 궁도부가 개인전에만 참가한 것은 특별한 이유가 있어서가 아니다. 단순히 인원이 부족해서일 뿐. 활을 쏠 수 있는 수준의 남자 부원은 나, 누카타, 후미하라, 그리고 안절부절못하다가 아까 산책 나간 2학년 마부치, 이렇게 네 명뿐이다. 신입생이 한 명 들어오기는 했지만 입부한 달째에는 아직 활도 들지 못한다.

우리가 1학년 때는 단체전 팀을 둘이나 편성할 만한 인원이 있었다. 그러나 이 년 사이에 차례차례 그만두고 결국 우리 셋만 남았다. 이유는 명백하다. 지도 교사인 가가미의 부 운영 방침이 '이기기 위해서가 아니라 수련을 위한 궁도'이기 때문이다. 덕분에 후지시바 고등학교 궁도부는 시합에서는 잘 이기지 못한다. 철저하게 못 이긴다. 그게 재미없어서 그만두는 사람이 생기는 것도 무리는 아니다. 그래도 이 세 사람은 남았다. 하기야 후미하라는 또 몰라도 나는 별반 '수련'을 하고 싶어서 남은 것은 아니다. 아마 누카타도 그럴 것이다.

철문이 육중한 소리를 내며 열렸다. 젊고 기골이 장대한 교원이 손에 든 종이를 내려다보며 고개도 들지 않고 이름을 불렀다. 순서대로 여섯 명. 호명된 선수는 짤막하게 "네" 하고 대답하며 일어섰다. 그러고는 왼손에 활을, 오른손에 화살 넉 대를 들고 대기실 밖으로 나갔다. 그들을 지켜보던 누카타가 말했다.

"히사누마 상고 녀석들이군."

후미하라가 고개를 끄덕였다.

"그래. 단체전에도 나갔던 녀석들이야."

선수의 정신 상태에 대한 배려인지, 아니면 운영상의 편의 때문인지, 개인전도 기본적으로는 학교 단위로 시합에 임한다. 후지시바 고등학교는 히사누마 상고 다음 차례다. 즉, 슬슬 때가 됐다는 뜻이다.

히사누마 상고 여섯 명이 나간 철문에 시선을 던졌다.

"……마부치는 아직 산책중인가?"

누카타가 어깨를 으쓱했다.

"배탈이라도 난 거 아냐?"

"웃을 일이 아닌걸. 찾으러 갈까."

"아무리. 무슨 어린애도 아니고."

또 웃었다.

웃고는 있지만 평소의 누카타에 비하면 목소리도 몸짓도 작다. 시합을 앞둔 다른 학교 선수들에 대한 배려일 테고, 또 우리에 대한 배려이기도 할 것이다. 쏜 화살이 명중하느냐 아니냐는 물리적인 문제이기 때문에, 기력이 충실하다고 빗나갈 화살이 어떤 초자연적인 힘에 의해 명중하지는 않는다. 하지만 마음이 어지러우면 불가사의하게도 이상적인 힘의 전달이 불가능하다는 것은 모두 경험상 알고 있다. 새삼 생각해볼 것도 없다. 그저 시합 전에는 침착하게 있을 것, 그뿐이다.

철문이 열렸다. 어쩐지 미안한 표정으로, 그렇지 않아도 작은 몸을 움츠리고 마부치가 들어왔다. 그것을 보고 후미하라가 일어섰다.

"좋아."

힘을 주어 스트레칭을 한다. 꼭 그 영향은 아니지만, 나와 누카타도 일어나 가볍게 몸을 움직이기 시작했다. 마부치는 신경질적으로 자기 활시위를 퉁기고 있었다. 그답지 않게 웃음기가 사라진 얼굴로 누카타가 나지막이 중얼거렸다.

"이걸로 마지막이로군."

나는 활 장갑을 끼었다. 맑은 호박색이던 장갑은 오래 써서 화살이 닿는 부분이 거뭇하게 윤까지 났다.

얼마 되지 않아 우리가 호명되었다.

"자, 가자."

내 말에 세 사람이 고개를 끄덕였다.

철문을 지나 밖으로.

오전 중에는 맑더니 점점 흐려졌다. 우리가 대기실에서 나왔을 때는 하늘에 구름이 잔뜩 끼어 있었다. 바람은 아직 차다. 그렇지만 살을 에는 듯한 날카로움은 꽤 많이 누그러진 같다. 대기실에서 궁도장까지는 조금 거리가 있다. 대자리를 깐 길을 버선발로 나아간다.

누카타는 이것으로 마지막이라고 했다. 아직 현 대회가, 경우에 따라서는 전국 대회까지 남아 있건만 성미도 급하다. 하기야 우리 실력을 냉정하게 판단하면 이게 마지막이 될 가능성은 매우 높다.

이곳에는 1학년 신인전 때 처음 왔다. 그때는 가을이었다. 그 이래로 이 길을 몇 번 걸었다. 이 년간. 활쏘기 실력은 늘었다고 생각한다. 대학 입시에 임할 정도의 지식도 생겼다. 그러나…… 문득 묘한 의문이 가슴에 치밀었다. 아까 누카타가 마야 이야기를 한 탓이다. 나는 예컨대 저번에 마야가 한 것과 같은 의미의 경험을 하나라도 했던가? 가가미가 궁도를 통해 '수련'을 가르치려 하는 것이라면, 나는 무슨 수련을 쌓았나. 궁도부원 모리야 미치유키는 어지간한 행운이 따르지 않는 한 오늘로 끝이다. 그리고 일 년도 채 되지 않아 나는 고등학생조차 아니게 된다.

……머리를 내저었다. 시합 전에는 침착하게 있어야 한다.

오는 길에 시시껄렁한 이야기를 계속하던 누카타도 차례를 기다리는 선수들 뒤에 줄 서자 팽팽하게 긴장했다. 후미하라는 원래의 분위기에 고요한 기합이 더해져 벌써부터 영락없는 무예자 같다. 마부치는 딱하게도 온몸이 딱딱하게 굳어 있다. 단체전 같으면 선배로서 한마디 전수해줄 수 있겠으나, 이것은 개인전이라 다 경험이라 생각하고 내버려두었다.

앞 조의 차례가 끝난 듯했다. 어느 학교 선생님일 듯한 중년 남자가 신호를 보냈다.

"좋아, 다음 조."

선두는 후미하라. 엄숙한 표정으로 허리를 굽혀 절을 하고 왼발부터 도장에 들여놓았다. 왼손에 활, 오른손에 화살. 후미하라의 화살 깃은 매 깃털 모양이다. 이어서 누카타. 절은 맨 처음 사람만 하고, 두 번째부터는 고개만 숙인다. 그다음이 나, 마부치. 다른 학교 선수 둘이 뒤를 잇는다.

이 년간 되풀이해서 연습해온 대로 발을 끄는 듯한 걸음걸

이로 정해진 위치에 가 섰다. 우선 화살 넉 대를 바닥에 놓고 그중 둘을 집는다. 선두인 후미하라가 발사 동작에 들어서는 타이밍에 고개를 꼬아 과녁을 똑바로 바라보았다. 이 궁도장은 대회 때가 아니면 올 일이 없기 때문에 평소 이용하는 도장과 분위기가 다르다. 하지만 시합도 이미 여러 번 경험했다. 그런 이유로 정신 집중이 흐트러지지는 않는다.

후미하라, 제1발. ……명중, 과녁 중심에서 약간 왼쪽. 누카타가 발사 동작에 들어섰다. 나는 화살을 시위에 메겼다. 직후에 내 등뒤에서 마부치가 제1발을 쏘았다. 개인전 6인 경기는 세 명이 한 조가 되어 번갈아 쏜다. 마부치의 화살은 위로 크게 빗나갔다. 이어서 쏜 누카타의 제1발도 빗나갔다.

활을 머리 위로 들어올리고 화살을 잡은 오른손은 그대로 둔 채 왼손만 과녁을 향해 내민다. 그 자세에서 천천히 시위를 당기며 손을 내린다. 화살이 대략 입술 높이까지 내려왔을 때 동작을 멈춘다. 활을 당기는 것도, 당기지 않는 것도 아닌 미묘한 순간. '유전留箭'이라 하는 시간이다. 충분히 활을 당기고 이시離矢를 기다리는 것만 남은 이 시간에 사수는 거의 아무것도 하지 않는다. 유전의 길이는 사람마다 다르다. 후미하라는 약 오 초, 누카타는 이삼 초. 나는 대개 십 초쯤 된다.

십 초 뒤에 화살이 시위를 떠난다. ……'팅' 하는 맑은 소리. 화살이 나무틀을 맞고 튕겨나갔다. 부중不中이다.

후미하라, 제2발, 부중. 누카타. 제2발. 명중. 나, 제2발. 과녁 오른쪽 위를 스칠 듯 말 듯 부중.

첫 두 발을 다 쏘고 선 채로 다음 두 대를 집었다.

후미하라의 제3발은 보기 좋게 과녁 중심에 꽂혔다. 그 흐름을 타듯 누카타 역시 한가운데에 박아넣었다. 누카타가 끝나기를 기다려 활을 들어올렸다. 앞의 두 발은 빗나갔지만 컨디션은 나쁘지 않았다.

머리 위에서 왼손만 과녁 쪽으로 내민다. 그리고 잡아당긴다.

그때, 과녁만 보고 있던 눈이 한구석에서 쓸데없는 것을 발견했다.

관람석 구석, 과녁 가장 가까운 곳에 나란히 앉은 삼인조. 다치아라이와 시라카와, 그리고 마야. 마야는 예의 짙은 갈색 수첩을 펴고 있었다. 뭘 메모할 생각인가.

"……."

그쪽에 정신이 팔린 것이 문제였다. 어깨 힘이 활의 힘에 밀려 균형이 무너졌다. 일단 어깨가 밀리면 올바르게 쏘기 위해서는 활을 한 번 내려야 한다. 그러나 이미 동작은 시작되었다. 여기서 활을 내리면 이 한 발은 반칙으로 처리돼 자동으로 부중이 된다.

어쩔 수 없었다. 어깨와 팔꿈치를 쓰는 본래의 동작에서 벗어나 아래팔의 힘만으로 쏘았다. 유전도 거의 유지하지 못했다. 뿐만 아니라 활줄이 팔의 힘을 뿌리치고 느슨해지려는 것에 버티지 못하고 놓고 말았다. 보내기 이시라고 불리는, 전형적인 발사 실패.

그런데 맞았다. 후미하라, 누카타에 이어 정중앙.

마지막 화살을 메기며 세 사람을 슬쩍 보았다. 틀림없이 그들이다. 시라카와는 교복 블레이저 위에 우윳빛 카디건을 걸쳤고, 다치아라이는 슬슬 집어넣을 때가 된 검은 롱코트를 껴입었다. 마야는 스웨터에 청바지. 오늘이 시합이라고 알려준 기억은 없는데. 아니, 마야를 신경쓰고 있을 때가 아니다. 활을 쏠 때는 당연히 머리를 텅 비워야 한다. 정신 상태를 그렇게 만들려고 의도한다. 그러나 자야지 하고 자리에 누워도 잠이 오지 않는 것과 마찬가지로, 의도적으로 의도를 없애는 일은 불가능했다.

어느새 누카타가 이미 활시위를 당기고 있었다. 황급히 자세를 잡고 활을 들어올렸다.

여간 꼴사나운 게 아니다. 내 제4발은 명백히 형편없었다.

5인 경기였으면 내 차례가 될 때까지 시간이 충분했을 텐데. 아니면 이미 네 번째 화살이니 다소 규칙을 변경해서라도 시간 간격을 두었어야 했나. 그러나 이미 활시위를 당겼으니 어쩔 수 없다. 이번에는 충분히 당기지 못한 채 어설프게 놓아 버렸다.

그런데 이게 또 명중했다. 과녁 아래쪽에 바짝 붙어서. 거짓말 같은 명중이다.

결과는 후미하라가 네 발 쏘아 세 발 명중. 누카타가 두 발. 마부치는 애석하게도 전부 빗나갔다. 그리고 나는 두 발 명중시켰다. 퇴장할 때는 침착했다. 시침 뚝 떼고 예법에 맞는 동작으로 활터를 벗어났다.

활터 밖에서는 한발 앞서 퇴장한 후미하라가 연신 목을 돌리고 있었다. 누카타가 왜 그러느냐고 묻자 후미하라는 여전히 목을 돌리며 말했다.

"어제 잠을 좀 잘못 자서 말이야. 뭐, 별건 아닌데."

"어이구, 그러고 세 발 명중이라니 어처구니가 없군. 컨디션이 좋은 모양인데. 위까지 갈 수 있겠냐?"

"오후에도 세 발인가. 어쨌든 하는 데까지 해보는 거지."

개인전 예선 통과는 여덟 발 쏴서 여섯 발 이상 명중시키는 것이 조건이다.

누카타는 어깨를 으쓱하더니 나를 돌아보고 어깨를 탁 쳤다.

"우리는 몰기를 노려야겠군. 편하게 가자."

애매하게 말을 흐리는 수밖에 없었다. 특별히 주의를 기울여 보지는 않았지만, 누카타는 여느 때처럼 쏜 듯했다. 점수상으로는 아닌 게 아니라 나와 누카타 똑같이 두 발 명중이지만……. 누카타는 이어서 의기소침한 마부치에게도 말을 걸었다.

"넌 아쉽게 됐다. 뭐, 다음 기회가 있으니까."

"아, 네……."

마부치의 화살은 재주도 좋게 과녁을 상하좌우로 번갈아 빗나갔다. 어째서 빗나갔는지 원인을 알 수 없게 빗나갔다. 그런 일도 있다. 어째서 명중했는지 알 수 없는 때가 있는 것처럼. 배 언저리에 기분 나쁜 것이 찬 느낌이었다. 지금껏 입 밖에 내본 적이 없지만, 사실 나는 화살이 명중하든 빗나가든 상관없다고 생각한다. 그래봤자 스포츠고, 나는 스포츠맨이 아니기 때문이다. 그러나 명중할 리 없는 화살이 명중한다는 것은 조금 기분 나쁜 일이었다.

얼마 동안 경기를 감상하고 있으려니, 고전告傳이라고 해서 중, 부중을 알려주는 사람이 살받이에 꽂힌 우리 화살을 갖다 주었다. 검은 바탕에 하얀 선이 한 줄 들어간 것이 내 화살이다. 화살대는 알루미늄. 덧붙이자면 활은 유리섬유다.

화살을 받아들고 얼굴을 들자 고전 뒤에 세 여자가 서 있는 게 보였다. 특필할 것은 마야로. 뺨이 붉게 상기되어 흥분이 채 가시지 않은 모습이었다. 그래도 매너에 관해 미리 설명을 들었는지 조그맣게 소리 죽여 말했다.

"모리야 씨, 훌륭하군요! 만끽했습니다."

"그래, 잘됐네. ……응원하러 온 거냐?"

그 말에는 다치아라이가 대답했다.

"응원은 아니고. 마야한테 궁도 대회가 있다고 말했더니 꼭 보고 싶다고 해서."

"응원도 했어."

시라카와가 살짝 덧붙여 말했다.

세 사람에게 유감은 없었다. 내 활쏘기가 흐트러진 건 이 녀석들을 보고 놀랐기 때문이지만, 애초에 활쏘기 동작을 개시한 뒤 다른 것이 눈에 들어왔다는 것 자체가 주의가 산만했다는 증거다. 치어리딩이라도 하고 있었으면 원망할 만하겠으나 누구를 책망하려면 대상은 나 자신밖에 없다. 게다가 활쏘기가 흐트러졌다고 뭔가를 탓할 정도로 진지하게 임하고 있는 것도 아니다.

다치아라이는 활을 멘 나를 얼마 동안 보더니 천천히 말했다.

"의외로 안 맞는구나. 영화에선 화살이 빗나가는 걸 본 적이 없는데."

"그러게. 조연이 쏘는 권총만큼 안 맞지."

"상태는 어때?"

"슬슬 나아지는 것 같군."

누카타가 웃는 얼굴로 물었다.

"모리야, 이 사람이……."

"아, 그래."

새삼 그쪽으로 몸을 돌렸다. 마야도 눈치채고 차려 자세를 취했다.

"유고슬라비아에서 온 마야 씨."

"마야라고 합니다. 잘 부탁드립니다."

마야가 머리를 숙였다. 누카타가 꾸벅꾸벅 절을 했다.

"아, 안녕하세요. 누카타 히로야스입니다. 야, 정말 예쁘잖아."

"정말, 뭐죠?"

"아뇨……."

어울리지 않게 쑥스러워하기는.

이어서 후미하라가 의젓하게 말했다.

"후미하라 다케히코입니다. 천천히 보고 가세요."

"네, 감사합니다."

선배들 앞에서 조심하느라 그러는지 마부치는 조금 떨어진 곳에서 추이를 지켜보고 있었다. 마야는 내내 생글생글 웃으면서도 목소리를 낮추는 것을 잊지 않았다. 그 반동으로 제스처가 거창했다.

"웅, 독특합니다. 고요함이 무서울 정도입니다. 특히 쏠 준비가 끝나면서부터 겨냥하는 사이, 옆에서 보는 저도 이렇게 됐습니다."

마야는 온몸을 있는 힘껏 움츠렸다. 후미하라가 기쁜 얼굴로 고개를 끄덕였다.

"보기만 하고도 유전의 긴장감을 감지하다니 자세히 봤군요. ……사실 그건 겨냥하는 게 아니지만요."

"당신이 제일 잘한 사람이죠? 세 발 명중했습니다."

"아뇨, 이 녀석들이랑 거기서 거기예요."

"웅, 그럼 쏠 때 제일 표정이 무서워지는 사람이군요."

나쁜 뜻은 없는 발언에 후미하라는 뒷말을 잇지 못하는 듯했다. 나와 누카타는 시선을 교환하며 웃었다. 마야는 정말 자세히도 본다.

"시합은 끝났죠?"

"……아뇨, 오후에도 있어요. 모리야도 나가니까 응원해 주세요."

힘차게 고개를 끄덕이는 마야 옆에서 시라카와가 물었다.

"오후에도 시합이 있으면 점심 먹겠네? 다 같이 먹지 않을래? 마야도 이야기를 듣고 싶은 것 같고."

미간이 찡그려졌다. 누카타를 흘깃 보니 그도 비슷한 표정이다. 아마 같은 생각이리라. 내가 대변했다.

"아냐, 사양하련다. 아직 긴장을 풀긴 이르니까."

아둥바둥할 일은 아니라지만, 일부러 불리해질 일을 하는 것도 내키지 않는다.

"아이고, 아까워라. 모처럼 가자고 해줬는데 아까워라."

누카타가 진심으로 분한 듯 중얼거렸다. 그와 대조적인 것이 다치아라이였다.

"어쩔 수 없지. 너무 오래 있는 것도 폐가 될 테니까 우린 그럼 이만."

"그러게. 그럼 오후에도 열심히 해."

그런 말을 남기고 세 사람은 자리를 뜨려 했다. 그때, 목소리를 낮추기는 했지만 날카로운 일갈이 날아들었다.

"어이!"

마야의 어깨를 치려던 시라카와가 그 목소리에 몸을 움츠렸다. 얼굴을 들어보니 목소리의 임자는 궁도부 지도 교사 가가미였다. 즉 우리 궁도부원들을 부른 것이라는 뜻이지만, 떠날 타이밍을 놓친 세 사람도 어쩌다 보니 이쪽으로 다가오는 가가미를 함께 맞이하는 모양새가 되었다.

가가미는 정년퇴직이 얼마 남지 않은, 몸집이 작은 사내다. 학교에서 세계사를 가르치고, 담임이 된 적은 없다. 양복에 넥타이를 매면 표현은 좀 그렇지만 볼품없어 보이는데, 도복을 입으면 '다부진 풍모'로 보이는 것이 분위기의 묘라 할 수 있다. 평소에는 실제 나이보다 한발 앞서 사람 좋은 할아버지 같은 얼굴인데 화가 났을 때의 박력은 상당하다. 보아하니 지금은 화가 난 모양이다. 이유는 짚이는 데가 있었다. 아니나 다를까, 가가미는 다른 사람들은 거들떠보지도 않고 내 앞에 섰다. 조금 밑에서 노려보는 눈초리에, 아까 한 활쏘기에 관해 찔리는 구석이 있는 나는 그만 고개를 떨어뜨리고 말았다.

"모리야, 방금 그 활쏘기는 뭐냐."

"예에……."

"네가 지난 이 년간 해온 게 그런 활쏘기냐? 그렇게 흐름이고 뭐고 없이 뒤죽박죽으로 쏘다니, 아픈 데라도 있냐?"

"아뇨, 없습니다."

"처음 한 순은 그런대로 괜찮았다만, 나중 한 순은 네 장점이 전부 사라지고 없더라. 알고 있는 거냐?"

"네."

가가미는 팔짱을 끼고 깊이 한숨을 내쉬었다.

"……마지막까지 정신적인 이유로 실패하는 건 너도 원하지 않을 것 아니냐. 네 이 년간이고, 네 활쏘기다. 어떻게 마무리를 짓든 난 상관없다만 후회를 남기면 나중에 힘들어. 활터 뒤로 가면 짚단이 있다."

알겠다고 순순히 대답할 수밖에 없었다. 기술적인 지도를 안 한 것은 여기까지 온 이상 알아서 하라는 뜻이리라. 더 할 말이 없다는 듯 발길을 돌리려던 가가미는 불현듯 다른 부원들에게도 말을 걸었다. 후미하라에게는 "잘했다", 누카타에게는 "잘 쐈다만 긴장을 풀지 마라". 그리고 마부치에게는,

"첫 발은 형편없었다만 나머지 세 발은 다 털어버렸더구나. 좋았다."

침울하던 마부치는 그 한마디로 구원을 받은 듯 얼굴을 들었다.

"가, 감사합니다."

“아쉬우면 짚단을 쏴라. 도복은 벗지 말고. 폐회식이 있으니까.”

“예” 하며 마부치가 고개를 끄덕이는 것을 기다리지 않고 가가미는 어디론가 서둘러 가버렸다. 활터에는 6인 경기인데도 네 명이 서 있었다. 우수리가 생긴 것을 보면 개인전 마지막 조인가 보다.

문득 보니 마야가 눈을 깜박거리며 가가미의 뒷모습을 지켜보고 있었다. 그 옆얼굴을 보는데 마야가 고개를 돌려 나와 시선을 맞추었다.

“모리야 씨.”

“응?”

아무 일도 없었던 것처럼 대답했다.

“저 사람은 모리야 씨의 선생님입니까?”

“그래, 가가미 선생님.”

“모리야 씨는 야단을 맞았습니까?”

잠시 생각해보았지만, ‘야단치다’ ‘질책하다’ ‘지도하다’ ‘격려하다’ ‘기합을 넣어주다’ 등의 뉘앙스 차이를 마야가 이해할 수 있을지 알 수 없었다. 일단 고개를 끄덕이고 보았다.

그러자 마야는 눈살을 찌푸리고 입술을 비쭉 내밀어 심각한 표정을 지었다. 웅, 하고 으르렁거린다. 뭔가 있구나 싶었지만 공교롭게도 지금은 시간적 여유가 없다. 다치아라이에게 뒷일을 부탁하려고 시선을 던졌는데 무시하기에 시라카와에게 뒷일을 부탁한다고 말로 전했다. 시라카와는 고개를 끄덕이고 마야의 소매를 잡아당겼다.

"마야, 우리 이만 점심 먹으러 가자."

"하지만 이즈루, 저 모리야 씨에게……."

"나중에 해도 되잖아. 어차피 또 올 텐데. 더 있으면 방해돼."

그 말에 마야는 마지못해 물러섰다.

"……모리야 씨와 다른 분들은 언제쯤부터입니까?"

나는 짐작도 되지 않았으므로 후미하라에게 맡겼다. 후미하라는 바로 대답했다.

"3시 반경부터예요. 늦어도 4시 전엔 시작할걸요."

"알겠습니다. 그때 다시 오겠습니다. 이즈루, 마치 씨, 괜찮습니까?"

다치아라이와 시라카와가 흔쾌히 고개를 끄덕였다. 그러고도 미련이 남는지 마야는 몇 번씩 돌아보았다.

세 사람이 떠난 뒤, 누카타가 묘하게 히죽거리는 것을 깨달았다.

"뭐냐?"

"야, 좋은데."

뭐가.

후미하라도 다소 흥미가 있는 듯했다.

"저 마야 씨란 사람은 일본에 뭐하러 온 거냐?"

"글쎄. 아버지를 따라왔다고 들었는데."

"그래서 시라카와네 집에서 지내는 거냐? 아버지는 어쩌고?"

"신세 지기 싫다더라."

후미하라는 이해가 안 된다는 듯 고개를 갸웃했다. 그러나 곧 기분을 바꾸듯 짤막하게 숨을 내뱉더니 우리를 둘러보았다.

"뭐, 됐다. 밥 먹고 오후 경기다."

그래도 마지막인데 집중 좀 한다고 벌 받지는 않겠지.

적당히 배를 채운 뒤 잠시 짚단을 쏘는 것도 나쁘지 않을 것이다.

오후 일정도 단체전이 먼저다. 구경하러 갔던 누카타에 따르면 후지시바 상고가 앞섰다고 했다.

개인전 순서는 오전과 같다. 즉 우리 차례는 끝에서 두 번째라는 뜻이다. 기다리는 동안 누카타는 떠들고 후미하라는 꼼짝 않고 집중했다. 오전과 비교해 아무것도 달라지지 않았다. 즉, 평소와 똑같았다. 나는 짚단 쏘기를 몇 발 만에 끝내고 그 뒤로는 꼼짝하지 않았다. 후반에 진출하지 못한 마부치만 어깨의 짐을 내려놓은 것처럼 다리를 쭉 뻗고 만화를 읽고 있었다.

히사누마 상고 선수들이 나가고 몇 분 있다가 우리 이름이 불렸다.

현실적으로 생각할 때 나와 누카타가 상위 대회에 진출하기는 쉽지 않을 것이다. 네 발 몰기도 더러는 있지만 우리 역량으로 그것을 막판에 기대하는 것은 너무 뻔뻔하다. 도대체가 가가미가 우리에게 가르친 활쏘기는 다른 학교 선수들처럼 적중을 위해 군데군데 수를 쓰는 활쏘기에 비하면 아무래도 불리할 수밖에 없다. 그 방향으로 몇 년간 수련을 쌓으면 명중률이 높아질지 모르지만, 그럴 생각은 전혀 없으려니와 어차피 오늘은 이미 틀렸다.

오후 경기에 진출하지 못한 선수들이 빠졌기 때문에 이번에는 히사누마 상고 선수가 줄 선두에 섰다. 차례대로 활터에 들어섰다. 줄 맨 끝은 마부치다. 오전 경기 결과 이미 탈락한 마부치는 예비용 시위를 가지고 대기하는 역할을 맡았다. 관객석에 마야와 다치아라이, 시라카와가 보였다.

오른쪽에서 네 번째 과녁 앞에 딱 멈춰 섰다. 선두인 히사누마 상고와 거의 동시에 화살을 집어 시위에 메겼다. 자세를 바로잡고, 활을 잡고, 과녁을 똑바로 보며 천천히 활을 들어 올렸다.

화살은 내가 생각해도 똑바로 날아가 과녁 약간 위쪽에 박혔다. 살받이가 약해졌는지 화살이 조금 처지더니 주르르 떨어졌다.

나보다 히사누마 상고 선수가 더 빨리 쐈나 보다. 어느새 후미하라가 시위를 당기고 있었다. 깔끔한 이시, 과녁 약간 왼쪽 밑에 명중. 내가 화살을 메길 즈음에 누카타가 이시. 어디서 그르쳤는지 화살은 과녁 앞 지면을 스치고 튀어오르더니 과녁을 꿰뚫었다. 쓸기 명중. 야구의 투구와 마찬가지로 원 바운드는 무조건 실책으로 간주된다.

제2발을 메기고 시위를 당겼다. 날아간 화살은 재현 영상처럼 첫 발 때와 똑같은 궤도를 그리더니 빨려들듯 첫 번째 화살을 꿰뚫었다. 금속이 짜부라지는 소리가 희미하게 들렸다.

일본 궁술의 화살에는 알루미늄 화살을 꺾어버릴 위력이 충분히 있다. 다소 감상적으로 표현하자면 지금껏 동고동락해온 화살이 마지막 시합에서 부러진 셈이었지만 동요는 없었다.

경기는 엄숙하게 진행되었다.

마지막 두 발을 집었다. 화살은 오른손, 첫 발을 시위에 메기고 둘째 발을 넷째와 새끼손가락으로 지탱했다. 앞선 두 발이 빗나갔으니 원래는 조준을 조정하는 편이 좋을 것이다. 그러나 안 하던 일을 할 생각은 없었다. 실제로 의식하지는 않았지만, 논리로 따진다면 어차피 첫 발이 빗나간 시점에서 이미 예선 탈락이 확정된 것이다.

셋째 발. 맑은 파열음. 명중. 흑백 과녁의 중심에서 약간 위.

둘째 화살로 바꾸었다.

자동적인 움직임이었다. 자동적이기는 해도 작업적이지는 않다. 생활과 비슷하다.

화살을 시위에 메겼다. 화살을 따라 시선을 움직여 과녁을 보는 듯 마는 듯 하고는 고개를 되돌리고 단전에 의식을 집중했다. 활 준비. 과녁 보기. 6번 현음에 활 들기. 왼손을 앞으로, 오른손은 그대로. 3할 당긴 상태부터 팔꿈치 힘으로 당긴다. 뺨에 붙이고 입 위치까지 당겼다가…… 유전.

이시.

그 순간, 날카롭고 짤막한 음이 귓전을 때렸다. 현이 끊어진 것이다. 싸구려라고는 해도 이 년간 계속 써온 유리섬유

활은, 결코 꼼꼼하다 할 수 없는 주인의 관리 소홀 탓도 있어 여기저기 흠집이 나 있었다. 시위도 몇 번을 교체했는지 모른다. 처음에 여덟 개 산 화살 깃은 점차 너덜너덜해져, 다시 산 넷 중 하나는 좀 전에 내 손으로 꿰뚫고 말았다. 마지막 화살은? 활터에서는 있을 수 없는 절도 없는 동작으로 과녁을 훌쩍 보았다. 현이 끊어졌는데도 둘째 화살은 첫 발의 약간 아래, 과녁 한복판을 관통했다.

최종 전적, 여덟 발 중 네 발 명중.

그제야 비로소 다른 사람들의 성적도 눈에 들어왔다. 누카타, ×○○○, 여덟 발 중 다섯 발 명중. 후미하라, ○××○, 여덟 발 중 다섯 발 명중. 셋 다 예선 탈락이었다.

예절에 따라 퇴장. 활터를 향해 가볍게 고개를 숙였다.

고전이 화살을 갖다주었다. 내 것은 검은 바탕에 하얀 선 한 줄. 화살 셋과 부러진 화살 하나. 화살촉에 남은 흙을 꼼꼼하게 털었다.

큰 한숨 소리가 들렸다. 누카타다. 누카타도, 그리고 후미하라도 어딘지 모르게 쓴웃음을 짓는 듯한 표정이었다.

"아깝게 됐어. 세 번째는 파고든 줄 알았는데."

"약간 떴어. 뭐, 아까운 건 너도 마찬가지지."

"난 틀렸어. 첫 발이 빗나가면서 느슨하게 풀려서 쏜 게 우연히 맞은 거나 다름없다고."

누카타는 그런 말을 하며 활줄을 풀기 시작했다. 풀어낸 활줄을 품에 넣더니 또다시 크게 한숨을 내쉬었다. 후미하라가 내게 말했다.

"너도 아쉽게 됐어."

나도 이 녀석들처럼 쓴웃음을 짓고 있었을 것이다.

"아쉽기야 하지만, 글쎄, 뭐랄까. 그게 안 맞으면 어쩔 수 없다 싶더라."

활터 뒤편에서 가가미가 나타났다. 오전과 달리 평소의 한 발 이른 사람 좋은 할아버지 얼굴이었다. 손을 가볍게 흔들며 다가오더니 연신 고개를 끄덕이며 말했다.

"수고했다."

후미하라가 머리를 숙였다.

"선생님, 감사합니다."

그 말을 듣고 우리가 오늘로 은퇴한다는 것을 실감했다. 나도 머리를 숙이고, 누카타도 그랬다. 가가미는 또다시 고개를 끄덕였다.

"상위 대회에 못 나가게 된 건 유감이다만 내가 보기로 억울하지는 않을 것 같은데 어떠냐?"

나와 후미하라는 순순히 고개를 끄덕였으나, 누카타는 겸연쩍게 머리를 긁적였다.

"첫 발을 빗맞히고 긴장이 풀리고 말았습니다."

그러나 가가미는 더욱 싱글싱글 웃었다.

"그러냐. 그래서 다행이었는지도 모르겠구나. 무의식적으로 그랬던 걸 수도 있겠다만, 넌 대회만 나가면 맞히려는 마음이 너무 강했어. 좋은 활쏘기였다."

"……네, 감사합니다."

가가미는 이어서 나를 돌아보았다.

"모리야, 오후엔 재기했더구나."

"네."

"넌 마지막 순간까지 잔재주에 의지하지 않는 배짱이 있어. 그게 네 강점이다. ……잘했다."

잠자코 다시 한번 머리를 숙였다. 이 년간 속이고 살아온 것 같아 뒤가 켕겼다.

"후미하라."

"네."

"지금껏 정사필중正射必中•을 가르쳐놓고서 이런 말 하기는

• 바르게 쏘면 반드시 명중한다는 뜻.

뭐하다만, 그 활쏘기로 두 발 명중이라니 운이 없었구나. 대학에 가서도 궁도를 계속할 거냐?"

후미하라는 잠시 우물쭈물했다.

"……아직 생각 안 해봤습니다. 게다가 입시 공부는 이제 시작이니까요."

"그렇구나."

가가미는 가볍게 숨을 내쉬었다.

"좋아, 다음은 입시다. 열심히들 해라."

"네."

합창이 되었다. 가가미는 뒷짐을 지고 천천히 활터 쪽으로 돌아갔다.

기다렸던 것처럼 뒤에서 누가 우리를 불렀다. 귀에 익은 목소리였다.

"수고했어."

뒤를 돌아보니 시라카와였다. 물론 다치아라이와 마야도 있다. 스포츠 음료 캔을 다치아라이는 둘, 마야는 하나 들고 있었다. 다치아라이는 쌍권총을 불시에 빼들고 쏘는 듯한 손놀림으로 그것을 우리에게 불쑥 내밀었다. 그리고 '손들어' 대신 이렇게 말했다.

"위문품."

"오, 고맙다."

누카타는 스스럼없이 그것을 받아들었고, 후미하라도 고마움을 표하고 받았다. 다치아라이가 자발적으로 위문품 같은 것을 생각해낼 리가 없으니 분명 시라카와의 제안일 것이다. 푸슉, 하고 캔 따는 소리. 두 사람은 곧장 마시기 시작했다. 마야가 든 캔은 내 것이리라고 당연히 기대했는데, 마야는 오전에 헤어졌을 때처럼 입술을 비쭉 내밀고 멍하니 있기만 했다. 못 견디게 스포츠 음료를 마시고 싶은 것은 아니었지만 그만 얼빠진 질문을 하고 말았다.

"내 건……?"

"어머?"

이변을 깨달은 시라카와가 마야의 어깨를 검지로 쿡 질렀다.

"마야, 마야."

마야는 흠칫 놀라 얼굴을 들었으나, 스포츠 음료 캔을 되레 꽉 쥐었다. 손의 온기가 옮지 않으면 좋겠는데. 미지근한 스포츠 음료는 맛없다. 태평하게 그런 생각을 하는 내게 마야는 드디어 생각이 정리됐다는 듯이 기세 좋게 물었다.

"모리야 씨!"

목소리가 의외로 컸던 탓에 나는 황급히 검지를 입에 갖다 댔다. 마야의 눈의 초점이 손가락에 맞춰지면서 살짝 사팔뜨

기가 되었다.

"왜요?"

"아니, 조용히 하라고. 아직 시합중인 사람도 있으니까."

마야는 흠칫 놀라 입을 막고는 좌우를 둘러보았다. 그러더니 이번에는 필요 이상으로 작은 목소리로 말했다.

"……이 있습니다."

"이번엔 안 들리는데."

"웅, 묻고 싶은 것이 있습니다. 모리야 씨는 선생님에게 칭찬받았죠?"

"들었냐? 그러게, 칭찬받았지."

그러자 마야는 또 손에 힘을 주었다. 캔에서 불쾌한 소리가 난 듯했다. 혹시 찌그러졌나? 마야는 자기 손 안으로 시선을 떨어뜨렸지만 캔의 형태가 걱정되어서 그런 것은 아닌 모양이었다. "들고 있으십시오" 하며 캔을 시라카와에게 떠넘기고는 주머니에서 재빨리 수첩과 펜을 꺼냈다.

"저는 그 부분을 잘 모르겠습니다. 물어봐도 되겠습니까?"

"지금? 내가 아는 거라면."

"그럼…… 모리야 씨는 오전 중에 두 발 맞혔습니다. 누카타 씨도 두 발 맞혔습니다. 그런데도 누카타 씨는 칭찬을 받았습니다. 모리야 씨는 야단을 맞았습니다. 저는 이상하다고 생각했지만, 모리야 씨는 누카타 씨보다 잘하기 때문에 기대하는 점수가 다른가 보다고 생각했습니다. 그런데 후미하라 씨는 세 사람 실력이 비슷하다고 했습니다. 이것은 이상합니다."

그건, 하고 입을 열었으나 마야는 아랑곳 않고 말을 이었다.

"지금 저는 또 모리야 씨의 시합을 봤습니다. 모리야 씨는 두 발 맞혔습니다. 오전과 똑같습니다. 누카타 씨는 세 발, 후미하라 씨도 두 발입니다. 그리고 세 사람 다 칭찬받았습니다."

숫자가 나올 때마다 마야는 하얀 손가락을 둘 들었다 셋 들었다 했다.

"저는 매우 혼란스럽습니다. 왜 칭찬을 받고 왜 야단을 맞았습니까? 이 sport(스포르트)에는 무슨 특별한 규칙이 있습니까? 아니면 무슨 철학적인 이유가 있습니까?"

철학 같은 위험한 말을 듣고 나오면 아무래도 경계하게 된다. 그러고 보니 처음 만난 날에도 그런 표현을 썼다. 좌우지간 할 수 있는 말은…….

"특별한 규칙은 없어. 맞으면 1점, 빗나가면 0점이야."

펜이 사각사각 움직였다.

"그럼?"

말한다고 이해할 수 있을까?

의심스러웠지만 그렇다고 다른 좋은 수가 있는 것도 아니다. 사실을 있는 그대로 말하는 수밖에 없다. 새끼손가락으로 콧등을 긁적이며 말했다.

"오전 중에 내가 야단맞은 건 쏘는 방식이 나빴기 때문이야. 오후에 칭찬받은 건 쏘는 방식이 좋았기 때문이고. 오전에 누카타가 칭찬을 받은 것도 쏘는 방식이 좋았기 때문이야."

마야는 고개를 갸웃했다.

"응, 역시 이상합니다. 유고슬라비아에서 제가 쏘기 연습을 했을 때 이것저것 야단을 맞았습니다. 하지만 마지막 시험에서는 눈을 감고 쏴도 명중만 하면 됐습니다. 저는 그쪽이 합리적인 정신이라고 생각합니다."

"쏘다니, 뭘……?"

시라카와가 끼어들자, 마야는 말허리를 끊지 말라는 듯 재빨리 몸짓으로 대답했다. 그 제스처, 손바닥을 위로 향해 왼손을 앞으로 내밀고 오른손은 오른쪽 어깨 앞으로 당기고. ……아무리 봐도 라이플로 보였다. 그러나…….

"마야, 그거."

"이것도 시합이라고 들었습니다."

질문은 받아주지 않는다. 그렇다고 유고슬라비아 사람은 다 막무가내라고 단순하게 결론을 내리지는 않지만.

"그럼 맞히면 되는 것 같습니다만. ……쏘는 형태가 나쁘더라도 맞히면 1점이죠?"

라이플 문제는 잠시 넘어가자.

마야가 하는 말은 틀리지 않았다. 틀리지는 않는데. 듣고 보면 확실히 모순이 있지만, 우리는 그것을 모순이라 생각하지 않는다. 그것을 설명하라니 꽤나 어려운 요구를 한다. 이런 질문에 대답하는 건 후미하라가 적임이라 생각해서 시선을 던졌으나, 녀석은 심각한 얼굴로 팔짱을 끼고 있을 뿐이었다. 그리고 마야는 한마디도 놓치지 않겠다는 양 바짝 긴장해 있었다.

뭐가 왜 그렇게 듣고 싶은 걸까. 단순히 호기심 같지는 않은데.

한층 높고 맑은 파열음이 들렸다.

"어?"

개인전도 끝났을 텐데 누구인가 싶어 활터를 보니, 가가미와 선수를 부르러 왔던 젊은 교사, 그리고 몇 번 본 적이 있는 노교사, 이렇게 셋이 과녁을 보고 서 있었다. 모범 경기이리라.

학교별로 구분하는 것 외에는 기계적으로 차례를 정하는 개인전이라면 또 몰라도, 여러 사람이 활터에 설 때는 보통 가장 실력이 뛰어난 궁사가 마지막 과녁을 배정받는다. 그리고 두 번째가 선두에 선다. 지금 활터에는 가가미, 호명하던 교사, 노교사 순서로 들어갔고, 호명하던 교사의 현음으로 노교사가 활을 들려 하고 있었다.

"누구냐, 저게."

누카타가 중얼거리자 후미하라가 대답했다.

"후지시바 상고의 선생일 거다. 연사鍊士 6단인가 그렇지."

"호, 그거 대단하잖아. 가가미가 교사教士 5단 아니던가?"

이거다 싶어 마야에게 손짓으로 활터를 가리켰다.

"무엇입니까?"

"저게 잘하는 사람들이 쏘는 방식이야."

수순은 우리가 쏠 때와 똑같지만, 동작 하나하나에 망설임이 없다. 마야는 무슨 특별한 일이라도 일어나리라고 생각하는지 마른침을 삼키고 활터를 노려보았다. 당김, 유전, 이시. 그러나 화살은 빗나갔다. 그 순간, 마야는 노골적으로 낙담한 듯 중얼거렸다.

"빗나갔습니다……."

"하지만 깔끔하다는 생각 안 드냐?"

"응……. Da. 위풍당당하군요. 하지만 빗나갔습니다."

다행이다. 이제 이야기하기 쉬워졌다. 실마리를 발견해 마음이 조금 편해졌다.

"저쪽이 더 가치가 있거든."

"?"

마야는 의아스러운 표정으로 나를 빤히 쳐다보았다. 나는 마야의 검은 눈동자를 마주 바라보며 말했다.

"확실히 우리가 한 건 시합이니까 이기는 편이 좋아. 그건 마야 씨 말이 맞지만, 이길 거면 올바르게 이겨야 한다고 생각하는 거야. 때로는 잘못된 방법으로 이기는 것보다 올바른 방법으로 지는 편이 낫다고까지 생각하지. 그래서 잘못된 방법으로 쏜 오전엔 야단을 맞고, 바른 방법으로 쏜 오후엔 칭찬을 받았다, 그런 거야."

"올바르다, 잘못됐다? 잘한다, 잘못한다가 아닙니까?"

"그래. 바른 활쏘기하고 그른 활쏘기. 어때, 알겠어?"

"응……."

마야는 눈살을 찌푸리더니 재빨리 볼펜을 놀리기 시작했다. 얼핏 보이는 글씨는 당연히 저쪽 글자이니 의미는 알 수 없다.

펜이 딱 멎었다.

"그것은 모르지도 않습니다. 유고슬라비아의 나라 중 하나, Srbija(스르비야)에는 유명한 전쟁이 있습니다. 그 전쟁의 임금님은 영웅입니다. 하지만 사실을 말하자면 그 전쟁은 졌습니다. 그것과 비슷하군요?

그럼 모리야 씨. ……그것은 일본에서 일반적인 철학입니까? 아니면 이 스포르트만의 철학입니까?"

아마 그 정신은 검도나 유도, 그밖에 여러 가지에도 통하겠지만 나는 자신 있게 그렇다고 대답할 수 없다. 대신 조심스럽게 말했다.

"……굳이 따지자면 이 스포츠만의 사고방식일까. 하지만 이 스포츠를 한 적 없는 센도나 시라카와도 아마 이해는 할 수 있을 거다."

마야가 돌아보자 시라카와는 미소를 지으며 고개를 끄덕였다.

"응. 잘은 모르지만 이해는 돼."

"마치 씨도 그렇습니까?"

"난 과녁을 맞힌 횟수만으로 생각하는 편이 좋지만. 하지만 알겠느냐고 묻는다면 그런 것 같아."

마야는 수첩과 펜을 든 채 팔짱을 끼고는 몇 번씩 끙끙거렸다. 그러고는 힘주어 고개를 끄덕이더니 다시 수첩에 뭐라 적었다.

“대단히 재미있습니다. 매우 재미있습니다. 그리고 그런 스포르트를 하는 여러분이 재미있습니다.”

메모를 끝내고는 생긋 웃었다. 이야기가 일단락되자 그때까지 모른 척하고 있던 누카타가 속편하게 말했다.

“뭐, 대충 그런 거야.”

애매한 손짓으로 그에 답했다.

“아, 깜박했네. 이거 모리야 거.”

시라카와가 스포츠 음료 캔을 건네주었다. 시라카와의 손에서 온기가 옮아 약간 미지근했다. 현이 끊어진 활을 어깨에 기대놓고 장갑을 벗은 뒤 캔을 땄다.

마야는 메모를 했다.

마야는 궁도를 하는 우리가 재미있다고 했다. 그러나 그렇게 비치는 것은 역시 마야가 이방인이기 때문인 것 같다. 우리는 특별한 일을 하는 것이 아니다. 하물며 철학적이지도 않다. 마야가 그것을 얼마나 고상하게 받아들이든, 내가 해온 일은 단순한 특별 활동이다.

활터의 모범 경기는 넷째 발로 접어들었다. 가가미는 네 발 중 한 발 맞힌 듯했다.

3

1991년(헤이세이 3년) 6월 2일 일요일

유월. 습도 높은 일요일. 나는 패션보다 통기성을 중시한 폴로셔츠를 입고 후지시바 역으로 갔다. 걷기에는 조금 멀지만 자전거로 가면 세워놓을 곳이 마땅치 않다. 게다가 어차피 오늘은 잔뜩 걸을 예정이다.

인간관계가 무난한 편이라, 친구를 들라면 나는 열 손가락까지는 어렵지 않게 꼽을 수 있다. 최근 소원해졌다 싶은 사람까지 포함하면 그 갑절은 될 것이다. 그러나 딱히 드문 일이라고 생각하지도 않지만, 그들과의 관계는 교내로 한정되고 일요일에 약속해서 만나는 일은 거의 없다. 거의 없는 약속이 장마철 중 반짝 해가 뜬 날에 잡힌 것은 대단한 행운이라 할 수 있으리라. 어제까지 그렇게 끈질기게 비가 오더니만 오늘은 구름 한 점 없이 화창하다. 책에서 봤는데, 북반구에서 햇볕이 가장 강한 것은 유월이라고 한다. 책까지 보지 않아도 하지가 유월이니 일단 해가 나면 더워지는 것은 당연하다.

비로 말하자면, 그 봄비 내리던 날. 유고슬라비아에서 온 마야를 만난 지 벌써 한 달이 지났다. 마야는 여관 기쿠이에서 지내며 설거지부터 욕실 청소, 기념품 가게 일까지 하고 있는 모양이다. 일본어를 잘하고 늘 생글생글 웃는 마야는 기쿠이 입장에서도 쓸모 있는 인재인 듯, 시라카와의 부모님은 마야에게 돈을 받기는커녕 어느 정도 성의 표시까지 하고 있다고 다치아라이에게 들었다.

오월 중순에 우리 시합을 보러 온 이래로 마야는 이따금 학교에 찾아오기 시작했다. 학교 부지 내는 원래 관계자 외 출입 금지일 텐데 내가 알기로 마야가 학교에 드나들다가 걸린 적은 없었다. 백인인 그녀는 이목을 끌었을 텐데도 일부러 말을 걸 용기 있는 사람은 그리 많지 않았던 모양이다. 마야는 다치아라이, 시라카와와 담소하며 이따금 새 친구를 소개받곤 했다. 때로는 나도 끼어 그냥 그런 이야기를 하곤 했는데, 그런 시간에 가치가 있느냐고 내가 묻자 마야는 그냥 그런 이야기에 학교 못지않은 가치가 있다고 대답했다.

그것은 어떤 면에서는 내게도 해당되는 이야기였다. 내가 무엇을 아는지, 나아가 무엇을 모르는지를 아는 것. 마야와 내 세계가 다르기 때문에 발생하는 그 감각은 독특하고 귀중한 것이었다.

시라카와의 말에 따르면 마야는 평소 책을 읽으며 시간을 보낸다고 한다. 주로 시라카와가 후지시바 시립 도서관에서 빌려다 준 책을 보는데, 우선은 히라가나가 많은 아동 서적부터 보고 있다고 한다. 일본어를 그렇게 유창하게 구사하는 마야도 독해는 그렇게 하루아침에 해결되지 않는 모양이다. 또 산책에도 열심이라, 용케 그렇게 많이 걷는다고 시라카와가 경탄할 정도였다.

오늘 내 외출은 그런 마야의 산책, 그 연장선상에 있다. 그저께 금요일에 후지시바 고등학교를 찾아온 마야는 두서없는 잡담 끝에 이렇게 말했다.

"이번 일요일에 이 도시를 보겠습니다."

다치아라이가 눈을 가늘게 뜨고 미소를 지었다.

"그렇게 쓰니까 '보다'란 동사도 신선한걸. 어느 쪽을 돌아보게?"

"쓰카사 신사가 목표입니다. 후지시바 최대의 종교 시설이라고 들었습니다."

종교 시설이라고 당당하게 말할 수 있을 만큼 종교적인지는 알 수 없지만, 쓰카사 신사가 후지시바의 사찰 및 신사 중에서 가장 큰 것은 사실이다.

"그렇구나. 좀만 더 일찍 왔으면 봄 축제를 볼 수 있었을 텐데 아쉽네."

다치아라이의 말대로, 후지시바 시 최대의 이벤트이자 관광의 중심인 쓰카사 신사 봄 축제는 우리가 마야를 만났을 때 이미 끝난 뒤였다. 그러나 마야는 고개를 저었다.

"마치 씨, 저는 언제나 평소 모습을 보고 싶습니다."

쉬운 일이 아닐 텐데.

"그래, 쓰카사 신사에 간단 말이지……."

시라카와가 중얼거렸다. 쓰카사 신사라는 말에 뭔가 생각난 모양이다.

"있지, 마야. 쓰카사 신사까지 간 김에 좀더 걸음하지 않을래?"

"좀더 걸음?"

"아, 미안. 좀더 멀리 안 가보겠느냐고. 쓰카사 신사 근처에 말이지, 근세……. 그러니까, 음, 한 삼백 년 전 집들이 남아 있거든."

아토쓰가와 강 북쪽에 남아 있는 '역사 보존 지구' 이야기다. 이것이 관광도시 후지시바의 생명선이라는 것은 앞서 말한 바와 같다. 하기야 후지시바 주민은 '역사 보존 지구' 같은 말은 쓰지 않고 보통 행정 명칭인 '나카노 정'으로 부른다.

시라카와의 제안에 마야는 다소 난감한 표정을 지었다.

"실은 저, 그곳에 가려고 했습니다. 하지만 길을 잃어 갈 수 없었습니다. 다시 한번 시도해도 성공할지 모르겠습니다."

"그래? 그럼 같이 가자. 내가 안내해줄게."

마야는 상상 이상으로 좋아했다. 만면에 미소를 짓고, 우리의 일상에는 거의 없는 장면인데, 시라카와의 손을 두 손으로 잡고는 큰 소리로 말했다.

"Da! 이즈루, 감사합니다. 훌륭하군요. 꼭 부탁드리고 싶습니다."

알고 지낸 지 한 달이 넘었는데도 시라카와는 아직 마야의 격렬한 반응에 익숙해지지 못한 듯했다. 위아래로 붕붕 흔들리는 자기 손을 응시하며 말했다.

"응. 그럼 일요일에."

그나저나 나카노 정을 못 찾아가다니 알 수 없는 일이다. 찾기 힘든 곳이 아닌데. 마야는 겨우 시라카와의 손을 놓더니 다치아라이에게 웃으며 말했다.

"마치 씨도 안 가겠습니까? 저, 마치 씨에게 여러 이야기를 듣고 싶습니다."

"그러게, 그러자. 단 날씨가 맑으면 말이지만."

"비가 오면 저도 못 갑니다. 그럼 흐리면?"

"마야, '맑으면 간다'라는 건 말이지, 보통 '비가 안 오면'이라는 뜻이야."

말이 떨어지기 무섭게 마야의 손에 수첩과 펜 세트가 출현했다. 이미 여러 번 본 장면이지만 그 신속함에는 매번 감동을 금할 수 없다. 메모를 한 마야는 이번에는 검은 눈동자로 나를 보았다.

"모리야 씨도 같이 가죠."

"나?"

깊이 생각하지도 않고 대답했다.

"그래, 좋아. 가자."

"훌륭합니다."

미소를 짓는 마야 옆에서 시라카와가 묘한 표정을 지었다. 내가 끼면 불편한가 생각했다가, 불편할 사람은 오히려 나라는 사실을 깨달았다. 마야의 취향에 맞춰 동양적으로 말하자면 중용. 혹은 음양의 조화가 흐트러진다고 할 수 있을까. 대놓고 말해서 일요일에 여자 셋이 놀러 가는데 남자 하나가 끼면 좀 그렇다. 별로 창피한 일을 하는 것도 아니겠다, 원래 남의 이목을 그리 신경쓰는 성격도 아니지 않느냐고 각오를 굳히려다가, 각오를 굳힐 정도라면 남자를 하나 더 부르면 될 것 아닌가 하고 깨달았다.

"마야."

"Da?"

잠깐 생각했다가 말했다.

"후미하라도 부르고 싶은데 괜찮겠냐?"

마야는 기쁜 표정으로 고개를 끄덕였다.

"후미하라 씨, 활 쏘던 사람이죠? 사람은 많은 쪽이 즐겁습니다."

연락은 내가 하기로 했다.

그날 중으로 후미하라에게 전화를 걸었다.

"일요일이란 말이지. 한가하냐 아니냐 하면 별로 한가하진 않지만 상관없어."

후미하라는 그런 말로 승낙했다.

그리고 오늘.

균등하게 얕은 관계인 열 손가락 중에서 후미하라를 동행인으로 선택한 것은, 마야와 안면이 있는 사람이 나오리라고 생각했기 때문이다. 누카타여도 상관없겠지만 차분히 관광을 하기에 누카타는 조금 지나치게 명랑하다. 게다가 일률적으로 '얕다'고 표현해도 그 속에서도 깊고 얕음이 있다. 나는 후미하라와 허심탄회하게 이야기한 적은 없었지만, 확고한 성품은 높이 평가하고 있었다.

휴일의 역 앞은 나름대로 혼잡했다. 대부분 움직이기 편해 보이는 복장에 커다란 가방을 든 관광객들이다. 유월은 관광에 좋은 계절 같지 않지만, 누구나 노는 데 계절을 선택할 여유가 있지는 않다는 뜻이리라. 멋을 부린 이곳 젊은이들도 없지는 않은데, 그 수는 손꼽아 셀 수 있을 정도다. 후지시바역은 관광에 편리하게 만들어져 있기 때문에 이곳 젊은이가 휴일을 보내는 출발 지점으로서는 별로 재미가 없다.

약속 시간 십 분 전. 달리 할 일도 없었기에 일찍 나왔는데, 만나기로 한 기마 무사상 앞에 아는 얼굴이 보였다. 후미하라였다. 위아래 모두 검정에 가까운 남색 데님. 멋을 냈다고 할 정도는 아니지만 조금 신경쓴 느낌이기는 하다. 사복을 입은 후미하라를 처음 봐서 그런 취향이었나 하고 신선함을 느꼈다. 흰자위가 보일 만큼 가까이 다가가 인사 대신 한 손을 들었다. 후미하라도 이미 나를 알아보았던 듯 똑같이 한 손을 들어 답례했다.

기마 무사상 밑에 후미하라와 나란히 섰다.

"볼일이 있었던 것 같은데 미안하다."

후미하라는 입으로만 웃었다.

"볼일이라 해봤자 입시 공부 말고는 없다. 신경 안 써도 돼."

약간 뜻밖이었다.

"공부에 열심인 줄은 몰랐는걸."

"궁도가 끝났어. 다음은 입시지."

"차례대로냐. 알기 쉽구나."

"머리가 나빠서 말이다. 한 번에 두 가지를 못 해서 아주 곤란해."

이번에는 눈도 웃었다. 후미하라가 스스로를 그렇게 표현하는 것을 처음 들었다.

시계를 보았다. 이제 오 분쯤 남았을까. 세 사람은 함께 온다고 했는데, 주위를 둘러봐도 그럼직한 모습은 보이지 않았다.

생각해보니 이 년 이상 알고 지냈는데도 휴일에 다치아라이를 만나는 것은 이번이 처음이다. 그러나 나는 그에 대해 별다른 생각이 없었다. 오늘의 주역은 뭐니 뭐니 해도 마야다. 마야는 본인이 말한 대로 오늘 여러 가지를 볼 것이다. 보고 기뻐하고 즐거워할 것이다. 크게 흥미를 가질 게 있을지도 모른다. 나는 그 모습을 가까이서 보고 싶었다. 그리고 나 자신은 결코 뭘 많이 아는 편이 못 되지만, 도울 일이 있으면 돕고도 싶었다. 새삼 생각하자면 내가 오늘 여기 온 이유는 그것이었다.

그런 생각을 하는데, 시간을 때우려는 의도가 역력한 긴장감 없는 목소리로 후미하라가 말을 걸었다.

"너한테 이런 취미가 있는 줄은 몰랐다."

마야 생각을 하고 있었으므로 무심코 반사적으로 묻고 말았다.

"마야 말이냐?"

"아니."

후미하라는 잠시, 어째서 그 이름이 나오는지 모르겠다는 표정을 지었다.

"일요일에 유람을 나서는 취미가 있는 줄 몰랐다고 한 거야."

후미하라에게는 그런 의도가 없었을지 모르지만 나는 다소 빈정거리는 느낌을 받았다.

"그럼 무슨 취미가 있을 줄 알았냐?"

그러자 "그러게"라고 중얼거리고는 입을 다물어버리고 말았다. 잠시 기다려봤지만 후미하라는 고개를 약간 숙인 채로 좀처럼 뒷말을 잇지 않았다. 나는 손목시계를 흘끗 보고 역 앞 인파 속에서 마야 일행을 찾았다.

보아하니 후미하라는 말을 중단한 것이 아니라 생각을 정리하고 있던 모양이었다. 다시 한번 천천히 "그러게" 하고 중얼거렸다.

"너한테 취미가 있을 줄은 몰랐다고 하는 편이 정확할까."

"무슨 차이가 있는 거냐?"

후미하라는 약간 말하기 거북한 듯 우물쭈물했으나 도중에 그만두는 것은 성미에 안 맞는 듯 단숨에 말했다.

"네가 어떤 일에 몰두하거나 열중하는 모습을 상상할 수 없다는 이야기야. 궁도도 넌 여기에 걸어보기로 작정하고 한 게 아니잖냐."

쓴웃음이 나왔다.

"그건 그렇지. 인정한다. 너한테 비하면 그렇게 열심히 하진 않았을지도 몰라. 하지만 따져보면 오히려 네 쪽이 소수파 아니냐? 요즘 세상에 특별 활동에……."

"나라고 궁도에 인생을 바칠 생각은 전혀 없다. 뭐, 그건 그렇다 치고, 누카타만 해도 그런 인상은 아니란 말이지. 그 녀석이라고 궁도에 열중했던 건 아니다만, 누카타는 뭔가가 있어도 이상할 것 없거든. 딱 외국 팝 음악 같은 데 미쳐 있을 것 같지 않냐?

그런 면에서 넌 뭘 한다 해도 뜻밖일 것 같다, 이거야."

후미하라는 문득 씁쓸한 얼굴이 되었다.

"나쁘게 말할 생각은 없었다만, 기분 상했냐?"

기분이 상하고 뭐고 나는 내게 그렇게 보이는 면이 있었던가 하고 놀랐을 뿐이었다. 그러나 상대방이 선수를 쳐 그렇게 말한 이상 짐짓 명랑하게 행동하는 수밖에 없다. 그래서 웃었다.

"그거야 네가 날 몰라서 그러는 거다. 그럴 만도 해. 떠벌리면서 한 적도 없으니까."

후미하라는 그렇다면 뭘 좋아하느냐고 묻지 않았다. 그저 약간 겸연쩍은 듯 말했을 뿐이었다.

"아아, 그러냐. 그럼 내가 틀렸군. 시답지 않은 소리 해서 미안하다."

그러고는 침묵했다. 나는 너무 수다스러운 것보다 그 정도가 딱 좋았다. 나도 입을 다물고 둘이 기마 무사상 밑에서 세 사람을 기다렸다.

그 시간을 거북하다고 생각하지는 않았지만 어차피 긴 시간은 아니었다. 역 건물 뒤쪽에서 마야가, 이어서 다치아라이와 시라카와가 나오는 것을 발견했다. 다치아라이는 물색과 흰색 남방에 통 넓은 하얀 바지. 시원해 보인다. 나머지 두 사람은 세트로 맞춘 것처럼 똑같이 생긴 원피스를 입었다. 마야가 하늘색, 시라카와가 분홍색이었다.

다소 떨어진 곳에서 시라카와가 "안녕" 하고 말을 걸었다. 근처까지 다가오더니 마야가 정중하게 머리를 숙였다.

"안녕하십니까. 오늘 잘 부탁드립니다."

적당히 답례했다. 너무 본격적으로 머리를 숙였다가 마야가 또 그것을 상식으로 착각해서는 곤란하다.

다섯 사람이 다 모이자 다치아라이가 태양을 노려보듯 올려다보았다. 습도는 높은데 따가운 햇살은 여름의 것이다. 그러나 아무리 다치아라이라도 시선으로 태양을 쏘아 떨어뜨리지는 못한다. 시선을 지상으로 돌리더니 무표정하게 말했다.

"덥겠어."

다치아라이와 시라카와가 앞장서서 마야를 선도하는 형태로 걷기 시작했다. 나와 후미하라는 마야의 뒤. 꼭 VIP를 경호하는 요원처럼 마야를 에워싼 태세다.

후지시바 역에서 북쪽으로 올라갔다. 역에서 나카노 정까지는 관광객을 유도하듯 인도가 확장되었을뿐더러 전깃줄이 모두 지하에 매설되고 도로 포장도 정비되었다. 시가지 남부에 위치한 역에서 북부의 나카노 정으로 가려면 아토쓰가와 강을 건너야 한다.

"어쩐지 오랜만에 걷는 것 같네."

시라카와가 웃으며 말했다.

"손님한테는 늘 권하면서 정작 난 대체 몇 년 만에 나카노 정에 가는 건지. 마치는 어때?"

다치아라이도 웃음을 머금은 목소리로 말했다.

"글쎄. 기억 안 나네."

나도 그랬다. 지나친 적은 몇 번 있지만 딱히 볼일이 있는 곳이 아니므로 발을 들여놓은 지 매우 오래되었다.

후미하라가 어깨 너머로 마야를 불렀다.

"마야 씨는 자기가 사는 곳을 둘러보곤 하나요?"

마야가 고개를 돌리고 대답했다.

"네, 자주 봅니다. 외국의 도시와 자기 도시를 비교하는 것도 필요한 일입니다."

"그래요? 외국엔 일 년에 얼마나 나가 있어요?"

"절반 정도입니다."

나는 태어나서 바다를 건너본 적이 한 번밖에 없다. 그 한 번도 세토 내해에 간 것이었고, 교통수단은 차였다. 꼭 마야가 돌아봐서는 아니지만 나도 물었다.

"홈시크에 걸린 적은 없고?"

대답이 없었다. 맞다. 이미 일본어화된 말이라도 마야는 영어를 거의 모른다. 그것을 깨닫고 고쳐 말했다.

"유고슬라비아 생각이 나지는 않고?"

잠시 침묵이 흐르더니 마야는 일부러 쾌활하게 대답했다.

"유고슬라비아가 생각날 때는 거의 없습니다. 하지만 집으로 돌아가고 싶어질 때는 이따금 있습니다. 제가 사는 곳에는 친구가 많습니다. 만나고 싶다고 생각합니다. 익숙한 음식을 먹고 싶다고 생각합니다."

시라카와는 이런 쪽에 자상하게 마음을 쓸 줄 안다.

"만드는 법을 가르쳐주면 만들어줄게."

"고마워요, 이즈루. 하지만 일본에서는 아마 재료를 구하지 못할 겁니다. 그리고 이즈루의 요리도 좋아합니다."

"최소한 커피 정도는 유고슬라비아풍으로 마시게 해주고 싶은데."

마야가 키들키들 웃었다.

"어쩌면 그게 가장 어렵습니다."

슬슬 아토쓰가와 강에 접어들었을 때, 시라카와가 별안간 멈춰 섰다.

"아, 맞다."

"왜?"

"마야의 손수건을 사야 하는데. 잠깐만 기다려, 금세 갔다 올게."

그 말을 듣고 비로소 우리가 슈퍼마켓 앞에 와 있음을 깨달았다. 손수건 정도는 여기서 살 수 있을 것이다. 시라카와는 종종걸음으로 안으로 들어갔다.

시라카와를 기다리는 동안 마야는 흥미 어린 눈으로 슈퍼마켓을 올려다보았다.

"이런 가게는 처음 보냐?"

내 말에 마야는 쓴웃음을 짓고는 고개를 가로저었다.

"일본에서 말하는 슈퍼마켓이죠? 압니다."

다치아라이가 말했다.

"대량 구입, 대량 판매. 자본주의의 은총이야."

"웅, 마치 씨, 유고슬라비아에도 이런 가게는 있습니다. Samoposluga(사모포슬루가)라고 합니다."

"어머."

나나 다치아라이나 조금 무례했나. 그래, 이런 이야기를 들은 적이 있다. 서아시아 어딘가에서 내란이 벌어졌을 때, 참상을 듣고 가슴 아파한 선진국 시민들이 숯불 다리미를 보냈다고 한다. 그 사람들은 그곳에 전기가 들어온다는 생각조차 못 했던 것이다. 이 이야기를 들었을 때는 웃었지만 나도 별 차이 없었던 모양이다. 그나저나 조금 마음에 걸리는 한마디가.

"제가 사는 곳은 큰 도시입니다. 숲과는 사뭇 다릅니다. 사모포슬루가는 있습니다. 웅, 하지만 식료품은 시장에서 살 때도 많습니다. 만든 사람이 직접 판매합니다."

다치아라이의 옆얼굴을 향해 물었다.

"센도, 자본주의의 은총이라니?"

다치아라이는 매우 귀찮은 듯했지만 그래도 대답해주었다.

"……유고슬라비아 사회주의 연방 공화국이야. 당연히 사회주의 국가일 거 아냐?"

"아아, 그렇군. 소련 문제 때문에 힘들겠어."

이 대화를 듣고 마야는 또다시 쓴웃음을 지었다.

"마치 씨, 유고슬라비아는 실제로는 이미 자본주의입니다. 그것이 제 아버지 일입니다. 모리야 씨, 유고슬라비아는 Sovjetski Savez(소베트스키 사베즈)와는 사이가 매우 나빴습니다. 저는 Rus(루스) 친구도 많습니다만."

"루스?"

"응, 러시아 사람입니다."

그러더니 어딘지 모르게 감개무량한 어조로 말했다.

"저희에게는 중대한 사실인데, 역시 일본까지는 좀처럼 전해지지 않는군요."

"미안하다, 마야."

"아뇨, 제 친구는 아마 도쿄와 베이징도 구별하지 못할 겁니다. 절과 신사는 절대 구별하지 못합니다. 다 그런 겁니다."

끄트머리의 '다 그런 겁니다'라는 말이 이국적인 용모와 어울리지 않게 꽤나 숙련된 일본어였으므로 나도 모르게 풋하고 웃었다. 마야는 온갖 의미에서 아주 먼 곳에서 왔건만 이따금 아주 가깝게 있는 것처럼 느껴진다.

얼마 지나지 않아 시라카와가 돌아왔다.

"오래 기다렸지?"

시라카와가 산 것은 민들레를 수놓고 가장자리에 레이스를 두른 하얀 손수건이었다.

"자, 여기. 싼 거라 미안."

"고마워요, 이즈루. 잘 받겠습니다."

다시 걸음을 떼고 얼마 안 돼서 길은 론덴 다리로 접어들었다. 이 다리를 건너면 나카노 정이다.

론덴 다리가 걸린 아토쓰가와 강은 강폭이 좁고 물살이 빠른 전형적인 일본 하천이다. 역시 전형적으로 빈틈없이 호안 공사가 되어 있기 때문에 강의 풍취를 즐기는 일은 불가능하다. 그 대신이라 하기는 뭐하지만 강 양옆으로 벚나무가 있다. 봄에는 아토쓰가와 강 위로 내뻗은 가지에 핀 벚꽃이 장관이다. 봄에는.

시라카와가 주먹을 허리에 대고 한숨을 쉬었다.

"봄은 끝났구나."

벚꽃은 이미 오래전에 지고 지금은 잎만 파릇파릇하다. 이렇게 되면 그냥 활엽수나 별 다를 바가 없다.

"못 보여줘서 아쉬운걸."

그러나 마야는 그 와중에서도 즐거움을 찾아냈다. 아, 하고 탄성을 지르더니 다리 입구를 가리켰다.

"고찰高札이 있습니다."

고찰이라니. 팻말이나 최소한 안내판이라고 해주면 좋겠는데. 마야가 가리킨 곳에는 아닌 게 아니라 소위 고찰을 흉내낸 것이 서 있었다. 마야는 의기양양하게 웃으며 살짝 가슴을 폈다.

"저, 저기에 뭐라고 씌어 있는지 압니다."

후미하라가 눈을 크게 떴다.

"그거 대단한데요. 난 저게 있는 줄도 몰랐는데."

그러게 참 꼼꼼히도 보고 다닌다.

다치아라이가 물었다.

"뭐라고 씌어 있는데?"

"네."

마야는 눈을 찡긋했다.

"이 다리를 건너는 것을 금함."

힘이 좍 빠졌다. 아마 네 사람 다 동시에.

"마야……."

"우후."

"너무 진부한 건 좀."

그 이야기를 알다니, 그건 그것대로 대단한 일•이지만.

국제 협력을 어지러뜨리지 않는 범위 내에서 제기한 작은 항의에도 아랑곳하지 않고 마야는 팻말로 다가갔다. 얼마 동

• 15세기 일본의 임제종 승려이며 재치 있는 것으로 유명한 잇큐의 일화에서. '이 다리를 건너는 것을 금함'이라는 팻말이 붙은 다리를, 일본어로 '다리'와 '가장자리'를 뜻하는 말이 발음이 같다는 사실을 이용해 한복판으로 당당히 건넜다고 한다.

안 그것을 노려보더니 금세 고개를 가로저었다.

"못 읽는 글자가 많습니다."

마야의 말을 듣고 후미하라가 다가갔다.

"어디……."

그렇게 긴 문장이 씌어 있는 건 아닌 듯했다.

"이 다리의 유래인데요."

"유래? 흥미가 있습니다."

"잘 요약할 수 있을지 모르지만, 한번 해보죠."

후미하라는 얼마 동안 팻말을 정독하더니 고개를 한 번 가볍게 끄덕하고 설명하기 시작했다.

"1754년, 한 상인의 광에서 금이 없어졌다. 상인은 금을 되찾게 해달라고 근처 신사에 발원했다. ……즉, 신에게 기도했다. 그랬더니 금이 발견됐다. 상인은 감사한 마음에 그 금을 좋은 데 쓰기 위해 이 다리를 훌륭하게 고쳤다. 그전에 론덴 다리는 사람만 건널 수 있는 다리였다. 대략 그렇게 씌어 있군요."

"……재미있습니다! 하지만?"

마야는 의아스러운 얼굴로 론덴 다리를 보았다. 아스팔트가 깔린 콘크리트 다리. 난간법수를 비롯해 여정旅情을 자극하는 장식이 어느 정도 있긴 하지만.

"그렇게 옛날 다리가 아닌 것 같습니다. 망가졌었군요."

"쇼와 59년(1984년) 개수래."

다리 난간에 기재된 말을 시라카와가 읽었다.

"응, 그렇죠, 일본의 옛날 다리는 목제죠. 오래 못 가죠……. 상인이 다리를 놓다니 신기합니다."

마야는 뭔가를 생각하는 것 같더니 이윽고 뭔가 생각난 듯 후미하라에게 물었다.

"후미하라 씨, 신에게 기도한다고 했습니까?"

후미하라는 신중하게도 팻말을 다시 돌아보고 그에 적힌 말을 확인한 다음 고개를 끄덕였다.

"네, 신입니다."

마야의 하늘색 원피스에서 조그만 수첩과 펜이 나왔다. 왼손에 수첩, 오른손에 펜. 눈초리도 힘이 들어가고 날카로워졌다.

"그런 때는 보통 부처님이 아니라 신입니까?"

후미하라도 바로 대답이 나오지 않는 모양이었다. 당황한 시선으로 나를 보았다. 글쎄, 어떻더라. 발원을 일반적으로 신에게 하나, 부처에게 하나?

아니, 그 이전에.

"마야, 신하고 부처를 구별할 수는 있냐?"

마야는 나에게 미소를 지었다.

"거의 할 수 있다고 생각합니다. 이즈루에게 이것저것 배웠습니다."

"내가 아는 범위 내에서 말이지만."

시라카와가 약간 겸연쩍어하며 말을 덧붙였다. 그러고 보니 아까 절과 신사를 구별하는 듯한 말을 했다. 내심 혀를 내둘렀다. 요컨대 우리가 가톨릭과 프로테스탄트를 구별하는 것 같은 일일까. 아니, 그 정도가 아닐 것이다. 그리스 정교와 러시아 정교를 구별하는 것 같은……. 내가 비유해놓고도 잘 모르겠다.

내 옆에서는 다치아라이가 고개를 갸웃거리고 있었다.

"발원…… 백배 기도 같으면 신인데."

"백배 기도?"

그대로 되뇌는 마야에게 다치아라이는 "주문이야" 하고 간략하게 요점을 설명했다. 틀린 말은 아니지만 주문이라니 어째 꼭 소녀잡지에 나오는 말 같고 어감이 다치아라이와 전혀 어울리지 않는다. 나도 모르게 쓴웃음이 나왔다.

"주문? 주술입니까?"

"응……. 그렇지."

시라카와와 다치아라이가 번갈아 발원의 예를 들기 시작

했다.

"합격 기원도 신사에서 하지? 에마를 걸고, 덴만 궁에서."

"자손 기원 같으면 부처……이려나. 자손 지장地藏이란 말을 많이 쓰던데."

"자손 기원은 신사에서도 받아줄 것 같고, 지장보살이 가능하다면 뭐든 다 되지 않겠어? '괴로울 때 신 찾기'라고 하는데, 그거 역시 부처님도 포함된 거 아닐까?"

의외로 예가 많다. 다소 빨라진 두 사람의 말을 못 알아듣겠는지 마야는 고개를 갸웃했다.

"웅, 이즈루, 방금 뭐라고 했습니까? 괴로울 때?"

"괴로울 때 신 찾기. 평소 믿지 않았어도 힘들 때는 그만 신한테 의지하게 된다는 뜻이야."

사각사각 메모하는 마야는 그 속담에 깊은 흥미를 느낀 모양이었다. 웅, 하고 으르렁거리더니 중얼거렸다.

"……재미있습니다."

"이런 이야기에 관심이 있어?"

내가 묻자 마야는 또렷하게 고개를 끄덕였다.

"네. 오늘의 주제입니다."

주제가 있는 산책일 줄은 몰랐다.

론델 다리의 난간을 마야가 손등으로 쳤다. 금속제 다리는 통통 메마른 소리를 냈다.

"유고슬라비아에서 다리는 많은 경우 상징적인 의미를 갖습니다. 지역을 대표하는 건축물인 경우도 많습니다."

"들어본 것 같기도 하고……."

시라카와가 불분명한 기억을 더듬듯 허공을 바라보았다. 후미하라가 대답했다.

"석조 다리는 여간 놓기 힘든 게 아니니까 말이지. 전설이 남을 만도 해."

"유명한 다리로 어떤 게 있어?"

마야는 고개를 갸웃하더니 말했다.

"웅, 아주 많습니다. 제가 사는 곳은 후지시바와 비슷하게 시내 한복판으로 강이 한줄기 흐릅니다. 그렇기 때문에 다리도 여러 개입니다. 하지만 유고슬라비아에서 가장 유명한 것은 Mostar(모스타르) 다리입니다. 매년 거기에서 사람이 뛰어내립니다."

"자살의 명소로군."

얼떨결에 튀어나온 말에 마야는 생긋 웃었다.

"아닙니다. 그런 축제입니다."

아아, 떨어져 죽을 정도로 높지는 않은 모양이다. 시라카와가 킥 하고 웃었다.

관광객이 많아지기 시작했다. 근세의 집들이 그 틈으로 보인다. 교차로에서 횡단보도를 건너면 바로 나카노 정이다.

허리를 굽혀야만 드나들 수 있을 키 작은 나무 문. 검은 목재로 지은 건물들이 죽 이어져 있다. 현대에 비해 건물이 낮다 보니 거리 자체가 가라앉아 있는 듯한 인상을 주었다. 어두운 색상까지 거들어 어딘지 모르게 중후해 보인다. 시대가 느껴지는 돌출 격자로 장식되어 있다. 하지만 관광자원으로 보존되는 장소가 주는 인공적인 냄새는 아무래도 감출 수 없었다.

"나카노 정은 원래 상인들이 살던 동네였거든."

마야의 부탁을 받고 시라카와가 해설을 시작했다.

"그 영향으로 지금도 장사를 하는 집이 많아. 봐, 저긴 병원."

시라카와가 가리킨 나무 문 옆에는 아닌 게 아니라 '내과 · 소아과 · 항문과'라는 간판이 걸려 있었다. 근대 의료를 시술해줄지 일말의 불안이 남는다.

마야는 집들을 둘러보더니 한숨처럼 깊이 숨을 내뱉었다.

"검군요. ……이것은 무슨 철학적인 의미가 있어서 검습니까?"

"아뇨, 철학적이라고 할지……."

아는 이야기인지, 이번에는 후미하라가 가르쳐주었다.

"상인이 쓸 수 있는 목재의 종류가 정해져 있었는데, 그 밖의 다른 좋은 나무를 쓰고 싶은 상인은 검게 칠해서 속였던 거죠. 철단에 검댕을 섞고 그 위에 들기름을 바를걸요."

그러나 도중부터 마야의 표정은 심각해졌다.

"응, 철단? 검댕?"

후미하라는 허둥대지 않고 침착하게 설명했다.

"철단은 산화철…… 녹슨 철. 검댕은 물건을 태웠을 때 나오는 검은 거고, 들기름은 들깨라는 식물로 짠 기름이에요."

옆에서 끼어들었다.

"의외로 유식하군."

"의외라니."

말은 그렇게 하지만 그리 싫지만도 않은 표정이다.

그 이야기를 듣더니 마야는 더러워질까 봐 걱정이 된 듯 기둥에서 손을 떼고 손끝을 쳐다보았다. 물론 아무것도 묻지 않았다. 그러더니 또다시 깊게 숨을 내뱉었다.

"그렇군요. 게다가 기름을 바릅니까."

나도 마야를 흉내내 기둥을 쓸었다.

"들기름이라는 건 몰랐지만, 기름은 지금도 발라. 안 그러면 썩거든."

"응, 유고슬라비아에서도 나무는 씁니다. 기름도 바릅니다. 다만 검게 하는 줄은 몰랐습니다."

"재미있는 이야기를 하나 봐? 하지만……."

다치아라이가 목소리를 높였다.

"우리랑 떨어지진 마."

관광 시즌이 아니니 한산할 것이라는 예상을 뒤엎고 나카노 정은 그런 대로 혼잡했다. 더군다나 이곳은 자동차 통행을 전혀 계산에 넣지 않고 만든 에도 시대의 거리다. 길 폭까지 좁은 탓에 인구 밀도가 상당히 높았다. 연령은 보아하니 사십대 이상이 대부분이었다. 우리는 최연소 층에 속할 것이다. 발길을 멈추고서 보고 싶은 것을 찬찬히 살펴보는 여유마저 허락되지 않을 만큼 혼잡하지는 않지만, 자칫 잘못하면 다치아라이 말대로 충분히 서로를 놓칠 수도 있을 듯했다. 인파에 휩쓸리듯 걸음을 뗐다.

"야단맞았습니다."

"센도는 야단친 게 아니야. 원래 말투가 저래. ……그나저나 사람이 꽤나 많은걸."

"응, 관광이라는 산업은 변덕스러워 기둥이 될 가치가 없다고 생각했는데 그렇게 말할 수 없을지도 모르겠습니다. 돈을 쓰기 쉬운 마음이 되어 있군요."

성황을 이룬 기념품 가게를 들여다보며 마야가 중얼거렸다.

"유고슬라비아도 더 보고 배우겠습니다."

그나저나 여기까지 오는 길에도 어렴풋이 깨달았는데 마야는 전반적으로 걸음이 느리다. 동작은 빠릿빠릿해 보이는데 아무래도 페이스가 느린 것 같다. 하물며 나카노 정에 들어온 뒤로는 흥미로운 것이 많은지 점점 더 걸음이 느려졌다. 나는 의식적으로 마야의 뒤를 따라 걷기로 했다. 그러면 놓칠 염려도 없을 것이다.

마야는 길모퉁이를 돌자 펼쳐진, 이 역시 검은 풍경을 유심히 바라보며 메모를 하기 시작했다. 그러더니 혼잣말처럼 중얼거렸다.

"정말 전부 나무로 돼 있군요. ……읽기만 하는 것과 보는 것은 크게 다릅니다."

"그런 걸 백문이 불여일견이라고 표현하지."

그만 평소의 나답지 않게 농담을 하고 말았다.

"'듣기에는 극락, 보면 지옥'이 비슷한 말이고."

뒤를 돌아본 마야는 내가 자기 뒤를 걷는 것을 몰랐던 듯 눈을 둥그렇게 떴다. 그러나 금세 웃는 얼굴로 말했다.

"덕분에 많이 배웁니다. ……하지만 조금 빨라서 못 외우겠습니다."

"나중에 외워도 괜찮아."

농담으로 한 소리인데 그대로 외워도 곤란하다.

그렇게 여유 부리는데 누가 큰 소리로 이름을 불렀다.

"모리야!"

후미하라다. 다른 두 사람도 그 옆에 있었다. 어느새 너무 뒤처진 모양이었다. 쑥스럽게 웃으며 종종걸음을 쳤다.

나카노 정의 중심에 위치한 사거리 근처까지 왔다. 가이드 복장의 여자가 관광 회사 이름이 든 깃발을 들고 서 있었다. 관광 시즌이 아닌 것치고는 사람이 많다 했더니 아무래도 단체 관광객과 맞닥뜨린 모양이다. 다른 시간대였으면 좀더 여유 있게 다닐 수 있었을 텐데. 보스턴백과 카메라를 들고 그들은 여기서 무엇을 하려는 걸까. 그런 오만한 감상이 문득 떠올라 나는 머리를 흔들어 내몰았다.

사람들의 훈김으로 더위는 한층 더하지, 숨도 막히지, 햇살도 약해질 줄 모르니 땀이 솟는다. 주머니에서 검은색 핸드타월을 꺼내 이마에 가볍게 댔다.

나는 여전히 마야의 뒤를 걷고 있었다. 나는 마야와 달리 나카노 정에서 얻을 것이 아무것도 없다. 물론 마음만 먹으면 몇몇 아마추어 학자적 발견과 후지시바 시의 관광산업에 대한 새로운 인식을 얻을 수 있으리라. 그러나 그런 것은 눈곱만큼도 원하지 않는다. 나는 마야와 보조를 맞추며, 나카노 정이 아니라 마야가 있는 나카노 정을 막연히 바라보고 있었다.

검은 집들과 원피스 밖으로 보이는 마야의 하얀 피부. ……기묘한 감개에 젖었다. 에도 후기부터 남아 있는 풍경 속에 있으면서 현대에 있다는 것이, 마야의 곁에 있으면서 후지시바 시에 있다는 것이 문득 불가사의하게 느껴졌다. 만약 기회가 주어진다면. 아니, 마음만 먹으면 좀더 여러 가지를 물리적으로도 접할 수 있을 것이다. 그런 직감이 들었다.

후미하라는 앞서 내가 뭔가에 전부를 걸 것 같지 않다는 뜻의 말을 했다. 실제로 맞는 말이었다. 나는 이것이라면 전부를 걸어도 되겠다고 생각되는 것을 만난 적이 없다. 그럴 가치가 있다는 생각이 드는 것을 접한 적이 없다. 그것을 어쩔 수 없는 일이라고 생각하고 있었다. 20세기 일본에서 생활에 부족함 없이 살아가는, 바란다고 얻을 수 있는 것이 아닌 그런 행복의 대가라고. 그러나 그것은 그렇게 먼 일인가? 실제로 마야는 이곳에 있지 않나.

유고슬라비아. 어떤 나라일까.

……그렇게 딴 생각을 한 것이 잘못이었다. 마야를 들이받고 말았다.

"앗!"

마야가 소리쳤다. 미안하다고 하기도 전에 오른손 손목을 붙들렸다. 악력은 그리 세지 않은데 관절을 잡히는 바람에 꿈쩍도 할 수 없었다. 얼굴이 일그러졌다.

"아야야."

"아, 모리야 씨였군요. ……미안합니다."

마야의 하얀 얼굴이 약간 붉어진 듯했다. 소매치기나 치한으로 생각한 걸까. 텔레비전에서 달인이 선보이는 것 같은 신속한 동작이었다. 감탄은 둘째 치고 뼈가 욱신거린다.

손목이 풀려났다. 짐짓 손목을 흔들었다.

"꽤나 열중하는걸."

쑥스럽게 웃는 것은 일본 사람뿐이라는 이야기를 들은 적이 있는데, 아마 거짓말일 것이다. 지금 마야는 분명히 쑥스럽게 웃었다. 아니면 그것마저 학습한 걸까.

"약간 열심히 보고 말았습니다."

"좋아하는 것 같아서 나도 기쁘네."

나도 웃고는 앞을 보았다.

그리고 깨달았다.

"……?"

굳어버린 나를 이상하게 생각했는지 마야는 내 시선이 향한 곳을 보았다. 그러나 그곳에는 관광객 집단이 있을 뿐이었다. 문제는 그것이다. 혀를 찼다.

마야도 뒤늦게 상황을 이해한 듯했다. 그런 것치고는 긴장감이 느껴지지 않았지만.

"응, 이즈루랑 다른 사람들은요?"

마야 옆을 지나쳐 사거리 한복판에 서서 사방을 둘러보았다. 그러나 인파가 시야를 가로막아 생각만큼 멀리까지 보이지 않았다. 큰 소리를 지르면 다치아라이와 다른 사람들 귀에 들릴 테지만, 그것은 좀 비상식적인, 쓰고 싶지 않은 방책이다.

뭐, 요컨대.

"저는 아직 멀었습니다. 이런 경우를 일본어로 뭐라고 합니까? 아까 마치 씨가 말한 것 같은데……."

나는 위엄 있게 마야에게 가르침을 전수했다.

"'떨, 어, 지, 다'야."

"맞습니다!"

기뻐할 때가 아닐 텐데.

이거야 원, 유치원생이나 아동도 아니건만. 떨어지지 말라는 주의를 받고도 떨어지다니. 자기혐오에 빠져 얼마 동안 기다려봤지만 그들은 나타나지 않았다. 우리가 떨어진 것을 모르는지, 저쪽에서도 찾고 있는지…… 어떻게 하나?

"모리야 씨, 모리야 씨."

마야는 어디까지나 낙천적이었다.

"이런 이야기를 압니까? 미로 속에서 서로 다른 장소에 있는 두 사람이 만나려면 한쪽이 움직이지 않는 편이 나은가, 양쪽 다 움직이는 편이 좋은가. 어느 쪽일까요?"

길 한복판에 버티고 서서 생각했다. 합리적인 이유가 생각나지 않았기 때문에 직감으로 대답했다.

"한쪽이 움직이지 않는 쪽?"

마야의 고개가 가로로 저어졌다.

"찾으러 다녀야 된다고?"

그러나 마야는 이것도 부정하더니 의미심장하게 미소를 지었다.

"미리 약속을 해두지 않았을 경우 미로의 크기와 두 사람의 원래 위치로 결정됩니다."

"……."

참고가 안 된다.

한숨이 나왔다. 뭐, 낯선 이국땅도 아니다. 무전기나 휴대

전화가 있으면 좋겠지만 그런 것은 없다. 어쨌든 여기서 헤어졌다고 죽을 때까지 못 만날 것도 아니고. 억지로 찾으려 들지 말고 쓰카사 신사에서 만나기를 기대하는 것이 상책인가. 그렇게 말하자 마야도 이의는 없는 듯했다.

나카노 정 다음 코스가 쓰카사 신사라는 것은 다들 알고 있을 터다. 잠깐 찾아봐서 못 찾으면 세 사람도 그쪽에서 만날 가능성을 생각할 것이다. 마야도 나카노 정을 충분히 구경한 듯 내가 뭐라 하기도 전에 걸음을 빨리했다. 이윽고 우리는 근세의 거리에서 후지시바 시의 메인 스트리트로 나왔다. 쇼윈도가 늘어서고 길 가는 사람들의 평균 연령이 단숨에 낮아졌다. 차도가 부활하고 배기가스 냄새도 돌아왔다. 쓰카사 신사까지는 걸어서 십오 분쯤 걸린다.

곧장 가야 하겠지만……. 손목시계를 보니 벌써 2시가 다 되었다. 말을 꺼낼까 말까 망설이는데 마야가 서슴없이 말했다.

"사실을 말하자면 공복입니다."

심히 동의한다.

시라카와가 좋은 가게를 가르쳐주었을지도 모르지만 일이 이렇게 된 이상 어쩔 수 없다. 적당히 배를 채우기로 하자. 먹고 싶은 것이 있느냐고 묻자 마야는 입술에 검지를 대고 생각했다.

"아무거나 다 돼. 내가 살 테니까."

"응. 초밥, 장어, 튀김……."

"잠깐."

"……빼고 좋습니다!"

어이구야. 진부한 농담이 마야의 취향에 맞는 모양이다.

"모리야 씨가 늘 먹는 것을 먹어보고 싶습니다."

예상했어야 할 주문이었다.

놀러 다니는 것을 좋아하지도 않고 식도락가도 아닌 나는 별로 음식을 따지지도 않는다. 정말로 평소 먹는 것을 소개한다면 길거리 도시락 집의 주먹밥을 사야 할 것이다. 허세는 아니지만, 그것보다는 좀더 재미있게 해주고 싶었다.

그러나 생각해보면 시간을 오래 들일 수도 없는 노릇이다. 다치아라이와 다른 사람들이 기다리고 있을지도 모른다. 다소 멋대가리는 없어도 패스트푸드로 때울 수밖에 없겠다. 그런 생각을 하다가 쓰카사 신사로 가는 길에 적당한 집이 있는 것이 생각났다. 몸짓을 곁들여 마야를 재촉했다.

"좋아, 가자."

"네."

나카노 정에는 중년 이상의 집단이 많더니 이 거리에서는 중고생 이인조가 눈에 띄었다. 다들 멋을 부렸는데 역시 유행이 있는지 옷의 종류와 색상이 어딘지 모르게 비슷하다는 생각이 들었다. 나카노 정에 있던 단체 관광객과 메인 스트리트를 활보하는 그들. 내 눈에는 양쪽이 별로 달라 보이지 않았다.

거리를 빠져나가 몇 번째 교차로에서 꺾어졌다. 빨간불에 마야도 멈춰 섰다. 만국 공통으로 빨강은 멈춤.

쓰카사 신사로 가려면 이 길로 직진. 내가 가려는 집도 이 길에 있다. 곁길이라 차도 사람도 확 줄었다. 강렬한 원색의 노란색에 붉은색 필기체로 쓰인 간판이 표지다. 폭은 좁고 안으로 깊이 들어가는 뱀장어 잠자리 같은 가게 앞에서 안면이 있는 젊은 점장은 한가하게 잡지를 보다가 나를 보더니 잡지를 덮고 웃음을 지었다.

"어서 와라. 오랜만이군."

머리를 짧게 쳐올리고 럭비 선수처럼 다부진 몸집을 청결하고 새하얀 에이프런으로 감쌌다. 이름은 모른다. 개점 직후에 이 앞을 지나갔던 것을 인연으로 가끔 들르곤 한다. 파는 것은 핫도그. 직접 만든 프랑크푸르트 소시지는 맛을 잘 모르는 나도 다르다는 것을 알 수 있을 정도다. 빵은 점장 왈 '핫도그를 만들기 위해 존재한다'고 한다. 맛의 기본이 완성된 대가로 다양성이 떨어지는 메뉴를 검토하고 있으려니 점장이 에이프런을 고쳐 매고 물었다.

"혼자냐?"

"아뇨?"

두 명일 텐데. 뒤를 돌아보았다.

없다.

아마 멍청한 얼굴이 되었겠거니 생각하며 점장에게 고개를 돌렸다.

"저, 처음부터 혼자였나요?"

점장은 얼굴을 찡그렸다.

"봄은 벌써 오래전에 지났는데. 괜찮냐?"

아무래도 혼자였나 보다. 다섯 젊은이가 둘이 됐는데, 여기에 마야와 나까지 떨어졌다가는 머더 구스도 깜짝 놀랄 것이다. 그리고 아무도 없게 되기 전에 찾아내야 하는데.

"죄송해요. 일행하고 헤어진 모양인데 잠깐 찾아보고 올게요."

어깨를 으쓱하는 점장을 두고 온 길을 되돌아갔다. 분명히 마야는 하늘색 원피스를 입고 있었다. 더군다나 거동이 역시 여러모로 일본인 같지 않다. 묘한 곳에 들어가지만 않았으면 눈에 띌 것이다.

메인 스트리트까지 나갔으면 일이 성가시겠다고 생각했는

데, 다행히 그 직전 교차로 부근에서 쉽사리 발견했다. 어린애도 아닌데 사람 귀찮게 하지 마라 싶었으나, 생각해보니 나도 다른 세 사람과 떨어진 신세다. 큰소리칠 주제가 못 된다.

보아하니 이번에는 우체통이 마음에 걸린 모양이다. 엉거주춤한 자세로 우체통과 눈싸움을 하고 있다. 게다가 옆에는 봉투를 든 중년 남자가 어쩌면 좋을까 하는 얼굴로 서 있었다. 나는 마야에게 종종걸음으로 달려가 목소리를 낮추고 말했다.

"그건 우편물을 넣는 데야."

"네, 그것은 아는데, 이 표시는 무엇입니까?"

〒 마크를 가리키며 얼굴을 든 마야의 팔을 잡고 일단 우체통 앞에서 비키게 했다. 중년 남자에게 머리를 꾸벅하자 그는 애매한 웃음을 띠고 봉투를 넣었다. 그것을 지켜본 뒤 말했다.

"저건 우체국 표시야. 저게 붙어 있는 건 우편하고 관계가 있어."

마야의 시선이 허공을 헤맸다.

"그건……."

뒷말을 예상할 수 있었으므로 선수를 쳤다.

"철학적인 이유는 없어. 히라가나, 가타카나는 안다고 했지? 전에는 우편을 체신•이라고 했거든. 그래서 그래."

마야는 왼손 손바닥을 펴고 오른손 손가락으로 'テ'라고 쓰더니, 조금 뒤늦게 소리 내어 웃었다.

"아아! 이럴 수가!"

아닌 게 아니라 바보 같은 디자인이기는 하다. 한마디 해 줘야지 했던 것도 잊고 나도 같이 웃었다. 웃으며 가게로 돌아가자 점장 형은 마야를 보고 입을 딱 벌렸다. 그러더니 목구멍에서 쥐어짜는 듯한 목소리로 말했다.

"이거 참, 귀여운 애구나."

그 말을 듣고 마야는 우아하게 절을 했다.

"멋진 공치사에 감사드립니다."

좀 다른데.

"어떻게 된 거야?"

나는 어딘지 모르게 씁쓸한 기분으로 대답했다.

"아는 애 집에 홈스테이하고 있어요. 직업은…… 학생?"

"저런, 외국은 알 수가 없다니까."

잘 알 수 없는 감상을 말하는 점장을 무시하고 마야에게 메뉴를 보여주었다. 그러나 봐도 잘 모르는 듯 마야는 바로 그

• 가타카나로 テイシン이라 쓴다.

것을 돌려주었다.

"맛있는 것을 주십시오."

같은 것으로 2인분 주문하려다가 주저했다. 만일의 가능성이 있을 수 있다. 혹시나 싶어 물었다.

"마야, 혹시 종교적인 이유로 먹을 수 없는 게 있어?"

그러자 마야는 놀라 눈을 크게 뜨더니 미소를 지었다.

"아니요. 마음을 써주셨군요. 하지만 문제는 없습니다."

그래. 그럼.

"치즈 도그 둘요. 중요한 손님이니까 신경써서 부탁해요."

내 농담에 점장은 쓴웃음을 지었다.

"대충 만든 적 없다, 야. 치즈 도그 둘이란 말이지. 주문 감사합니다. 포장이냐? 아니면 여기서 먹고 갈래?"

마야와 얼굴을 마주보았다. 마야는 고개를 끄덕했다. ………그래봤자 무슨 뜻인지 알 수 없는데. 하기야 다치아라이와 다른 사람들이 기다리고 있을지도 모른다고 생각하면 선택의 여지가 없다.

"포장해주세요."

"오케이. 오 분쯤 기다려라. ……아아, 맞다."

점장은 가게 안으로 들어가더니 플라스틱 쟁반에 뭔가를 받쳐들고 돌아왔다. 카운터 너머로 쟁반을 건네주기에 받아

보니 조그만 홍백 찹쌀떡 한 쌍이었다.

"어제 친가 쪽 잔치가 있어서 받았는데 난 단팥이 별로라서 말이다. 괜찮으면 너희가 먹어."

배가 고팠으므로 고맙게 받았다.

가게 앞에 놓인 벤치에 걸터앉아 핫도그가 구워지기를 기다렸다. 쟁반을 내밀자 마야는 흥미로운 눈초리로 두 개의 찹쌀떡을 유심히 살펴보았다.

"응, 이것은 맛이 다릅니까?"

홍백 찹쌀떡이니 색깔은 홍백. 굳이 말하자면 식용 색소가 들어간 만큼 성분이 다르겠지만 맛은…….

"뭐, 똑같겠지."

"그럼 그냥 정취로군요."

정취라니 아름다운 말을 쓴다. 그러나 공교롭게도 그렇지는 않다. 나는 고개를 흔들고 웃었다.

"아니. 이거야말로 '철학적인 이유'야."

마야는 고개를 갸웃했다.

"일본에서 흰색과 붉은색은 한 쌍으로 '경사'를 나타내. 이건 잔치에 나온 거라서 흰색과 붉은색인 거야. '경사'라든지 '잔치'는 알아?"

"Da. 네."

"이 두 색이 같이 있으면 특별히 '홍백'이라고 불러. 게다가 이건 떡이거든. 떡도 일본에선 경사가 있을 때 먹는 음식이야."

마야의 입술 사이로 깊은 한숨이 새어 나왔다. 홍백 찹쌀떡을 다시금 빤히 응시한다. 깊은 경외심이 어린 눈초리였다. 마야는 뻗으려던 손을 움츠리고 말했다.

"……재미있습니다. 그럼 이것은 신성한 음식이로군요."

나는 당황했다. 지나친 해석이다.

"아니, 그 정도는 아니고. '경사'는 '신성'보다 훨씬 세속적이야."

빠른 말투로 그렇게 말하고는 하얀 찹쌀떡을 집어 한입에 먹었다.

"이렇게."

신기한 듯 나와 붉은 찹쌀떡을 번갈아 보던 마야는 갑자기 얼굴을 빛내며 자기도 찹쌀떡을 집어 입에 넣었다. 꼭꼭 씹고 삼키더니 혀를 내밀었다.

"달짝지근합니다."

전적으로 동감이다. 점장에게 물 한 잔을 청했다.

마야는 웃으면서 얼굴을 찡그린 듯한 묘한 표정으로 입을 헹구며 펜과 수첩을 꺼냈다. 그나저나 묘한 단어를 다 안다.

나는 유고슬라비아에 간다 해도 '달짝지근하다'에 해당하는 말은 분명 배우지 못할 것이다.

맛있는 냄새를 풍기며 구워진 핫도그를 종이봉지에 담아달라고 하고 진저에일도 하나씩 산 다음 돈을 냈다. 거스름돈을 줄 때 점장은 이번에는 자동판매기를 쳐다보고 있는 마야를 보며 의미심장하게 웃었다.

"……왜요?"

"이쪽이 더 좋은걸. 저번에 왔던 키 큰 애, 미인이긴 했지만 성격이 드셀 것 같더라고."

무슨 말인가 했더니만 나참, 바보 같아서.

"곧 자기 나라로 돌아갈 애라고요. 또 올게요."

봉지를 들고, 또 관절이 붙들리는 사태가 발생하지 않도록 멀리서 손을 뻗어 마야의 어깨를 잡았다. 마야는 돌아보고 고개를 끄덕였다.

"네, 가요."

핫도그집을 지나니 금세 쓰카사 신사 참뱃길로 들어섰다.

말이 참뱃길이지, 신사로 이어지는 직선 루트로 들어섰다는 것뿐 딱히 정화되어 있는 것은 아니다. 쓰카사 신사 자체는 명소나 고적이라 할 만큼 번듯한 유래가 없을 텐데, 그래도 찾아오는 관광객이 있는지 길 양옆으로 기념품 가게도 몇 개 보였다.

걸으면서 마야가 물었다.

“모리야 씨. 아까 이야기입니다. 일본에서는 떡이 경사스럽다고 했죠?”

“그래. 설에 특히 자주 먹지. 설은 알아?”

“Da. 그럼 떡을 신이나 부처에게 진상할 때도 있습니까?”

진상이라니 거창하기도 하다. 뭐, 공물을 말하는 것이리라.

“그래.”

그러자 마야는 감탄해서 몇 번씩 고개를 끄덕였다.

“아까 우편…… 우체통이라고 하나요? 그것을 보고 있을 때, 쓰카사 신사에 떡을 갖고 가자고 하는 사람이 있었습니다.”

흠. 요즘 세상에 기특한 사람이 다 있다.

커다란 석조 도리이가 보이기 시작했다. 주칠朱漆을 한 것이 아니라 다행이다. 혹시 마야가 저 주홍색을 어떻게 내느냐고 물어보면 나는 대답할 수 없다. 아니, 의외로 간단히 대답할 수 있을지도. 분명히 페인트의 색일 테니까. 그런 생각을 하는데,

“응?”

별안간 마야가 쭈그리고 앉았다.

"왜?"

"신발 끈이 빠졌습니다."

빠졌으면 큰일이다 싶어서 보니 풀어졌을 뿐이었다. 뭐, 일일이 표현을 바로 잡아줄 필요는 없겠지.

마야가 신발 끈을 고쳐 매는 사이에 주위를 둘러보았다. 바로 눈앞이 기념품 가게인데 상품이 꽤 그럴듯했다. 어디에나 있는 페넌트와 제등, 열쇠고리 정도라면 마음에 두지 않았을 텐데, 이곳은 목공품을 파는 곳인 듯했다. '一位'라는 간판이 있기에 뭐가 1위인가 싶었지만, 생각해보니 '주목으로 만든 세공품'이라는 뜻이리라.• 가게 구석에 얕은 나무 상자가 놓여 있고 '하자 상품 60퍼센트 할인'이라는 딱지가 붙어 있었다. 흥미가 생겨 안으로 들어가자 나무와 니스 냄새가 났다.

상자 안에는 새 조각품과 등으로 짠 바구니, 이쑤시개 통, 효자손 등이 있었다. 아닌 게 아니라 흠집과 파손이 눈에 띄는 물건이 많았다. 그중에 흠집이 어디 있는지 바로 알아볼 수 없는 물건이 하나 있었다. 수국을 조각한 큼직한 황갈색

• 일본어로 '주목'을 '一位'라고도 한다.

머리핀이었다. 디자인은 그냥 그랬지만 조용한 색상과 계절감이 제법 나쁘지 않았다. 집어들고 뒤집어봤지만 역시 흠집은 보이지 않았다. 눈에 보이지 않는 하자인가.

가게 안쪽에서 중년 여자가 텔레비전을 보고 있었다. 말을 걸었다.

"저기요."

"네, 어서 오세요."

무뚝뚝한 목소리였지만 신경쓰지 않고 머리핀을 들고 갔다.

"이거, 하자 상품 칸에 있었는데 아무렇지도 않은데요."

중년 여자는 금전 등록기에 걸쳐놨던 안경을 쓰고 머리핀을 받아들어 상세히 살펴보았다.

"……흠집은 없지만, 마디가 들어갔잖니?"

그러고 보니 수국 잎사귀 부분에 나뭇결이 소용돌이를 그리고 있었다. 하지만 이건 이것대로 멋 아닌가? 그렇게 생각하는 것을 눈치챘는지 여자는 덧붙여 말했다.

"완전한 걸 좋아하는 사람이 더 많거든."

시시하다. 지갑을 꺼냈다.

"얼마예요?"

"천오백 엔에서 60퍼센트 할인해서 육백 엔. 육백십팔 엔이야."

만든 사람에게 미안해지는 가격으로 나는 수국 머리핀을 샀다. 포장은 하지 않고 그냥 손에 쥐고서 가게를 나섰다. 밖에서는 이미 오래전에 신발 끈을 고쳐 맨 마야가 의아스러운 얼굴로 기다리고 있었다.

"오래 기다렸지?"

"응, 무엇을 했습니까?"

머리핀을 내밀었다. 마야는 활과 다리와 홍백 찹쌀떡을 볼 때 그랬던 것처럼 그것을 유심히 살펴보았다.

"……이건?"

"보면 모르겠냐? 머리에 꽂는 거야."

"역시 그렇습니까. 그래서…… 여기에는 무슨 철학적인 의미가 있습니까?"

철학이고 신학이고 머리핀에 그런 게 있겠나. 오늘 마야는 머릿속이 그런 방향으로 잡혔나 보다. 쓴웃음을 지으며 머리핀을 좀더 앞으로 내밀었다. 마야는 기세에 떠밀리듯 그것을 받아들었다.

"선물이야. 기념으로 받아라."

그렇게 말해도 여전히 손에 든 머리핀을 보고만 있다. 그러더니 비로소 뇌 내에서 '선물'이라는 단어가 번역된 양 갑자기 활짝 웃었다.

“그렇군요! 아주 아름답습니다. 이 꽃은…….”

“수국이라고, 이 계절에 아름답게 피는 꽃이야. 종류에 따라서 흙이 산성이면 파랗게, 알칼리성이면 붉게 피지.”

말 나온 김에 덧붙이자면, 내 식물학적 지식이 옳다면 수국은 동아시아가 원산지다. 유럽에는 중국을 경유해서 유입되었을 것이다. 유럽 사람의 아시아 기념품으로 딱 좋으리라.

“응. 정말 재미있군요.”

실제로 꽃이 핀 모습을 보여주면 이야기가 빠를 텐데 공교롭게도 이 부근은 깨끗하게 정지整地가 되어 가로수도 없다. 경내까지 가면 어딘가에 있을 것이다.

마야는 머리핀을 가슴에 보듬어 안았다.

“고마워요, 모리야 씨. 마음에 듭니다.”

“별거 아냐. 값이 쌌거든.”

마야는 당장 손을 뒤통수로 가져가 약간 무심하게 핀을 머리에 꽂았다. 조금 짧은 곱슬머리라 별로 의미가 없었지만, 마음에 들었다는 것을 행동으로 보여주는 것 같아 기뻤다. 의도한 일은 아니었으나 그 머리핀의, 일본인의 검은 머리를 장식하기 위해 채색된 황갈색은 유고슬라비아 사람의 검은 머리와도 잘 조화되었다. 어울리느냐 어울리지 않느냐로 말하자면 마야에게는 다소 수수한 듯싶기도 했지만 뭐, 상관없겠지.

나란히 도리이를 지났다. 여기부터가 쓰카사 신사다.

뜻밖에도 마야는 도리이에 관심을 보이지 않았다. 도리이는 지도의 기호로 쓰일 정도니 충분히 알고 있을지도 모른다. 아니면 너무 앞만 똑바로 보느라 머리 위의 건축물을 못 보고 놓쳤거나.

계단을 올라갔다. 포석에 이끼가 끼었다. 마야가 후지시바시 최대의 종교 시설이라 표현했듯이 부지가 넓다. 경내에는 금줄을 친 소나무 몇 그루가 서 있었다. 동백 덤불도 눈에 띄고, 어딘지 모르게 울창한 분위기다. 대충 훑어본바 유감스럽게도 수국은 없는 듯했다. 눈에 띄는 것이라고는 소나무에 밀려나듯 구석에 선 은행나무 거목. 마야가 가을까지 있어준다면 아름다운 노란 잎을 보여줄 수 있을 텐데.

참배객은 거의 없었다. 축제 때가 아니면 원래 이런 것일지도 모른다.

마야가 손 씻는 곳을 발견하고 그쪽으로 달려갔다. 국자를 집더니 물을 떠서 꿀꺽 마셨다. 그럴 줄 알았다. 그러고는 웃으며 "찬물입니다"라고 했다.

십중팔구 재미있어하리라고 생각하면서 마시는 물이 아니라고 설명했다. 손을 씻고 입을 헹구는 것이 예법이라고. 마야는 내가 생각했던 대로 반응을 보였다. 즉각 놀라고 이어서 감탄하며 수첩을 꺼내 메모한 다음, 필요 이상으로 세심한 주의를 기울여 손과 입을 정갈히 했다. 웃으며 모습을 보고 있던 나도 마야에게 가르친 이상, 어색한 손놀림으로 재계를 하지 않을 수 없었다. 손이 먼저였던가, 입이 먼저였던가. 세세한 부분이 기억나지 않아 엉터리로 했다. 마야는 자기 못지않게 어색한 내 손놀림을 보고 웃었다.

안쪽으로 나아갔다. 마야는 여기저기 두리번거리느라 정신이 없었다. 또 떨어지는 일이 없도록 조심했다.

갓 구워 뜨끈뜨끈한 핫도그가 식기 전에 앉을 만한 곳을 찾았다. 다행히 은행나무 근처에 나무 벤치가 있었다. 젖지 않았는지 손바닥을 대보니 괜찮은 것 같기에 앉았다. 햇빛이 푸른 은행잎에 가려지자 습도는 비슷해도 생각보다 시원해졌다. 어제까지 내린 비로 지면이 아직 차가운 것이리라.

봉지에서 치즈 도그와 진저에일을 두 개씩 꺼냈다. 그런데 마야는 경내 풍경을 멍하니 바라보기만 하고 점심에 손을 대려 하지 않았다. 곧 정신이 들겠지 싶어서 먼저 먹기로 했다. 역시 전문점은 다른 것이, 빵에서 구수한 내가 난다.

이윽고 마야가 중얼거렸다.

"Ovo je zaista lep. ……i veoma interesantan(오보 예 자이스타 레프. ……이 베오마 인테레산탄)."

물론 한마디도 알아들을 수 없다. 딱히 혼잣말의 뜻을 캐물을 생각은 없었지만 마야는 불현듯 깨달은 것처럼 나를 돌아보더니 일본어로 고쳐 말했다.

"진짜 같습니다."

나는 말없이 치즈 도그를 덥석 베어 물었다. 소시지 껍질이 터지는 소리가 났다.

마야는 아마 이곳에 유고슬라비아의 성역을, 아마도 기독교 교회의 주변을 중첩시켜 비교하고는 그것에서 감개를 느끼는 것이리라. 어쩌면 다른 나라의 성역도 생각했는지 모른다. 나도 그래보고 싶다는 생각이 문득 들었다. 그러나 그것은 내 능력 밖의 일이다. 아니, 문제는 능력이라기보다 경험이다. 나는 아무것도 본 적이 없다.

역시 공유할 수 없다. 그것을 강하게 인식하지 않을 수 없었다. 그것은 누구에게나 성립되는 불변의 법칙이겠지만 마야와 나는 근거하는 곳이 너무나도 다르다.

아까부터 연신 마야만 내게 질문했다. 가끔은 나도 물어도 되겠지.

"마야."

"Da?"

"다양한 나라에서, 오늘처럼 철학적인 의미라는 걸 보고 다녔지?"

마야는 어쩐지 자랑스러운 표정으로 고개를 끄덕였다.

"그렇습니다."

진저에일을 한 모금.

"왜?"

알고 싶기에 알려 한다, 그런 세계가 존재한다는 것은 나도 안다. 호기심, 향학심. 보기 나름으로는 이기심과 거리가 먼 고귀한 심리일 것이다. 스스로를 실질주의자라고 생각하는 것은 아니지만, 나는 그런 태도에 아무래도 도락이 숨어 있는 것 같아서 껄끄럽다.

그런데 마야에게는 그런 인상이 없다. 물론 '재미있는 것'에 대한 흥미는 있겠지만, 그것뿐일까?

돌아온 대답은 간단했다.

"그것이 제 일입니다."

"……돈 받고 하는 일이냐?"

"아니요. 웅, 적절한 일본어는 무엇일까요. 역할? 책무? 알겠습니까?"

무슨 말을 하려는지는 알 수 있었다. 사명이라는 말이 가장 가깝지 않을까. 하지만 그 말로는 여전히 아무것도 설명되지 않았다.

마야는 자세를 바꾸었다. 몸을 내 쪽으로 돌리고 눈을 똑바로 맞추었다. 입매도 눈빛도 단호했다. 마야가 내 질문에 조금도 얼버무리지 않고 진지하게 대답할 작정이라는 것을 알았다. 바람 한 점 불지 않고, 사람도 보이지 않고, 매미 철이 되기에는 아직 일러 경내는 고요했다.

일본어를 틀리지 않기 위해서 그러는 걸까. 마야는 매우 천천히 말했다.

"모리야 씨. 저는 제가 유고슬라비아 사람이라고 말했지만 사실을 말하자면 '유고슬라비아 사람'은 존재하지 않는다고 생각됩니다. 있는 것은 Srbin(스르빈)과 Hrvat(흐르바트)…… 스르비아 사람과 Hrvatska(흐르바트스카) 사람이라는 민족으로 여겨집니다.

유고슬라비아에는 여섯 개의 레푸블리카…… 나라가 있습니다. 여섯 민족은 하나하나가 독립된 나라를 만들기를 그만두고 소치얄리스티치카 페데라티브나 레푸블리카 유고슬라비아를 만들었습니다. 여섯 민족은 피로 따지면 가까운 가족이라고 생각했기 때문입니다. 웅, 1918년입니다. 1918년부터 지금 해까지는 어느 정도입니까?"

"……칠십…… 칠십삼 년이군."

"Da. 칠십삼 년은 깁니다. 제 아버지는 스르비아 사람입니다. 어머니는 Slovenija(슬로베니야) 사람입니다. 어머니의 아버지는 Makedonija(마케도니야) 사람입니다. 저는? 저는 유고슬라비아 사람입니다.

유고슬라비아에는 여섯 개의 문화가 있습니다. 하지만 저는, 웅, 우리는 일곱 개째를 만들고 있습니다. 그렇게 하고 싶지 않아도 그렇게 됩니다. 그리고 우리는 그렇게 하고 싶습니다. 그렇다면 우리는 언젠가 기념탑을 세워야 합니다. 그것은 먼 미래의 일이 아니라고 저는 생각합니다. ……웅, 제가 잘 말하고 있습니까?"

"이해해."

참 가벼운 말이다.

"우리 전통은 창조된 것입니다. 우리 공동체는 상상된 것입니다. 그래도 우리는 여섯 개의 문화 중 어느 하나가 아니라 우리 문화를 살게 될 것입니다. 다시 한번 말합니다. 그렇게 하고 싶지 않아도 그렇습니다. 알겠습니까?"

"……."

"하지만 유고슬라비아는 부유한 나라도 아닙니다. 매우 유감스러운 일이지만, 부유하지 못한 유고슬라비아 사람은 일곱 개째 문화를 그 자체로 볼 수 없습니다. 왜냐하면 다른 문화와 비교할 수 없기 때문입니다.

그리고 저는 부유한 유고슬라비아 사람입니다. 제 아버지는 당의 위쪽에 있습니다. 저는 비교적 자유롭게 여러 다양한 나라를 볼 수 있습니다. 우리 중에서 저는 예외입니다. 그렇다면 여러 다양한 나라를, 웅, 여러 다양한 문화를 보는 것은 제가 해야 할 일이라고 저는 생각합니다.

언젠가 우리는 여섯 개의 문화를 지양하겠죠. 유고슬라비아를 연방이 아니게 하겠죠. 그래서 저는 보고 다닙니다. ……알겠습니까?"

아까처럼 이해한다고 할 수 없었다. 모르겠다고 하는 편이 사실에 가까울 것이다.

그러나 이것만은 알 수 있었다. 멀리 유고슬라비아에 새로운 세계를 건설하려는 사람들이 있다는 것. 마야는 자신의 처지에서만 할 수 있는 일을 하려 한다는 것. 구체적으로는? 나는 말했다.

"넌 예술가가 되고 싶은 거냐?"

마야는 웃었다.

"역시 제 일본어는 아직 멀었군요."

그러더니 흡사 나에게 약속이라도 하듯 말을 곱씹으며 말했다.

"……저는 정치가가 될 겁니다."

이미 식어버린 치즈 도그를 집어 호쾌하게 베어 물더니, 유고슬라비아 사람인 그녀는 눈을 동그랗게 뜨고는 손에 든 치즈 도그를 응시했다.

"웅. 대단히 맛있습니다!"

나도 먹었다. 대단히, 맛있다.

이런 것은 공유할 수 있건만.

마야는 멀리서 왔는데도 이따금 무척 가까이 있다는 생각이 든다. 그러나 가까이에 있는 것 같아도 역시 마야는 멀리서 온 사람이었다. 여러 가지 의미에서 마야와 나는 살아가는 세계가 다르다는 것을 알았다. 어쩌면 나는 쓸데없는 것을 물었는지도 모른다.

진저에일을 마셨다.

……아니면 나도 마야와 같이 갈 수 있을까?

다행히 쓰레기통이 보여서 쓰레기는 그곳에 버렸다. 아까워도 손 씻는 곳에서 손을 닦고, 그러고도 다치아라이와 다른 사람들이 오지 않기에 우리는 본당으로 갔다. 배례 예법을 가르쳐달라고 하기에 이럭저럭 기억을 되살려 2례 3박수 1례로 배례했다. 마야는 그것을 따라 했지만, 형태를 따라 했을 뿐 기도의 엄숙함을 전혀 보이지 않은 것은 역시 마야가 기독교

도이기 때문일까.

아니, 그러고 보니 마야가 기독교 신자라는 말은 못 들었다. 어쩌면 처음 만났을 때 백인이니 영어를 할 수 있으리라고 내 멋대로 믿었던 것의 전철을 밟고 있는지도 모른다. 그렇게 생각하고 묻자 마야는 태연하게 대답했다.

"저는 종교가 없습니다."

뜻밖의 대답이었다. 서양 사람은 모두 종교를 믿는다는 설을 나는 그만 철석같이 믿고 있었다.

"그건 뭔가 '철학적인 이유'가 있어서 그런 거냐?"

"네. 유고슬라비아의 Tito(티토) 대통령은 종교를 억제했습니다. 여섯 개 공화국이 각각 자기 종교를 강하게 하면 연방이 위험하다고 생각했기 때문입니다. 그래서 저는 이렇다 할 종교를 갖지 않습니다. 하지만 가톨릭의 예법은 압니다."

일단은 로마가톨릭교 신도라는 뜻인가. 내가 일단은 조동종 신도인 것과 별 차이 없을 것 같다. 내가 문득 생각한 것과 같은 말을 마야가 웃는 얼굴로 덧붙였다.

"일본인과 똑같군요."

세상에는 하여간 거짓이 많다.

"이즈루에게 재미있는 말을 들었습니다. 웅, '괴로울 때 신 찾기'."

그녀는 키들키들 웃었다.

“저도 가끔씩 그렇습니다. 역시 곤란할 때는 하느님입니다. 괴로울 때도 그렇죠. 아까 그 사람도 신 찾기였습니다.”

“떡 말이야?”

“Da.”

그런 이야기를 하는데 뒤에서, 그것도 꽤 가까운 곳에서 부르는 소리가 들렸다.

“역시 여기 있었군, 모리야.”

돌아보니 후미하라가 있었다. 그 뒤에는 다치아라이와 시라카와.

“봐라, 걱정 안 해도 된다니까.”

그렇게 말하는 후미하라에게 고개를 끄덕이자 시라카와는 우리에게 미소를 지었다.

“찾아서 다행이다.”

“그래요, 이즈루.”

한편 나는 다치아라이에게 사과했다.

“미안하다.”

다치아라이의 표정은 변하지 않았다.

“무슨 말이야?”

“주의하라고 했는데 떨어지고 말아서.”

"아아."

보일 듯 말 듯 미소를 지었다.

"그럼 나도 사과해야겠네."

"……?"

"두 사람이랑 세 사람으로 갈렸으니, 어느 쪽이 떨어진 건지 모르잖아?"

억지 논리다.

"마야, 배는 안 고파?"

"네. 치즈 도그라는 것을 먹었습니다. 일본 음식도 심오합니다."

시라카와와 마야의 대화를 듣고 후미하라가 끼어들었다.

"마야 씨, 핫도그는 미국 음식이에요."

"농담입니다, 후미하라 씨."

후미하라는 울컥한 것 같기도 하고 웃는 것 같기도 한 괴상한 표정을 지었다. 나는 쓴웃음을 참았다.

그새 늘어난 마야의 장신구를 누가 맨 처음 알아볼까 했더니, 다치아라이였다.

"……어머? 마야, 그 머리핀,"

마야는 기쁜 얼굴로 고개를 돌려 머리핀을 다치아라이에게 보였다.

"수국이네. 나쁘지 않은걸? 어디서 났어?"

"우후. 모리야 씨에게 받았습니다. 기념입니다."

"호오, 모리야가!"

눈을 크게 뜬 후미하라에게, 하자 상품이라 60퍼센트 할인 받았다고 작은 목소리로 말했다. 후미하라도 작은 목소리로 그럴 줄 알았다고 대꾸했다. 나를 대체 어떤 사람이라고 생각하는 건가.

"진짜 잘 어울린다, 마야."

시라카와가 웃는 얼굴로 칭찬했다. 그러나 그 손은 내 소매를 잡아당기고 있었다. 뭐지 하면서 조금 떨어진 곳으로 따라가자 시라카와는 나를 무서운 눈으로 노려보았다. 원래 졸린 듯한 눈이다 보니 크게 부릅뜨면 박력이 있다.

"왜?"

"저거, 모리야가 선물한 거야?"

"그럼 안 되는 건가?"

잠시 침묵한 뒤, 시라카와는 깊이 한숨을 내쉬었다.

"있지, 모리야. 널 생각해서 하는 말인데, 나중에 마치한테도 뭐 선물하는 게 좋겠어."

"……왜?"

"그게 밸런스란 거야!"

억누른 목소리였다. 그런 건가? 뭐, 그 정도 가격이면 하나쯤 더 사도 부담될 정도는 아니긴 한데, 하지만…….

“다치아라이한테 머리핀은 필요 없지 않겠냐? 저 머리에 뭘 단 걸 본 적이 없는데.”

“그런 문제가 아니잖아!”

“밸런스가 문제라면, 너도 뭐 필요하냐?”

“……왜 내가 너 같은 거한테, 아니, 너 같은 게 왜 나한테 선물을 하는데! 이 왕돌부처 같으니!”

시라카와에게 ‘너 같은 거’라는 말을 듣고 말았다. 왕돌부처는 대체 뭔가 했는데 아마 헤비급 돌부처라는 뜻인가 보다. 시라카와는 거의 발을 쾅쾅 구를 기세였다. 별로 나쁜 짓을 한 것 같지는 않은데…….

좌우지간 원래 있던 데로 돌아가자 나무 그늘에서 후미하라와 마야가 이야기하고 있었다.

“뭐, 있을 수 없다고까지는 안 하겠지만요.”

“웅. 드문 일입니까?”

“……그렇죠.”

보아하니 후미하라는 당황한 듯 말을 뚜렷이 하지 못했다. 다가가서 어깨를 질렀다.

“무슨 이야기냐?”

"아, 너도 같이 들어라."

그러나 마야는 손을 살짝 내저었다.

"모리야 씨에게는 이야기했습니다. 신 찾기를 하는 사람이 있다고요."

"떡을 바치러 가자고 하는 사람이 있었다는 이야기지? 그게 어디가 드문 일인데?"

그러자 후미하라는 잘 생각해보라는 듯 군데군데 강조해가며 말했다.

"일부러 떡을 쳐다가 봉납하는 게 보통 일이냐? 설도 아닌데?"

흠. ……그러고 보니 아닌 게 아니라.

"축제 때도 그러잖냐."

"쓰카사 신사 축제는 사월에 했잖아. 다음번은 시월이고."

"뭐, 살다 보면 그런 일도 있지 않겠냐."

납득은 가지 않지만 그렇게 끝내려 했을 때, 그때까지 듣고 있는지 아닌지도 모를 정도였던 다치아라이가 끼어들었다.

"마야. 그 사람, 어떤 사람이었는지 기억나?"

마야는 고개를 갸웃했다.

"응. 젊은 사람이었습니다. 둘이서 걷고 있었습니다. 죽을 것 같으니까 신사에 가자고 했는데, 그런데도 건강해 보이는 것이 이상했습니다."

젊은 사람 이인조?

나와 후미하라는 얼굴을 마주보았다.

"그런 녀석이 있겠냐?"

"합격 기원으로 의지를 다졌다든지……."

"죽을 것 같으니까 신사에 가자고 했다며?"

자연히 팔짱을 끼었다. 스스로 생각해도 그럴 법하지 않은 말을 지껄였다.

"신사 불당 팬인가?"

이야기를 들으면 들을수록 석연치 않은 느낌이 부풀어올랐다. 젊은이가 떡을 쳐서 봉헌하러 간다는 상황이 이렇게 어색하게 느껴질 줄은 몰랐다. 신사 참배의 표준 같은 것을 의식해본 적도 없건만, 막상 괴상한 참배 방법을 접하니 이렇게 석연치 않을 줄이야. 보통 때 같으면 그래도 뭐, 무슨 이유가 있겠지 하고 넘어갔을 텐데, 일부러 마야에게 관광 안내까지 해주고서 묘한 오해를 심은 채로 그냥 두기도 찜찜하다.

다치아라이를 흘깃 보자, 무관심한 척하면서도 나와 마찬가지로 팔짱을 끼고 있었다.

시라카와도 이야기에 끼어들었다.

"저기, 마야는 우체통을 보고 있었어?"

"네. ㅜ 표시가 철학적이라는 생각이 들어서 주위를 빙빙 돌면서 보고 있었습니다. 모리야 씨가 그것은 '체신'의 첫 글자라고 가르쳐주었습니다. 그러는데 젊은 사람 둘이 그 이야기를 하면서 제 뒤를 지나쳤습니다."

"건강해 보였단 말이지? 말투도?"

"Da. 웃으면서 이야기했습니다. ……웅, 하지만 그것은 조금 이상하군요. 괴로울 때 신 찾기가 아니었습니까?"

우리에게 물은들…….

다치아라이를 빼고 넷이 함께 고개를 갸웃거리는 상황이 되었다. 시라카와가 다시 물었다.

"처음부터 끝까지 이야기를 들은 건 아니지? 어떤 식으로 들렸어?"

"웅……."

마야는 수첩을 꺼내 페이지를 넘겼다. 오, 역시 다르군, 메모를 했나 싶어 기대하며 기다렸는데 마야는 금세 소리 내어 그것을 덮어버렸다.

"씌어 있지 않습니다. 기억해내겠습니다."

그러더니 관자놀이를 주먹으로 꾹꾹 눌렀다.

"묘하게 일본식 제스처군."

옆에 있던 시라카와에게 말하자 시라카와는 시선을 다른

데로 돌리고 고개를 떨어뜨렸다.

"저거 내 흉내내는 거야, 아마."

어이쿠.

마야는 수상쩍은 예언자처럼 띄엄띄엄 말하기 시작했다.

"응. ……이런 느낌이었습니다. 곤란하다……. 쓰카사 신사라면 괜찮다……. 떡을 만들어 간다……. 간단히 만들 수 있다……."

작은 목소리로 좀더 뭐라 중얼중얼하더니 이윽고 고개를 가볍게 내저었다.

"주의해서 들은 게 아닙니다. 이 정도가 고작입니다."

"그것만으로는 좀."

후미하라가 체념하는 말을 했다.

"역시 그냥 괴상한 사람들이었다고 생각하는 편이 좋을까."

아니, 아직 비장의 카드가 남아 있다. 능력 말고 성격 면에서 대단히 의지하기 힘든 카드이기는 하지만, 어떠냐?

고개를 돌려 다치아라이를 보았다. 시선이 맞부딪혔다.

"뭐?"

"넌 알지?"

"모리야가 무슨 생각을 하는지 대충은. 매달리는 듯한 눈빛 좀 안 보이면 안 되겠어?"

그런 눈빛이었나? 기분이 언짢은지 여느 때보다도 더 태도가 냉랭한 것 같다. 그러나 다치아라이는 마야에게 시선을 돌리더니 조그맣게 한숨을 쉬었다. 팔짱을 풀고 두세 발짝 다가가 말했다.

"저기, 마야."

"네?"

"너, 그 이인조가 뭘 하려고 했는지 알고 싶어?"

마야는 즉각 고개를 끄덕였다.

"네! 그런 것을 알기 위한 산책입니다."

"아마 그 사람들은 특수한 경우일 거야. 알아도 응용하진 못할 것 같은데."

귀에 선 단어가 몇몇 섞여 있는 탓이리라. 마야는 잠시 생각하더니 신중하게 대답했다.

"웅……. 즉, 마치 씨는 걱정해주었군요. 제가 지난번 우산 이야기처럼 한 명만 보고 모든 사람을 봤다고 믿는 것을. 하지만 괜찮습니다! 저번에는 저에게도 실수였습니다. 같은 실수는 하지 않습니다."

선언을 듣고 다치아라이는 어딘지 모르게 난처한 웃음을 머금었다.

"그래."

그러더니 나에게 의미심장한 눈짓을 보냈다.

"그럼 하나만 물어볼게. 마야는 그 이인조가 '괴로울 때 신 찾기'를 했다고 생각했지? 죽을 것 같으니까 떡을 가지고 간다고.

그 두 사람, 자기들이 죽을 것 같다고 한 걸까?"

마야는 끄응 하더니 또 관자놀이에 주먹을 갖다댔다. 아플 것 같다. 그러나 마사지에 기억 재생 효과는 없는 듯 이윽고 미안해하는 표정으로 고개를 흔들었다.

"……미안합니다. 기억나지 않습니다. 하지만 두 사람은 아직 아버지 어머니 다 있는데도 죽는 것 같았습니다."

그런데 왜 그런지 다치아라이는 만족스레 고개를 끄덕였다.

"그래."

"그게 무슨……."

끼어든 나를 무시하고 다치아라이는 이어서 말했다.

"혹시 틀렸으면 그렇다고 말해줘. 마야는 일본어를 꽤 잘하고, 이즈루한테도 여러 가지 말을 배운 것 같던데."

"Da. 여러 가지입니다."

"혹시 그 두 사람이 한 말은 이거 아니었을까? ……'앞서다'."

대답을 들을 것까지도 없었다. 마야의 표정이 확 밝아졌다.

"그렇습니다! '부모님을 앞서는 불효를 용서해주십시오'의 '앞서다'입니다. 웅, 저는 어째서 잊어버렸을까요?"

"글쎄, 그건 잘 모르겠네."

그 말만 하고 이야기가 끝났다는 기색을 보였다. 후미하라는 다치아라이와 오늘 처음 만난 셈이나 다름없고, 시라카와는 주장이 약하다. 여기서 '어이, 그러고 끝내면 어쩌냐'라고 말할 수 있는 사람은 나뿐이다.

하는 수 없으므로 그것을 실행에 옮겼다.

"어이, 그러고 끝내면 어쩌냐."

그러자 다치아라이는 날카로운 눈빛을 내게 던졌다. …… 역시 아까 떨어진 것 때문에 화가 나 있는지도 모른다는 것을 그제야 비로소 깨달았다. 다치아라이는 말했다.

"세 가지 테마로 이야기 짓는 거나 마찬가지야. '쓰카사 신사라면 괜찮다' '떡을 만들어 간다' '앞서다'. 거기에 잘못 알아듣기랑 잘못 생각하기를 뿌리면 어떻게 될까?"

나와 후미하라와 시라카와가 눈을 껌벅거렸다.

어떻게 되다니.

"그게 뭐냐……."

후미하라가 투덜거렸다. 심정은 이해한다.

다치아라이는 최소한 신심 깊은 젊은이 둘이 장수를 기원하러 떡을 갖고 신사에 간다는 것보다는 설득력 있는 설명을 할 수 있을 터다. 그런 녀석이 하여튼, 여전하다. 그러나 이제 와서 '세 살 버릇'의 교정을 시도해볼 마음은 나지 않았다. 하는 수 없으므로 수수께끼 놀이에 도전해보았다.

쓰카사 신사라면 괜찮다. 다른 신사는 안 된다?

떡을 만들어 간다. '떡을 쳐서 간다'고 하지 않은 것은 부자연스러울 것까지는 없나?

앞서다. 불충불효를 용서해주십시오.

아아, 그렇군.

다치아라이의 방식에 익숙한 만큼 상황은 유리했다. 이해한 순간 나는 그만 웃고 말았다. 별안간 웃기 시작한 나를 다들 놀란 얼굴로 쳐다보았지만 다치아라이만은 달랐다.

"그것 봐, 재미있지?"

'그것 봐'라니. 이 녀석은 이게 재미있는 일이라는 눈치를 얼핏이라도 보였던가. 언짢은 것처럼 보이기까지 했는데. 하지만 뭐, 다치아라이도 재미있다고 생각했다는 것을 알자 자신이 생겼다. 고개를 끄덕였다.

"그러게. 확실히 잘못 알아듣고 잘못 생각했군."

후미하라가 머리를 긁적이며 말했다.

"난 아무래도 이런 데 약한 것 같단 말이지."

"그러냐. 뭐, 내 생각에……."

말을 떼자마자 마야가 메모할 준비를 했다. 이미 익숙해졌지만 그 진지함에는 아무래도 쓴웃음이 나왔다.

"받아 적을 만한 가치가 있을지 없을지……."

"응, 그것은 제가……."

맞습니다, 당신이 정하실 일이었죠. 실례 많았습니다.

후미하라와 시라카와도 듣는 것 같았지만 나는 마야에게 이야기하듯 몸을 틀었다.

"역시 젊은 사람 둘이 무병 무탈을 빌러 떡을 쳐서 신사에 들고 간다는 건 묘한 일이야. 하물며 웃으면서 그런다면 더 말할 것도 없지."

마야는 고개를 갸웃했다.

"무병?"

아뿔싸. 후미하라가 설명했다.

"병에 걸리지 말고 건강하게 살 수 있게 해달라는 기도예요."

당장 메모한다. 그것이 끝나기를 기다려 말을 이었다.

"떡을 바치는 게 아니라면 뭔가. ……저걸 봐."

우리가 있는 곳은 본당 정면, 신목 그늘이다. 그리고 내가 손바닥으로 가리킨 것은 본당. 신앙심 따위 없다고는 하지만 이런 것을 손가락으로 가리키기는 찜찜하다.

"신사입니다."

"신사가 아니라. 아니, 신사는 맞는데, 저 방울 밑에 있는 거 말이야."

"응……. 저 상자 말입니까?"

고개를 끄덕였다.

후미하라가 나지막이 신음했다. 알아차린 모양이다.

"저게 뭔지 들었냐?"

"아니요. 무엇입니까?"

"저건 새전함이라고, 신사에 기도를 드릴 때 동전을 저기 넣는 거야. 원래는 신사에 있는 거지만 돈이 모이니까 절에도 많이 놓여 있곤 하지."

마야는 눈을 껌벅였다.

"돈을? 저런 상자에 말입니까?"

"위험할 것 같아서?"

고개를 끄덕였다.

"가져갈 사람이 꼭 있을 것이라고 생각합니다. 어느 나라에서나, 그 어떤 신성한 돈도 없어지곤 합니다."

"그런가? 다른 나라는 어떨지 몰라도 일본에선 그런 걸 '새전 도둑'이라고 해."

"새전 도둑?"

"그래. 상자를 뒤집으면 간단하겠지만, 워낙 무겁기도 하고 또 고정해놓은 곳도 많거든. 그래서 전통적인 수법으로, 끈적끈적한 걸 상자에 넣어 돈을 낚아."

낚싯대를 놀리는 듯한 제스처를 했다.

그러나 마야는 이해되지 않는 것 같았다.

"그 두 사람이 그것이라고요? 제가 들었을 때는 돈을 훔친다는 이야기는 하지 않았습니다. 아니면 이것이 '남을 보거든 도둑이라고 생각하라'입니까?"

나도 모르게 시라카와를 보았다.

"시라카와, 너 대체 무슨 말을 가르치는 거냐?"

딱히 비난하는 것은 아니었는데 시라카와는 어쩐지 변명조로 대답했다.

"마야는 정말 뭐든 다 외워버린단 말이야."

어이구야. 수험생인 우리로서는 부럽기 그지없는 재능이다.

아무튼.

"그렇지 않아. 두 사람은 새전을 훔치는 데 사용할 도구를 의논하고 있었던 거야."

"도구? 떡이 말입니까?"

"떡은 떡이라도 물건을 붙이기 위한 떡이지. ……그 두 사람 혹시 끈끈이를 만든다고 하지 않았어?"

마야의 얼굴에 흠칫 놀란 빛이 떠올랐다.

"응……. 그럴지도 모릅니다. 아니, 그렇습니다."

뭐, 끈끈이를 재료부터 모아서 만들기는 이만저만 번거로운 일이 아닐 테니, 실제로는 막대기 끝에 접착테이프를 붙인 것을 끈끈이라고 부른 거겠지만.

"쓰카사 신사는 후지시바에서 가장 큰 신사니까 새전함에 든 돈이 많아. 뿐만 아니라 덤불숲도 많아서 시야가 좋지 않거든. 그렇게 보면 노릴 만하지."

"하지만 아직 이해가 되지 않습니다. '앞서는 불효'는 어떻습니까?"

나는 씩 웃었다.

"돈을 나타내는 일본어는 많이 있어. 넌 '앞서는'만 들었지 '불효'는 못 들었잖아?"

"……?"

"'돈이 없다'는 걸 '앞서는 게 없다'라고 많이들 표현하거든."

마야가 한바탕 감탄하고 났을 때 눈앞이 확 어두워졌다. 태양이 구름에 가려진 모양이다. 올려다보니 어느새 두터운 구름이 몰려와 있었다. 시라카와도 하늘을 올려다보더니 말했다.

"아, 비 오겠다."

다치아라이가 고개를 끄덕였다.

"일기예보로는 이제부터 내내 날씨가 궂을 거라더라."

"잘된 일 아니냐. 마침 일정도 끝났겠다."

내가 그렇게 말하자 시라카와가 고개를 가로저었다.

"한 군데 더 갈 계획이었거든."

"그래? 그런 말 못 들었는데."

'한 군데 더'에 대한 기대가 어지간히 컸는지, 마야가 처량한 목소리로 호소했다.

"이즈루, 갈 수 없습니까? 혹시 시간이 걸리지 않는다면……."

시라카와는 판단이 서지 않는 듯 다치아라이에게 시선을 돌렸다. 다치아라이는 다시 한번 하늘을 올려다보더니 고개를 흔들었다. 그로써 결심이 선 듯 시라카와는 달래는 어투로 마야에게 말했다.

"아쉽지만 안 될 것 같아. 하지만 거기는 학교 갔다 오는 길에도 들를 수 있으니까. 응? 언제든 갈 수 있어."

마야는 마지못해 고개를 끄덕였다.

"응. 어쩔 수 없군요. 그때를 기대하는 수밖에 없군요."

나와 마찬가지로 영문을 알지 못하는 후미하라가 물었다.

"어디 갈 생각이었는데?"

"아, 응. 여기 뒷산."

뒷산?

나도 모르게 확인했다.

"뒷산이라니, 요컨대 그거 아니냐."

시라카와는 고개를 끄덕였다.

쓰카사 신사 뒤, 정확히 말하면 대각선으로 뒤쪽에 위치한 산은 산 하나가 통째로 묘지다. 기슭에는 난잡하게, 정상 부근에는 질서정연하게 묘석이 늘어서 있다. 나도 몇 번 성묘를 간 적이 있다. 우리 집안 묘는 그곳에 없지만 친척의 묘가 있다.

내 감상을 후미하라가 대변했다.

"무덤은 왜?"

"마야가 보고 싶대."

시라카와의 말 뒤에 왜 무덤인지 자기도 모르겠다는 주장이 들어 있는 것처럼 느껴졌다.

"어쨌거나 다행이네."

다치아라이가 중얼거렸다.

"떡 이야기를 안 했으면 산속에서 비를 맞았을지도 몰라."

결국 다음번 맑을 때 방과후에 마야를 산으로 안내하는 것으로 이야기가 정리되었다. 모처럼의 일요일인데 해산이 너무 빠른 것 같았지만, 내가 집에 도착할 즈음이 되자 다치아라이의 말대로 비가 오기 시작했다. 일기예보를 확인하니 기상청은 이번 비가 이삼일 계속될 것이라고 했다.

다음날도 비가 왔다. 학교가 파하고 돌아오는 길에 나는 서점에 들러 유고슬라비아와 관련된 책을 찾았다. 그러나 제대로 찾지 못해서 그런지 그런 책은 한 권도 없었다. 생각해보니 내가 뭔가에 관한 책을 읽고 싶다고 찾아본 것은 학습참고서를 빼면 처음이었는지도 모른다.

4

1991년 (헤이세이 3년) 6월 5일 수요일

예보가 맞았다. 비는 사흘째 오후에야 겨우 개기 시작했다. 방과후에 집에 갈 채비를 하는데 시라카와가 왔다.

"마야가 온대. 마치도 같이 갈 건데 모리야는 어떻게 할래?"

갈 때는 당연히 나도 동행하는 것이라고 믿어 의심치 않았기 때문에 그렇게 물으니 되레 바로 말이 나오지 않았다. 가고 싶으면 가겠다고 하면 될 것을 하잘것없는 허영심 때문에 묘하게 말하고 말았다.

"그러게. 할 일도 없는데 가볼까."

시라카와는 내 그런 수상한 태도를 알아차리지 못했다.

"그래? 그럼 잠깐 기다려."

기다리는 사이에 후미하라의 반에 갔다. 학급 회의가 늦게 끝났는지 교실에는 아직 많이들 남아 있었다. 후미하라가 있는지 안을 살피는데 마침 나오기에 붙들고 물었다.

"마야가 온다는데 넌 어쩔래?"

후미하라는 눈썹을 꿈틀하더니 거의 즉석에서 대답했다.

"사양하마."

"그래."

"마야 씨한테 안부 전해줘라."

원래 저번 일요일에 후미하라에게 같이 가자고 한 것은 순전히 남자가 나 하나면 멋쩍을 것 같다는 이유에서였다. 방과 후의 묘지 견학이라는 기묘한 이벤트에 후미하라가 어울려줄 이유는 전혀 없다. 나도 억지로 권하지는 않았다.

교실로 돌아오니 창가에 다치아라이가 기대서 있었다. 어깨 너머로 밖을 보고 있다. 가까이 다가가자 알고 있다는 표시로 시선을 나에게 돌렸지만 입은 열려 하지 않았다. 내가 먼저 말을 걸었다.

"들었냐?"

"마야 말이지? 그래, 들었어."

"무슨 볼일 있어?"

다치아라이는 그제야 얼굴을 정면으로 돌렸다.

"볼일? 아아, 아니. 그냥 우리 교실에선 교문이 안 보이니까, 여기서 마야를 기다리는 게 나을 것 같아서 온 것뿐이야."

"그래."

나도 창가에 서서, 교문을 주시하는 대신 거리를 바라보았다. 흰색과 회색, 질리고도 남을 만큼 본 경치였다.

잠자코 기다리기도 따분하기에 별생각 없이 물어보았다.

"오늘 갈 거지?"

다치아라이는 눈살을 약간 찌푸리고 대답했다.

"그럴 생각인데. 그러니까 기다리잖니."

"그야 그렇지만."

어물어물하는 나를 보고 다치아라이는 뭔가 감 잡은 모양이었다.

"그럼 안 돼?"

"안 된다는 게 아니라, 생각보다 자주 같이 다녀주는 것 같아서."

다치아라이의 무뚝뚝함은 정평이 났다. 시라카와가 마야

를 위해 같이 가주겠다고 나서는 것은 별반 이상한 일이 아니지만, 다치아라이가 방과후에 그렇게 마음씨 좋은 일을 한다는 건 어울리지 않는다. 다치아라이는 좀더 쌀쌀맞다고 생각했던지라 저번 일요일부터 다소 뜻밖이었다.

그러자 다치아라이는 미소를 지었다.

"어머, 나도 친구랑 노는 거 좋아해."

"평소에는 그렇지도 않은 것 같더라만."

"난 친구가 별로 없으니까."

말투와 몸짓으로 농담이라는 것을 알 수 있었다.

나는 창가에서 떨어져 가까운 책상에 기댔다.

"친구라. 여자가 보기에 마야는 어디가 좋은 걸까."

아무 생각 없는 발언이었는데 다치아라이는 문득 나를 외면하듯 시선을 창 너머로 되돌리고 말았다.

"어디? 난 어디가 좋아서 친구를 사귄 적은 없는데."

그건 그렇다. 나는 새끼손가락으로 콧등을 긁적였다.

그렇게 오래 기다릴 필요는 없었다. 마야는 학교가 파할 때쯤 도착하도록 계산해서 기쿠이에서 출발한 모양이었다. 왔어, 하는 다치아라이의 말에 일어나 교문 주위를 보니 마야가 하교하는 학생들의 흐름을 거슬러서 빠른 걸음으로 다가오는 것이 보였다. 처음 만난 날 마야는 일본을 따뜻하다고 평했는데 정말로 유고슬라비아는 일본보다 추운 걸까. 아니면 단순히 본인이 추위를 타지 않는 편인지도 모르지만, 마야가 입고 온 것은 한눈에 여름용임을 알 수 있는 티셔츠였다. 덧붙여 말하자면 유월 초에 교복이 하복으로 바뀌었기 때문에 우리는 하얀 셔츠를 입고 있었다.

가방을 들고 아래층으로 내려갔다. 시라카와는 밖에서 기다리고 있었다.

비가 온 다음 날이라 땀구멍이 막히는 듯한 습기는 일요일과 마찬가지였지만, 바람이 부는 덕에 오늘이 그나마 좀 나았다. 그러나 서둘러 온 탓인지 마야의 이마에는 땀이 맺혀 있었다. 마야는 민들레를 수놓은 손수건으로 땀을 닦았다. 그 민들레를 보고 수국은 어떻게 했을까 생각했더니 마야는 오늘도 머리핀을 꽂고 있었다. 그러고 보니 시라카와에게 그런 말을 듣고도 나는 다치아라이에게 아무것도 사주지 않았다. 하지만 생각해보면 다치아라이가 선물을 원할 리 없었다.

나와 다치아라이와 시라카와를 보고 마야는 고개를 갸웃했다.

"후미하라 씨는요?"

"아, 안 간다더라. 안부 전해달라고 했어."

"웅, 유감입니다."

이번에는 사람들의 물결과 같은 방향으로 학교를 벗어나 쓰카사 신사로 향했다. 쓰카사 신사까지는 한 십오 분 걸린다. 쓰카사 신사에서 산까지는 오 분이면 뒤집어쓸 것이다.

사람이 많은 동안은 인도를 가로막지 않게 나는 나란히 걷는 세 사람보다 약간 뒤처져서 따라갔다. 얼마 지나지 않아 큰길로 나와 신호등을 건너니 학생들이 확 줄었다. 대열은 자연히 일렬횡대가 되었다.

마야는 내내 생글생글 웃고 있었다.

"계속 날이 개기를 기다리고 있었습니다. 일본은 이 계절에 비가 많다고 들었는데 정말이군요. 언제 갤까 했습니다. 저, 기대에 가슴이 부풀었습니다."

시라카와가 그런 마야의 옆얼굴을 보며 놀렸다.

"마야가 말이지, 내일은 개겠느냐 모레는 어떻겠느냐, 나한테 묻지 뭐야. 그런 걸 내가 알 턱이 없는데!"

"응, 이즈루, 미안해요."

하지만 어째서 그렇게 들떠 있는지 통 모르겠다. 그런 생각을 하는데 다치아라이가 내 생각과 똑같은 것을 물었다.

"애, 마야. 찬물을 끼얹는 것 같아서 미안하지만 뭐가 그렇게 기대되는 거야?"

"찬물을 끼얹는다?"

"기대하는데 방해해서 미안하지만, 이란 뜻이야. 일반적으로 생각해서 아무것도 없는 묘지보다 저번에 갔던 나카노 정 쪽이 더 볼 게 많을 텐데."

그러자 마야는 생각에 잠겼다.

"응……."

"하기야 모든 행동에 이유가 있진 않겠지만."

마야는 고개를 내저었다.

"이유는 있습니다. 있지만 그것을 일본어로 못 말하겠습니다. Srpskohrvatskom(스르프스코흐르바트스콤)이라면 설명할 수 있지만, 이번에는 마치 씨가 모릅니다."

다치아라이의 입가에 웃음이 떠올랐다.

"스르프스……."

"스르프스코, 흐르바트스콤입니다."

"그래, 스르프스코흐르바트스콤이란 건 유고슬라비아의 말이겠지. 그러게, 지금부터 공부해봤자 써먹을 수 있게 됐을 때는 마야가 돌아가고 없겠는걸."

그렇다. 마야를 처음 만난 것은 사월 하순. 마야는 처음부터 두 달 머무를 예정이었으니 이제 시간이 별로 남지 않았다. 문득 터무니없이 귀중한 것을 허비한 듯한 후회에 몸이 부르르 떨렸다.

한편 마야는 어디까지나 밝게 대답했다.

“Da. ……웅, 그럼 예를 들어 설명을 대신하겠습니다.

저는 일본에 오기 전에 중국에 있었습니다. 중국 친구는 저를 여러 곳에 데리고 가주었습니다. 나카노 정 같은 곳도 여러 곳을 보여주었습니다. 저는 아주 재미있다고 생각했습니다.

하지만 저는 그뿐만이 아니라 평소 모습을 보고 싶다고 늘 생각했습니다. 웅, 준비가 없는 곳을 보고 싶다는 말입니다. 알겠습니까?”

고개를 끄덕이는 우리를 보고 마야도 안심한 듯 고개를 끄덕였다.

“어느 날 말이죠, 저는 길을 잃었습니다. 별로 깨끗하지 못한 곳에 들어서고 말았습니다. 그런 곳은 준비가 없으리라고 생각하지만 저는 일부러 위험한 데에 가는 것은 좋아하지 않습니다. 빨리 그곳을 벗어나고 싶다고 생각했습니다.

그곳에서 저는 나쁜 사람을 만났습니다. 웅, 일본어로 뭐라고 합니까?”

마야는 시라카와의 가방을 빼앗는 시늉을 했다. 시라카와는 고개를 갸웃하며 말했다.

"날치기?"

그 모습을 보고 있던 다치아라이,

"호마 재•?"

"아니, 그건 아니지. 뜻부터 다르잖냐."

"그럼 강도."

"응, 마지막 것이면 되겠습니다. 그 사람은 저에게 돈과 짐을 놓고 가라고 했습니다."

그건 노상강도라고 생각했지만 구태여 말하지는 않았다.

왜 그런지 마야는 키들키들 웃기 시작했다.

"그래서 말이죠. 그 사람은 놓고 가지 않으면 이렇게 한다, 하고 손에 쥔 무기를 보여주었습니다. 그것은 이쯤 되는……."

주먹을 쥐어 눈높이로 들었다.

"돌이었습니다."

"돌?"

무심코 되물은 시라카와에게 마야는 생긋 웃으며 고개를 끄덕였다.

"네, 돌입니다. 돈을 놓지 않으면 돌을 던져 맞히겠다고 한

• 일본에서 같은 여행자를 사칭하고 협박하거나 속여 금품을 탈취하는 강도.

겁니다. 재미있습니까? 하지만 저는 무서웠습니다. 총포도 무섭지만 돌도 맞으면 아픕니다.

저는 그때 준비가 없는 모습을 볼 수 있었다고 생각했습니다. 중국에는 삼 개월 있었는데, 그것이 가장 기억나는 일입니다.

오늘 저는 그런 예감이 듭니다. 그래서 기대에 가슴이 부풉니다."

알 것 같기도 하고 모를 것 같기도 한 묘한 기분이었다. 다치아라이도 납득했다기보다 그냥 그런가 보다 생각한 듯 "그래" 하고 건성으로 대꾸하고 말았다. 그것이 원래 다치아라이다운 대답이기는 했지만.

"아."

별안간 시라카와가 말했다. 무슨 일인가 해서 멈춰 선 우리에게 시라카와는 방금 지나친 교차로를 가리켰다.

"미안, 저 길로 들어가도 됐던 것 같아."

그 말에 따라 온 길을 조금 되돌아갔다. 시라카와의 기억은 옳았다. 길은 금세 산으로 이어졌다.

길 폭이 서서히 좁아지더니 이윽고 아스팔트 포장조차 사라지고, 우리는 어느새 낮에도 어둑어둑한 산속에 들어와 있었다. 나무는 주로 삼나무. 고목들만 서 있는 가운데 묘석이 다닥다닥 붙어 있었다. 숲을 개간해 묘지로 만들었다기보다 삼나무 사이사이 묘석을 세운 듯한, 그런 원시적 분위기가 있는 묘지였다. 완만한 경사면에 좁은 길이 구불구불 이어졌다. 한 사람 지나는 것이 고작이고 엇갈려 지나치는 것마저 어려울 것 같은 좁은 길 양옆으로 무덤이 즐비했다. 묘석에 새겨진 글자는 비바람에 깎여, 멈춰 서서 읽지 않으면 무슨 자인지 알아볼 수도 없었다. 긴 세월이 흐르는 사이에 무연불이 됐는지 초석도 없이 묘석만 무더기로 버려져 있었다. 묘석은 양옆구리에 하나씩 낄 수 있을 만큼 작다. 다갈색으로도, 팥죽색으로도 보이는 낡은 돌들은 하나같이 겉면에 이끼가 허옇게 끼었다.

비명碑銘이 없거나 있어도 마모된 것이 많았지만, 그중에서도 글자가 남아 있는 것이 있었다. '○○가 묘' 외에도 '선조 대대의 묘' '나무아미타불' '구회일처' '묘법연화경' '열반성' '정실' 등등. 무슨 영문인지 '선조 대대의 원령'이라는 것까지 있다. 옆면에는 세상을 떠난 사람들의 이름이 새겨져 있었다. 이 산 전체에 얼마나 되는 이름이 새겨져 있을까.

마야는 깊이 한숨을 내쉬었다. 한숨을 다 쉬더니 입을 벌리고 있으면 몹쓸 것이 들어올 것이라는 양 입술을 꽉 다물었다.

"더 올라가볼래?"

시라카와의 제안에 따라 산을 올랐다. 묘 사이의 공간에는 대개 시든 꽃이 쌓여 있었다. 성묘하러 온 사람들이 남기고 간 꽃은 썩을 때까지 내버려두지 않고 한 군데 모아놓는 모양이다. 그렇다면 묻어만 놓고 황폐해지도록 그냥 두는 것처럼 보이는 이 산에도 청소하고 관리하는 사람이 있다는 뜻이다. 그러고 보니 기슭에 극히 평범하게 생긴 절이 있었다.

옆으로 쓰러진 묘석을 하나 발견했다. 무덤을 찾는 사람이 없어진 지 오래이리라. 아니면 어제오늘 쓰러진 것인지도 모른다.

바로 내 앞을 걷던 다치아라이가 문득 멈춰 서더니 사나운 눈가에 한순간 부드러운 표정을 띠었다. 길이 막혀 덩달아 걸음을 멈춘 나에게 짤막하게 말했다.

"죽은 해가 새겨져 있어. ……과거란 게 정말 있었구나."

묘석을 보니 '분카 원년(1804년)'이었다. 서력도 병기해주면 알기 쉽고 좋겠지만, 그 당시 후지시바 주민은 태양력이라는 게 존재한다는 것도 몰랐으리라.

나는 이런 곳에 오면 조바심 같은 것이 바작바작 나는 것을 억누를 수 없다. 나는 결코 명예욕이 강한 사람이 아니다. 적어도 스스로는 그렇게 생각하고 있다. 그러나 이곳에 묻힌 수천 명의 사람들을 생각하면 그냥 살다가 그냥 죽어가는 건 바람직하지 않다는 생각이 든다. 나는 비록 아주 수준 높은 것까지는 아닐망정 분카 원년에 죽은 아무개보다는 더 많은 교육을 받았다. 그리고 아마 분카 시대보다 지금의 헤이세이 시대가 복잡할 것이다. 아브라함은 '사는 데 싫증이 나서' 죽었지만, 문명인은 '사는 것을 싫어할' 수는 있어도 '싫증이 나는' 일은 불가능하다……. 어디서 읽었더라. 분카 시대의 아무개 씨는 반경 삼 리쯤 되는 자신의 세계를 충분히 파악하고 죽었는지도 모른다. 그에 비해 나는 고도의 수법을 지니고 있으면서도 아무것도 파악한 것이 없다. 주위가 너무 복잡해서 어디서부터 손을 대야 할지 모르겠다. 그렇다면 최소한 이정표라도 있으면 좋겠다. 이정표가.

발치에서 지장보살이 합장하고 있었다.

선두에 선 시라카와가 돌아보고 누구에게랄 것 없이 말했다.

"방금 깨달았는데, 이 산은 기슭에서부터 무덤을 만들었나 봐. 연대가 점점 요즘에 가까워지고 있어."

다치아라이가 대답했다.

"그러게. 산꼭대기 부근엔 아직 빈 땅이 남아 있었던 것 같아."

삼나무 사이로 어둑어둑한 공간에 빛이 비쳐든다. 후지시바 시가 아래쪽에 펼쳐져 있다. 아토쓰가와 강을 경계로 남북으로 나뉜 도시. 잡동사니를 흩려넣은 것 같은 공간에서 눈에 띄는 색은 역시 흰색과 회색이다. 곳곳에 트여 있는 공간은 교외 점포의 주차장이나 학교 시설의 운동장이다.

계속해서 올라간다.

다치아라이의 말을 듣고 사망 연도를 눈여겨보기 시작한 나는 중턱에 이르자 메이지와 다이쇼, 쇼와 연호가 많아진 것을 알아차렸다. 구군舊軍 계급이 새겨져 있는 묘석도 더러 눈에 띄었다. 위관의 묘는 별이 조각되어 있고 유난히 번듯했다. 기슭 쪽의 묘에는 직함 따위 없었는데.

"유고슬라비아의 묘지와는 전혀 모습이 다릅니다."

마야가 나지막이 중얼거렸다.

"같은 데가 전혀 없습니다. 하지만 조금 비슷합니다. 흙냄새……. 일본에서는 죽은 사람은 어떻게 된다고 생각합니까?"

다치아라이가 중얼거리듯 대답했다.

"어려운 질문이네.

……다시 태어난다고들 할까. 좋은 일을 하면 다시 인간으

로. 어쩌면 신으로. 나쁜 일을 한 사람은 동물로. 더 나쁜 일을 하면 지옥의 생물로. 십만억토를 지나 극락에 태어나 두 번 다시 죽지 않는다는 말도 있고. 하지만 그러면서 우리는 죽은 사람이랑 연락을 취하려고 하거든. 일 년에 한 번, 여름이면 죽은 사람의 영혼이 돌아와. 조상의 영혼이 산 사람을 지켜본다고도 생각하고.

환생한다는 생각하곤 모순될뿐더러, 극락도 글쎄, 어떨까."

"응, 그럼 영혼은 불멸이라고 여겨집니까?"

"글쎄……."

다치아라이의 말을 내가 보충했다.

"다양한 설이 있다는 건 코먼 센스가 없다는 뜻일지도 모르지."

마야는 말이 없었다. 그녀는 자기가 무교라고 했지만 역시 죽음에 대해 갖고 있는 관념은 기독교의 그것일까. 일본의 죽음과 자기가 생각하는 죽음을 비교하고 그 차이에 침묵하는 걸까.

……아니, 아닐 것이다. 실수했다. 아마…….

"모리야 씨."

"응."

"코먼 센스가 무엇입니까?"

마야에게 영어는 통하지 않는다.

이 산은 산이라기보다 언덕에 가깝기 때문에 오르기 힘들지는 않다. 슬슬 정상에 이르렀다. 묘석도 새것이 많았다. 현대적이라고 할지, 근사한 문양이 조각된 묘석이 많다. 나무 틈에 묘석을 쑤셔넣은 것 같은 양상은 어느새 사라지고 무덤마다 구역이 명확히 생기기 시작했다. 그래도 이 부근은 아직 숲속이다.

새 묘석은 새겨진 글자를 읽기도 힘들지 않다. 막연히 그것을 읽으며 올라가다가 '다치아라이가 묘소'라는 글자를 발견했다.

"센도."

성가신 듯 돌아본 다치아라이는 내 시선이 향한 곳을 확인하고 말했다.

"그래. 결혼을 안 하면 내가 묻힐 곳도 여기야."

길 폭이 점차 넓어져 둘씩 나란히 걸을 수 있게 되었다.

마야와 시라카와는 앞쪽에서 다른 이야기를 하고 있었다.

"그럼 일본에는 흡혈귀가 없군요."

"그러게. 난 들어본 적이 없는걸."

시라카와는 고개를 갸웃하며 그렇게 대답하더니 뒤를 돌아보았다.

"얘, 마치. 일본에서 흡혈귀 이야기 들어본 적 있어?"

다치아라이는 기억을 더듬듯 허공을 올려다보았다.

"……난 모르겠는데. 어딘가에 있을지는 모르지만 주종은 아닌가 봐."

"웅, 시체가 움직이는 것도 말입니까?"

그 말을 들은 시라카와가 좋은 생각이 났다는 양 흥분해서 말했다.

"맞다! 일본은 화장을 하니까 시체가 움직이는 일도, 살아나는 일도 없는 거야!"

그러나 다치아라이는 서슴없이 말했다.

"그건 도회지 이야기지. 이 부근에선 가마쿠라 시대, 어쩌면 무로마치 시대까진 들판에 그냥 갖다 버렸을 테고, 화장 같은 건 메이지 시대에 들어오기 전까지 전혀 없었을걸."

"어, 그래?"

시라카와는 풀이 죽었다. '시체를 갖다 버리던 들판'이 실은 이 산이 아닐까 싶어 순간 오싹했다. 하지만 생각해보면 딱히 유령이 나온다고 믿는 것도 아닌데 왜 꺼림칙한 느낌이 들었는지 잘 모르겠다.

문득, 시체가 움직이는 이야기를 내가 안다는 것을 깨달았다.

"그러고 보니 그건? 시체가 움직이고 덤벼드는데."

"그거라니? 뭐 말이야, 모리야?"

"이자나미•. 죽었는데 움직이고 남편한테 덤벼들었잖냐. 몸이 너덜너덜했으니까 흡혈귀하곤 느낌이 다르지만."

그렇게 말하자 마야가 돌아보고 검지를 쳐들었다.

"모리야 씨, 유고슬라비아의 흡혈귀도 몸이 너덜너덜합니다."

"그래?"

"Da. 피둥피둥한 자루 모양을 한 것도 있습니다."

피둥피둥한 자루 흡혈귀? 상상이 되지 않았다. 무서울 것 같지 않은데. 아니, 부조리하니까 오히려 더 무서운가?

시라카와가 음, 하더니 고개를 갸웃했다.

"이자나미는 좀 다른 것 같은데."

"어디가?"

또다시 음, 하는 시라카와 대신 다치아라이가 대답했다.

"외부에서 들어온 모티프라 그렇겠지."

"이자나미? 무슨 이야기입니까?"

• 일본의 창조 신화에 나오는 여신.

"오르페우스형型 신화야."

다치아라이의 설명은 늘 한마디 이상 부족하다. 그러나 마야는 감탄한 듯 고개를 끄덕이고는 "신화입니까……" 하고 중얼거렸다.

"유고슬라비아엔 어떤 신화가 있어?"

다치아라이가 묻자 마야는 난처한 표정으로 웃었다.

"응……."

"일본어로 설명하기 어려워?"

"Ni. ……그래요, 유고슬라비아에는 신화가 없습니다."

"신화가 없다고?"

다치아라이도 의아스러운 표정을 지었다.

"그런 나라가 있나?"

나는 알고 있었다. 신화가 없는 것은 마야의 유고슬라비아, 유고슬라비아 일곱 개째의 문화라는 것을. 그것은 미합중국에 신화가 없는 것과 비슷한 이야기이리라. 마야의 유고슬라비아는 아직 태어나기 전이니까.

마야의 나라 사람들은 앞으로 신화마저 만들어갈까?

슬슬 9부 능선에 이르렀을 때 별안간 숲이 끝났다. 차단됐던 햇살과 초여름의 바람이 돌아왔다.

"분카에서 헤이세이로 돌아왔네."

다치아라이의 감상대로 그곳은 한층 현대적이었다. 나무를 베고 경사면을 깎아 평평하게 고르고 현대적으로 구획을 정리했다. 하얀 로프로 구역을 나누었는데, 이미 팔린 곳도 있는 것 같고 만든 지 얼마 안 된 무덤도 대여섯 개 보였다. 습기 찬 숲속에 다닥다닥 붙어 있던 묘에 비해 산꼭대기의 묘는 햇볕 아래 각각 넉넉한 공간을 차지하고 있었다. 기슭에 비해 훨씬 개방적인 것이, 노후 이후를 쾌적하게 지내기에 좋을 것 같다.

"아아, 이렇게 돼 있구나." 시라카와가 사방을 둘러보며 말했다. "잘해놨는걸."

나무를 베어냈기 때문에, 나무들 사이로 보는 것보다 훨씬 전망이 좋다. 바람이 시원해 장마의 텁텁함을 잊을 수 있었다. 발밑에 펼쳐지는 후지시바 시를 내려다보며 다치아라이가 중얼거렸다.

"전망이 이렇게 좋은데. 숨은 명소인걸."

숨은 명소라니, 어떻게 생각하면 모순이다. 맞기야 하지만.

내 바로 뒤에서 마야가 감탄한 듯 신음했다.

"응, 아닌 게 아니라 유고슬라비아와는 다릅니다. 이야기는 들었지만 일본의 조상 숭배를 본 것 같습니다. 무덤에 묻히는 일이 경사스러운 일일 줄은 생각지도 못했습니다."

그렇다, 조상 숭배는…….

경사?

이질적인 단어가 섞여 있는 것을 깨닫고 나는 돌아보았다. 마야는 반짝이는 화강암 묘를 꼼짝 않고 관찰하는 중이었다. 그 모습을 보고 나는 마야가 왜 그렇게 생각했는지를 이해했다.

누가 성묘를 왔었나 보다. 무덤에는 꽃과 함께 공물이 바쳐져 있었다.

붉은색이 돋보이는 샐비어. 그리고 홍백 만주.

"……엥?"

나는 내 눈을 의심했다. 그러나 그곳에 있는 것은 붉은색과 흰색의 만주, 다름아닌 홍백 만주였다. 샐비어의 선명한 붉은색도 무덤에는 다소 어울리지 않는다.

"홍백입니다. 경사군요. ……웅, 재미있습니다."

새로운 발견에 마야는 만면에 웃음을 띠었다.

다치아라이가 그것을 알아차리고 옆으로 다가와 귓속말을 하듯 말했다.

"오해가 있는 것 같은데."

그렇다.

시라카와도 상식을 벗어난 공물을 보고 말문이 막힌 듯 했다.

"이게 뭐야. 홍백 만주랑 샐비어?"

하나 마나인 말을 멍하니 중얼거렸다.

메모를 꺼내드는 마야만 자못 기쁜 표정이다.

"이 꽃도 경사스러운 꽃입니까?"

"저, 저기 말이지, 마야. 나도 일본 사람의 생사관을 완전히 이해한다곤 말 못 하지만, 그래도 사람이 죽는 일은 전혀 경사가 아냐."

시라카와가 궁색하게 설명을 시도했다. 마야는 고개를 갸웃했다.

"홍백은 경사스러운 것이 아닙니까?"

"경사스러운 게 맞긴 한데……."

"그럼 여기 있는 것은 홍백이 아닙니까?"

"홍백 만주 맞긴 한데……."

"그럼 이것은 무덤이 아닙니까?"

"무덤 맞긴 한데……."

"그럼 무덤은 경사스럽군요."

역시 자기 생각이 맞았다는 양 마야는 만족스러운 얼굴이었다. 반면 시라카와는 뒷말을 잇지 못했다. 그도 그럴 것이다. 실제로 그곳에 있는 것을 부정하기는 무리다.

"센도……."

나는 다치아라이를 불렀다. 이것은 명백히 이상하다. 뭔가가 있다. 그렇게 생각은 하는데 그게 무엇인지는 알 수 없다. 다치아라이라면 알지 않을까?

다치아라이는 내가 부르는 소리에 응해서인지 아니면 그것을 무시한 건지 가볍게 팔짱을 끼더니 문제의 무덤 정면에 섰다. 흐응, 하고 중얼거렸다.

다치아라이가 보는 것을 나도 유심히 살폈다.

무덤은 새것이었다. 바람막이가 되어줄 나무들을 베었으니 비바람의 기세가 더할 텐데 하얀 화강암 표면은 아직 반질반질한 광택을 띠고 있었다. 솔도파는 아직 없었다.

무덤 정면, 묘석 본체에서 한 단 내려온 곳에 금속 향꽂이가 둘. 그 앞에 동그마니 놓인 홍백 만주. 공물을 놓는 위치로는 타당하다. 일요일에 핫도그집에서 받은 찹쌀떡과 달리 모양을 잘 잡았고 크기도 일정하다. 다치아라이는 팔짱을 풀고 붉은 만주를 손가락으로 집었다. 보기에 만주는 적당한 탄력이 남아 있는 듯했다.

향꽂이 양옆에는 한층 큰 금속 깡통이 있다. 꽃병이다. 그 중 오른편에 있는 깡통에만 샐비어 몇 대가 다발로 묶여 꽂혀 있고, 왼쪽에는 아무것도 없다.

"……."

다치아라이는 무덤 뒤로 돌아갔다. 나도 따라갔다. 죽은 이의 사망연도는 연호가 헤이세이였다. 오래된 꽃 한 다발이 아무렇게나 버려져 있었다. 이쪽은 소국이며 천일홍 등 상식적인 꽃이다.

다치아라이를 슬쩍 쳐다보았다. ……흠칫했다. 평소 표정이 빈곤한 다치아라이답지 않게 눈살을 잔뜩 찌푸렸고, 어쩐지 입술도 깨문 것처럼 보였다.

"왜? 센도."

"그렇겠지."

"뭐가?"

"후미하라가 있었으면 좋았을 텐데."

나를 아랑곳하지 않고 그렇게 중얼거리더니 다치아라이는 마야와 시라카와에게 말했다.

"올라온 지 얼마 되지도 않았는데, 아쉽지만 내려가는 게 좋을 것 같아."

"어? 왜?"

"여기 있으면 아마 유쾌하지 않을 거야."

다치아라이는 그렇게 말하고는 발길을 돌려 숲속으로 돌아갔다. 중간에 딱 한 번 돌아서더니 얼른 오라는 듯 손짓을 했다. 시라카와와 나는 얼굴을 마주보았다.

"……왜 저러지?"

"센도도 참, 좀더 상대방을 이해시키려는 의사를 가지면 좋겠다만."

"친절하고 자상한 마치는 상상이 안 되는걸."

뭐, 그건 그렇다.

나는 어리둥절한 마야에게 말했다.

"무슨 문제가 있는 모양이다. 일단 돌아가자."

그렇게 고대했던 곳인데 오자마자 돌아가야 한다니 분명 내켜하지 않으리라 생각했으나, 뜻밖에 마야는 선선히 고개를 끄덕였다.

"알겠습니다."

나도 모르게 되물었다.

"괜찮겠냐?"

"응, 여기까지가 벌써 재미있었습니다. ……게다가 예감이 사실이 될 예감이 듭니다."

예감. 무슨 뜻인가.

"그럼 가자."

시라카와의 말에 따라 우리는 다치아라이의 뒤를 좇았다.

삼나무와 묘석이 빽빽이 들어선 속에서 다치아라이는 우리를 기다리고 있었다. 미끄러운 비탈길을 잰걸음으로 조심스럽게 내려가 다치아라이의 옆에 섰다.

천천히 내려가기 시작했다.

"무슨……."

일이냐고 물으려다가 입을 다물었다. 알고 지낸 지도 이 년이 넘었다. 여기서 물어 대답이 돌아올지 아닐지, 슬슬 알 만도 할 때다.

뒷말을 기다리는 듯하던 다치아라이는 내가 말을 삼켜버리자 살짝 웃었다.

"뭐."

"아니……."

다치아라이는 긴 머리를 가볍게 찰랑이며 고개를 흔들었다.

그러더니 어딘지 모르게 만족스러운 표정으로 물었다.

"모리야, 무슨 일인지 알고 싶어?"

내 귀를 의심했다. 무심코 다치아라이의 얼굴을 보고 말았다. 눈이 마주쳤다.

다치아라이의 눈매가 부드럽게 누그러져 있었다. 좀처럼 볼 수 없는, 아니, 지금껏 본 적이 없는 즐거운 표정이었다.

그제야 비로소 다치아라이가 나를 놀린다는 것을 깨달았다.

시선을 다른 데로 돌렸다.

"아니, 됐다."

"그래?"

"아직 생각 안 해봤어."

다치아라이는 이번에는 숨죽이고 웃었다. 한바탕 웃더니 짐짓 헛기침을 한 번 했다.

"그래. 하지만 시간이 별로 없는데. 이 산을 내려가기 전에 마야한테 사정을 설명해야 하니까."

"뭐냐, 처음부터 설명할 마음은 있었냐?"

"그야 당연하지. 모리야는 날 너무 차가운 사람으로 보는 것 같네."

나는 울컥했다.

"차갑고 뭐고, 나한텐 한 번도 설명해준 적 없잖냐."

그러자 다치아라이는 더욱 의미심장하게 웃더니 이렇게 속삭였다.

"어머, 특별 취급하면 기뻐할 줄 알았더니."

"……."

나는 아무 말도 하지 못했다. 이 장면에서 해야 할 그럴싸한 말이 있으면 나중에라도 좋으니 알고 싶었다.

나무들 틈새로 저물어가는 하늘이 보였다. 바람도 한줄기 불어왔다. 나는 다치아라이가 설정한 제한 시간에 맞추기 위해, 방금 뒤로한 무덤과 유별난 공물에 사고를 집중시켰다.

밑으로 내려갈수록 길 폭이 좁아져, 이윽고 올라왔을 때처럼 일렬종대로 걸어야 했다. 내가 선두에 서고, 그 뒤가 다치아라이. 이어서 마야가 섰는데, 마야가 조바심치듯 다치아라이에게 말을 걸었다.

"마치 씨, 내려와야 했던 이유를 가르쳐주면 좋겠습니다."

나는 돌아보지 않았기 때문에 다치아라이가 어떤 표정을 지었는지는 알 수 없었다. 다만 바로 대답하지 않고 조금 뜸을 들인 것을 보면 잠깐 생각한 모양이다.

"그러게. 하지만 그전에 마야."

"네?"

"홍백 만주가 경사스러운 뜻이라는 걸 용케 알고 있었네."

"네!"

들뜬 목소리에 마야가 분명 있는 힘껏 고개를 끄덕였으리라는 것을 예상할 수 있었다.

"저번에 역사 보존 지구에 갔을 때 일행과 떨어졌습니다. 그때 모리야 씨가 가르쳐주었습니다. 붉은색과 흰색을 같이 쓸 때는 홍백이고, 특별하다고 들었습니다. 홍백 찹쌀떡도 먹었습니다."

시라카와는 이 이야기를 이미 들은 듯 한마디 덧붙였다.

"핫도그 가게에서 받았대."

"그래."

"달짝지근했습니다."

시간을 벌어주는 걸까. 도무지 믿기지 않지만. 아니면 여전히 나를 놀리는 걸지도 모른다.

홍백 만주. 붉은색과 흰색이 한 세트. ……그러고 보니 공물이 홍백 만주인데 헌화가 샐비어뿐인 것은 균형이 안 맞지 않나?

"단 찹쌀떡이었구나. 하지만 별로 안 단 것도 있어."

"응. 이해합니다. 하나만 먹고 맛을 안다고는 하지 않습니다."

"홍백이 왜 길한지 모리야가 말해줬어?"

"아니요."

"그래. 맨 처음……."

옷이 스치는 소리가 났다. 무슨 소리인가 했다가 바로 알았다. 마야가 주머니에서 수첩과 펜을 꺼낸 것이다.

"네. 말씀하십시오."

"홍백이 맨 처음 쓰였던 건 미즈히키야. 미즈히키가 홍백이었기 때문에 홍백이 경사를 뜻하게 됐다고 해."

"미즈히키……?"

줄 맨 끝에서 시라카와가 가르쳐 주었다.

"선물 상자에 묶는 끈이야. 저번에 보여준 것 같은데."

"응, 나중에 한 번 더 보여주십시오. 미즈히키는 어째서 홍백이었습니까?"

다치아라이는 공연히 변죽을 울리지 않고 설명해주었다.

"옛날에 중국에서 들여온 수입품이 붉은색과 흰색 끈으로 묶여 있었기 때문이야. 중국으로선 의미 없이 그냥 한 거였지만, 일본은 의미가 있다고 생각하고 선물은 붉은색과 흰색 끈으로 묶어야 한다고 믿었다나 봐. 그게 나중에 홍백은 경사를 뜻한다는 걸로 변한 거야."

먼저 반응한 사람은 마야가 아니라 시라카와였다.

"저런, 그렇구나. 미즈히키가 먼저였다는 건 몰랐네."

한편 마야는. 궁금해서 돌아보니 어리둥절한 얼굴에 펜을 든 손도 꼼짝도 하지 않았다. 간신히 한 말은,

"그럼 틀렸습니까? 홍백은 경사스럽지 않습니까?"

"아니, 틀리지 않았어. 자주 있는 일이야. 트럼프, 호박, 카레, 캥거루……."

"응……?"

"처음엔 틀린 거였어도 점점 사실이 된 거야."

그러더니 한마디 덧붙였다.

"사물의 유래에 관한 이야기는 대개 전적으로 믿을 건 아닌 것 같지만."

그 말을 끝으로 다치아라이는 입을 다물어버렸다.

올라올 때 보았던 분카 원년의 무덤 옆을 지나는데 마야가 나지막이 중얼거렸다.

"그렇군요. 고의가 아닌 전통의 창조입니다."

기슭의 절이 보이기 시작했다.

그와 동시에 사람이 보였다. 세 사람. 맨 앞에 선 남자는 중년이 넘은 듯했다. 손에 페트병을 들었다. 십중팔구 물이 들었을 것이다. 무덤에 끼얹는 용이다. 그 뒤에는 여자. 남자의 부인으로 보였다. 꽃을 들었다. 거리가 멀어서 종류는 알 수 없었지만 샐비어처럼 생뚱맞은 것은 아니리라. 마지막으로 젊은 남자. 우리와 비슷한 또래거나 좀더 어릴지도 모른다.

지금 우리가 있는 곳은 길이 특히 좁았다. 여기서 엇갈려 지나치려면 다소 귀찮겠지만 조금만 더 내려가면 길 폭이 넓어질 터다. 딱히 조바심을 칠 것도 없다. 그렇게 생각하는데 바로 뒤에서 다치아라이가 중얼거리는 소리가 들렸다.

"역시 왔네."

"역시?"

뒤를 돌아보자 다치아라이는 살짝 고개를 끄덕였다.

"저거랑 맞닥뜨리고 싶지 않았던 거야."

그렇다면 다치아라이는 누가 성묘를 하러 오리란 것을 알고 있었나. 그리고 그들과 맞닥뜨렸다가는 유쾌하지 못하리라고 생각했나.

젖어서 미끄러운 내리막길 탓에 집중력이 감소되었지만 그래도 곰곰이 생각해보았다.

중간에 그 세 사람과 엇갈려 지나쳤다. 그들은 그냥 지극히 평범한 사람들일 뿐 특별한 점은 없는 것 같았다.

목이 말랐다.

기슭에 자동판매기가 있기에 그곳에서 잠시 쉬기로 했다. 녹차를 쭉 마시고 숨을 돌리는데 시라카와와 마야가 다치아라이를 둘러쌌다. 마야는 이미 수첩과 펜을 꺼내 들고 있었다.

"얘, 마치, 물어봐도 돼?"

"아까는 듣지 못했습니다. 무슨 철학적인 이유가 있다면 꼭 가르쳐주면 좋겠습니다."

다치아라이는 가볍게 눈살을 찌푸리더니 "응" 하고 그녀답지 않게 건성으로 대답했다. 그러고는 곁눈으로 나를 슬쩍 보았다.

나는 시선을 피했다. 사실은 대략 이런 일이 아닐까 하는 데까지 생각을 짜맞추기는 했지만 역시 가능하다면 다치아라이 본인에게 설명을 듣고 싶었기 때문에 일부러 거북한 척한 것이다.

그러나 다치아라이를 속이기에는 연기력이 부족했다.

"모리야가 아나 봐."

"뭐?"

"모리야 씨, 알겠습니까?"

주목을 받고 말았다. 녹차가 목에 걸려 두세 번 컥컥거렸다. 마야가 아랑곳하지 않고 다그쳤다.

"가르쳐주십시오. 역시 그것은 경사스러운 뜻이었습니까?"

기침이 가라앉기를 기다려 나는 가능한 한 위엄을 차리고 말했다.

"죽은 사람 앞에서 경사라고 할 일은 거의 없어. 예외를 딱 하나 알지만, 그것도 아니야."

"예외? 몰랐네. 그런 게 있었어?"

"그래. '추존'이라고, 33주기란 말도 있고 55주기란 말도 있는데, 좌우지간 그 정도 시간이 지나면 죽은 이는 개인이 아니라 이름이 없는 조령祖靈이 되거든. 그때를 성대하게 축하하는 지방도 있다더라. 하지만 그 무덤에 묻힌 사람은 헤이세이에 들어와 죽은 사람이었단 말이지. 아직 삼십삼 년 안 됐어."

몇 년 전에 증조할아버지의 그것에 참석한 적이 있었다. 그래서 알고 있었다.

"그럼 경사스럽지 않았군요."

"아니."

어리둥절한 얼굴이 둘 나란히.

"그럼 경사였습니까?"

모호하게 고개를 끄덕였다. 너무 자신 있는 척하면 틀렸을 때 쑥스럽다.

"아마도. 어쨌든 홍백 만주는 경사스러울 때 먹는 거니까."

"모리야, 무슨 말인지 모르겠어."

다치아라이를 흘깃 보자 일부러 그러는지 딴청을 피우고 있다. 지금까지 나온 이야기에 찬성하는지 반대하는지 판단이 서지 않았다.

차를 한 모금 마셨다.

"그걸 바친 사람한테는 경사였다면?"

"응……?"

마야는 고개를 갸웃했다.

하지만 시라카와는 알아들은 모양이었다. 어렴풋이 동요하는 것을 알 수 있었다. 그 모습을 보니 어쩐지 안심이 되어 나는 단숨에 말했다.

"그 사람은 홍백 만주를 바쳐서 무덤에 묻힌 죽은 사람이 '죽어서 다행이다' '죽어서 경사스럽다'는 뜻을 나타내고 싶었던 게 아닐까. 거기 묻힌 사람이 어떤 사람인지 난 전혀 모른다만 어쨌든 유쾌한 이야기는 아니야."

"세상에, 그런 일이……."

"있어도 이상할 것 없지."

시라카와는 말을 잇지 못했다. 얼마 동안 무거운 침묵이 흘렀다. 마야마저 입을 굳게 다물고 침묵했다.

"하, 하지만……."

시라카와가 침묵을 깼다.

"그럼 왜 황급히 산에서 내려온 거야? 모리야 말이 맞는다면 섬뜩한 이야기긴 하지만 도망칠 필요는 없지 않아? 죽은 사람이 유령이 되어 나올 거라고 생각하기라도 했단 말이야?"

이번에는 내가 말문이 막힐 차례였다. 분명 다치아라이는 그때 여기 있으면 유쾌하지 못하리라고 했다. 단순히 섬뜩함만이 이유였나?

"아아, 그거."

어느새 다치아라이가 내 뒤에 서 있었다.

"난 유령이 별로 안 무서운 사람이니까 그건 아냐. 공물이 정말 죽은 이를 모독하기 위한 것뿐이었다면 자리를 떠날 필요는 없었어."

뒤를 돌아보자 다치아라이는 한순간 웃는 모양으로 입술 끝을 끌어올렸다. 그 웃음을 나는 '나쁘지 않은 이야기였다'는 뜻 정도로 받아들였다.

시라카와가 질문하는 상대는 나에서 다치아라이로 바뀌었다.

"죽은 사람을 모독하려는 게 아니면 뭐야?"

다치아라이는 짤막하게 대답했다.

"유족."

"……유족?"

"그 만주랑 꽃이 있으면, 당신들한테는 슬픈 일일지 몰라도 나한테는 기쁜 일입니다, 하는 메시지가 전달되겠지. 하지만 기껏 갖다놓은 샐비어가 시들거나 홍백 만주가 상하면 경사스러움의 정도도 반감될 거 아냐? 그러니 공물이랑 유족의 성묘는 시간적으로 가까울수록 효과적이야. 같은 날이면 가장 좋겠지.

그래서 유족이 성묘하러 오는 게 오늘이겠다고 생각한 거야. 그런데 그 자리에 있다가 저쪽에서 우리가 갖다놓은 거라고 생각했다간 곤란할 거 아냐?

그리고 하얀 튤립이 없었기 때문이었어."

난데없는 단어에 시라카와는 그때까지 내비치고 있던 혐오감도 잊고 다치아라이의 얼굴을 빤히 쳐다보았다.

"튤립?"

"튤립이 아니어도 상관없지만 어쨌든 화려한 느낌이 나는 하얀 꽃. 안 그래, 모리야?"

하얀 꽃.

아아, 그렇구나. 나도 드디어 이해했다.

"꽃병은 두 개 있는데 샐비어는 한쪽에만 꽂혀 있었지."

"그래."

"더 큰 효과를 노린다면 샐비어를 둘로 나눠서 양쪽에 바치는 게 나을 텐데."

"그러게."

"그렇게 안 한 건 헌화로도 홍백을 노렸기 때문이야. 아니, 설사 그런 게 아니었다 해도 이미 한쪽 꽃병에 바칠 꽃이 준비돼 있었기 때문이지. 그게 바쳐지지 않은 건,"

마지막 한마디는 시라카와가 이어받았다.

"……우리가 왔기 때문이구나."

다치아라이는 태연한 얼굴로 고개를 끄덕였다.

"별로 가까이 가고 싶은 상대가 아닐 것 같잖아?"

후지시바 시가 내려다보이는 묘지에 띄엄띄엄 선 묘석들, 그중 하나 뒤에 아름다운 꽃을 꽉 움켜쥐고 숨죽인 사람이 있었을지도 모른다. 홍백 만주를 바치고, 샐비어를 바치고, 유족이 그것을 보기를 고대했던 사람이. 우리라는 훼방꾼을 십중팔구 못마땅하게 생각하며 노려보고 있었을 사람이.

확실히 탐탁지 않은 상상이다.

"……."

마야는 수첩을 든 채 눈을 내리깔고 꼼짝도 하지 않았다. 충격을 받았을까. 자기가 그렇게 재미있어했던 일본 문화, 그 문맥을 이용한 통렬한 심술을 목격하고.

시라카와가 울먹이는 목소리로 중얼거렸다.

"나…… 마야가 기대된다고 해서 즐겁게 해주고 싶었던 건데……."

마야는 얼굴을 들고 고개를 저었다.

"아니요."

"미안해, 마야. 미안해."

마야는 시라카와를 위로하듯 천천히 말했다.

"아니요. 이즈루, 저 즐거웠습니다. 이런 일은 어디에나 있는 일입니다. 하지만 저는 유고슬라비아 사람……. 손님에게는 어느 나라나 좀처럼 보여주지 않습니다. 하지만 오늘은 가면이 없는 면을 볼 수 있었습니다. 감탄도 했습니다. 그러니까 이즈루, 고맙습니다."

"마야! 하지만 그런 사람만 있다고 생각하지 말아줘!"

슬픈 얼굴의 시라카와에게 마야는 웃으며 고개를 끄덕였다.

"괜찮습니다. 지난번에도 말했습니다. 저, 두 번은 틀리지 않습니다!"

그래, 마야는 경험을 쌓았다. 그것은 우리가 걱정할 일이 아니다. 오늘 일은 불쾌하기는 했어도 일본에 사는 나에게조차 흔치 않은 경험이었다. 이런 경험을 쌓아 마야는 지금의 마야가 됐을 것이다. 오늘 일도 경험으로 삼아 마야는 또 다른 마야가 된다.

이미 저녁이라 해도 좋을 시간이었다. 슬슬 아까 그 세 사람이 당도했을 9부 능선 언저리를 돌아보자, 그 너머로 펼쳐진 하늘은 아름다운 붉은색이었다.

휴식과 짧은 대화

1992년(헤이세이 4년) 7월 6일 월요일

작년 6월 5일 일기까지 왔다. 나는 홀짝홀짝 마시던 아이스커피를 쭉 들이켰다. 마스터를 불러 한 잔 더 시키자 그때까지 한마디도 놓치지 않으려고 집중하는 기색이 역력하던 시라카와가 비로소 깊은 숨을 내뱉었다.

"잠깐 쉬지 않을래?"

"그러자."

일단 일기장을 덮었다.

번갈아 화장실에 다녀와 내 커피가 나오기를 기다렸다. 커피가 나온 뒤로도 나나 시라카와나 바로 다시 시작하자고 하지는 않았다. 시라카와는 어떤지 모르지만 나는 눈과 목이 조금 아팠을뿐더러 마음이 심히 무거웠다. 지금까지 읽은 것은 가슴이 설렜던 시기다. 쓸 거리가 없으면 쓰지 않기 때문에 일기는 여기서부터 약 이 주일 건너뛴다.

자기가 공책에 정리한 것을 보며 시라카와가 중얼거렸다.

"이렇게 보니까 마야는 꽤나 성급하게 판단하곤 했구나."

나에게는 성급하다기보다 열의가 지나친 탓에 실패한 것으로 보였다. 마야의 착각은 한시라도 빨리 관찰 결과를 얻고 싶어 서두른 탓이 아닐까. 원래 같으면 자기가 관심을 가진 모든 일에 대해, 궁도장에서 내가 했던 것 같은 해설을 원했을 것이다. 그러나 그러기에 이 개월은 너무 짧았다. 마야는 그렇게 보여도, 여러 가지 의미에서 서둘러야 했던 건지도 모른다.

"모리야가 아니었으면 이상한 오해를 한 채로 돌아갔을지도 몰라."

그 부분은 약간 으쓱해도 될 것 같다. 하기야 그렇게 따지자면, 다치아라이가 아니었으면 나 따위는 아무 도움도 못 됐을 게 분명하지만.

아까부터 테이블에 반사되는 햇빛이 눈부셨던 터라 블라인

드를 내렸다. 냉방이 세다.

말할까 말까 망설이는 것처럼 모호한 목소리로 시라카와가 조그맣게 말했다.

"그런데 말이야."

"응."

뒷말을 기다렸으나 시라카와는 자조하는 듯한 웃음을 띠더니 천천히 고개를 내저었다. 이야기를 그만둔 줄 알고 빨대에 입을 갖다 댔는데, 시라카와의 제스처는 나를 향한 것이 아니었던 모양이다. 어딘지 모르게 피로한 기색으로 말을 이었다.

"우리 말이야. 이런 식으로 작년에 있었던 일을 정리하고 마야가 어디 있는지 알려고 하지만."

커피를 빨아올리며 눈을 위로 뜨고 보는 내 시선과 시라카와의 시선이 얽혔다. 잠자코 기다리자 이윽고 시라카와는 용기를 낸 듯 단숨에 말했다.

"하지만 말이야, 우리가 들은 말만으로 그게 가능하단 보장은 어디에도 없잖아? 세계 최고의 컴퓨터에 우리가 아는 정보를 전부 입력하고 해답을 내라 한대도 불가능하다는 답이 돌아올지도 몰라. 포기만 안 하면 뭐든 할 수 있다고 말하는 건 간단하지만 우리가 답을 발견하는 데 필요한 정보를 전부 갖고 있다는 보장은 없잖아?

게다가 설사 정보가 다 갖춰져 있어도 평범한 대학생인 난 그게 조건이라는 걸 모를지도 몰라."

맞는 말이라고 할지, 오히려 '뭘 이제 와서 새삼스럽게' 싶은 말이었다. 나는 일단 빨대에서 입을 떼고 "필요라기보다, 충분한지 아닌지가 문제지"라고 중얼거린 다음, 다시 빨대를 물었다. 자기 생각을 무시하다시피 했는데도 시라카와는 화를 내는 눈치도 없이 오히려 미안해하듯 고개를 떨어뜨렸다.

"미안. 그런 건 처음부터 알고 있었던 일인데."

"……."

"하지만 그런 두려움은 있어. 헛수고로 끝나는 게 두려운 게 아냐. 이 기분에 끝이 찾아오지 않을지도 모른다는 게 두려워……."

그건 나도 두렵다. 원래부터 신경이 담대한 편은 못 된다. 그러나 왜 지금 그런 말을 하는가?

유리잔을 받침에 내려놓았다.

"그만두고 싶냐?"

시라카와는 쓸쓸한 얼굴로 웃었다.

"아니, 그런 게 아냐. 앞으로 나아가는 것도, 뒤로 물러서는 것도 내키지 않을 뿐."

"아아, 그 기분은 나도 안다."

나는 중얼거리고는 일기장을 중지로 톡톡 쳤다.

"하지만 지금은 믿는 수밖에 없어."

"조건이 갖춰져 있다고 신을 믿을 수밖에 없겠지? 부처님이어도 되지만. 하지만 우리한테 그걸 찾아낼 능력이 있다는 것도 믿을 수 있어? 난 유고슬라비아에 대해 아는 것도 없는데. 그냥 마야의 친구일 뿐."

"그것도 믿어도 돼."

"왜?"

자신감을 보여야 할 포인트라는 것을 깨달았다. 나는 최대한 가슴을 폈다.

"조금은 조사해봤어. 믿어도 돼."

그 자신감은 십중팔구 허세에 불과했을 것이다. 그러나 시라카와는, 그리고 나 자신도 그 허세에 매달렸다. 시라카와는 응, 하며 고개를 끄덕이고는 다시 펜을 들었다. 휴식은 끝났다.

일기는 6월 27일부터 다시 이어진다.

제 2 장

키메라의 죽음

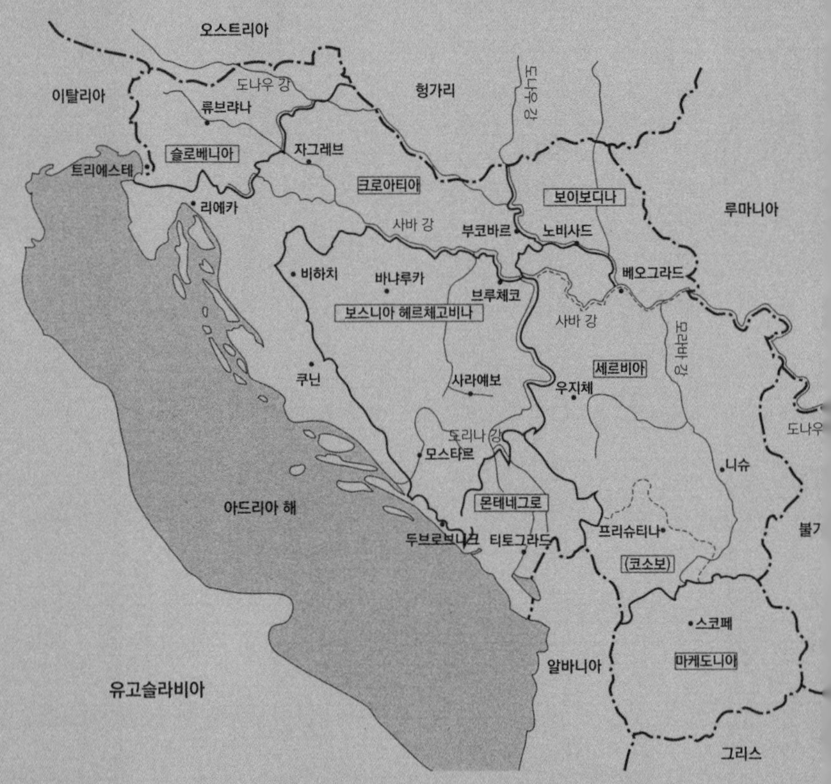
오스트리아
이탈리아
도나우 강
헝가리
류브랴나
슬로베니아
자그레브
트리에스테
크로아티아
리에카
보이보디나
루마니아
사바 강
부코바르
노비사드
비하치
바냐루카
베오그라드
브루체코
보스니아 헤르체고비나
사바 강
모라바 강
쿠닌
사라예보
세르비아
우지체
드리나 강
모스타르
니슈
몬테네그로
아드리아 해
두브로브니크
티토그라드
프리슈티나
(코소보)
스코페
알바니아
마케도니아
유고슬라비아
그리스

1

1991년(헤이세이 3년) 6월 27일 목요일

지난 이 주일 내 새 지갑은 눈에 띄게 홀쭉해졌다.

주문했던 유고슬라비아 관련 책들이 속속 도착했기 때문이다.

그나저나 책을 사봤자 문고본 아니면 만화, 기껏해야 신서였던 나에게 양장본을 산다는 것은 상당히 용기가 필요한 행동이었다. 몰래 아르바이트를 해서 모은 적지 않은 돈을 제법 토해내야 했다. 그러나 텅 빈 것이나 다름없는 지갑을 봐도 후회하는 마음은 들지 않았다. 어차피 갖고 있어봤자 신통한데 쓰지 않았을 것이다.

우선 입문편 같은 느낌을 주는 제목의 사륙판 책부터 읽기 시작해 학교에도 들고 다녔다. 유고슬라비아의 위치부터 확인하려 했는데, 생각해보니 그 정도는 세계 지도로 충분하다. 그 사실을 깨닫고 세계사 시간에 쓰는 지도첩을 보기로 했다. 표지를 넘기고 메르카토르도법의 세계지도를 보는 것만으로 바로 해결되었다.

방과후의 교실.

나는 평소 주로 오락 소설을 읽는다. 그러나 고교 생활을 하면서 교실에까지 책을 가져와 읽은 적은 없었다. 소설의 뒷이야기가 아무리 궁금해도 의식적으로 집에서만 읽곤 했다. 책을 읽는 인간은 고등학교 교실에서 소수라는 사실을 알고 있었으려니와, 구태여 소수자처럼 행동하는 것을 꼴사나운 허세라 생각하고 거부해왔기 때문이다.

그러나 그 걸맞지 않은 행동을 입시 덕분에 얼버무릴 수 있었다. 자습하는 급우들 틈에서 거금을 들여 산 사륙판 책을 읽는데 후미하라가 들어왔다. 집에 가는 길에 들러본 모양이었다.

"열심히 하는군."

그렇게 말한 뒤에야 내가 든 책이 교과서도, 참고서도, 문제집도 아니라는 것을 깨달았는지 눈썹을 치올렸다.

"……뭘 보는 거냐?"

대답 대신 책을 들어 제목을 보였다. 후미하라는 유심히 쳐다보더니 이윽고 조그맣게 숨을 내뱉었다. 별로 화가 난 것은 아니었지만 농담조로 따지는 척했다.

"그 한숨은 뭐냐?"

"산 거지? 대단하다 싶어서 그런다. 도서관에서 빌릴 생각은 못 해봤냐?"

쓴웃음을 짓고 고개를 가로저었다.

"알아보긴 했지. 여기 도서관에도 없고 시립 도서관에도 없더라. 있었을지도 모르지만, 한나절 들여 뒤졌는데도 못 찾았다."

"한나절? 그것도 대단한걸."

자습하는 인간들에게 방해가 되지 않도록 작은 목소리로 말하며 후미하라는 가까운 책상에 기대섰다.

책을 읽느라 몰랐는데 그새 비가 오기 시작했다. 그것도 부슬부슬 내리는 게 아니라 세차게 퍼붓는 비인데, 운동장에 물웅덩이가 안 보이는 것을 보면 아직 내리기 시작한 지 얼마 안 됐는지도 모른다.

"하지만 그런 걸 사봤자 마야 씨는 이제 좀 있으면 귀국할 거 아니냐."

비를 보며 고개를 끄덕였다.

"이제 곧 두 달이니 말이지."

"책을 주문해서 받는 데 시간이 걸리니 말이다. 필요할 때 손에 넣질 못해."

동정하는 듯한 말에 나는 웃으며 시선을 후미하라에게 되돌렸다.

"그렇지 않아. 너 혹시 내가 마야의 이야기에 맞추고 싶어서 책을 샀다고 생각하는 거냐?"

"아니냐?"

"뭐, 본심을 말하자면 그런 이유도 아예 없는 건 아니다만……."

서표를 끼우고 책을 덮었다. 그 위에 팔꿈치를 얹고 턱을 괴었다.

후미하라가 그렇게 생각할 만도 했다. 진지해빠진 듯 보여도 후미하라라고 목석은 아니려니와, 물론 나도 피가 흐르는 사람이다. 그런 여자애가 옆에 있으면 말을 맞춰주고 싶어지는 것은 무리도 아닐 것이다.

그러나 그게 다는 아니었다. 오직 그것 때문에 도서관에 틀어박히고 거금을 들여 책을 산 것은 아니다. 나는 그것을 명확하게 자각하고 있었다. 그러나 그것을 어떻게 설명하면 좋은가. 자기 행동을 자기가 말로 표현하지 못하는 것도 기분이 찜찜하다. 머릿속으로 말을 궁리해보았다.

책 표지 위에 반대쪽 손가락을 까불거렸다.

말이 되기 전의 이미지가 있다.

상상 속에 원이 그려진다.

원은 안개에 싸여 어둑어둑하지만 원 안에 스포트라이트가 비친다. 원 안에는 내가 있다. 후미하라, 다치아라이, 시라카와도 있다. 내가 선 장소는 비교적 원 중심에 가깝다. 후미하라도 그런 것 같다. 시라카와는 더욱 중심에 가까울 것이다. 다치아라이는 다소 바깥 테두리 쪽으로 쏠려 있을 게 틀림없다. 그러나 결국 우리는 같은 원 안에 있다. 그 안에서 경쟁하고, 그 안에서 이기거나 진다. 아무도 가슴을 펴고 당당하게 말하지는 않지만, 실은 이 원 안에만 있어도 살아갈 수는 있을 것 같다.

그런데 어느 날, 원 안으로 마야가 날아들었다. 듣자 하니 전혀 다른 원에서 날아왔다고 한다. 소문은 들은 적이 있었지만 뜻밖이었다. 그런 일이 가능한가 싶어서. 아니, 아니다. 그러고 보니 그런 수도 있었구나, 하는 놀라움이다.

나는 생각한다. 저쪽에서 이쪽으로 올 수 있다면 이쪽에서 저쪽으로 가는 것도 가능할 게 틀림없다. 어쩌면 그럼으로써 나는 원 안에 있을 뿐인 상태에서 벗어날 수 있을지도 모른다.

즉, 그것은 말로 하자면…….

"그러게."

나는 중얼거렸다.

그러나 나는 뒷말을 잇지 않았다. 다른 사람들 앞이라는 것도 신경쓰였고, 후미하라에게 구태여 설명할 의무는 없다고 생각을 고친 것도 있었다. 게다가 무엇보다도, 뭐든 입 밖에 내어 말하고 나면 가벼워진다.

대신 씩 웃었다.

"유고슬라비아에 관해 가르쳐주랴? 자랑은 아니지만 이 학교에선 내가 일인자인데."

얼버무린 데 대한 불쾌감 때문인지 아니면 다른 이유 때문인지 후미하라는 눈살을 찌푸렸다.

"일없다."

"사양 말고. 세계지도가 달라진다고. 오스트리아 남쪽이 어느 나라인지 아냐?"

"난 일본사가 선택 과목이라."

"쓸데없는 지식을 집어넣을 여유는 없다?"

후미하라는 걸터앉아 있던 책상에서 바닥으로 내려섰다. 칠판 위에 걸린 시계를 흘깃 보더니 말했다.

"참 수고한다 싶긴 하다만, 난 자기 손이 닿는 범위 바깥에 관여하는 건 거짓이라고 생각한다."

"손? 은유냐?"

"아니, 그 의미 그대로야. 결국은 몸이지."

그런 견해도 성립되긴 할 것이다.

후미하라는 그럼, 하고 짤막하게 인사를 하고 가버렸다. 나는 턱을 괴었던 팔을 풀고 다시 책을 폈다.

공책을 펴고 볼펜을 꺼냈다. 생소한 단어가 이어지는 탓에 메모라도 하지 않으면 도무지 따라갈 수가 없었다.

유고슬라비아는 발칸 반도에 있다.

인구는 약 2350만, 면적은 약 25만 5800제곱킬로미터. 인구밀도는 일본과 비교가 되지 않을 것이다. 국경이 인접한 나라는 서쪽으로 이탈리아, 북쪽으로 오스트리아, 헝가리, 루마니아, 동쪽으로 불가리아, 남쪽으로 그리스, 남서쪽으로 알바니아.

각 공화국의 기본 정보는 표로 정리하는 편이 간단하고 좋으리라 생각해서 필통에서 자를 꺼냈다.

공용어는 슬로베니아어, 세르보크로아트어, 마케도니아어 이렇게 세 가지. 북부에서는 주로 라틴 문자가, 남부에서 키릴 문자가 사용된다. 크로아티아의 세르보크로아트어와 세르비아의 세르보크로아트어는 약간 다른 모양이지만 그 차이는 '영국 영어와 미국 영어의 차이보다 훨씬 작다'고 한다. 이런 구절도 있었다. '도쿄 말씨와 오사카 말씨 같은 관계가 아닐까.'

주된 종교는 세 가지. 공산주의 체제하에서도 종교 탄압은 없었으나 장려되지도 않았다. 민족주의적 움직임과 종교가 결부되면 연방을 위해 좋지 못하다는 생각에서다. 쓰카사 신사에서 마야가 말한 대로였다.

각 공화국을 조금 더 상세하게 살펴보았다.

○ **슬로베니아 공화국**

나라 자체는 작지만 1인당 국민총생산은 단연 높다. 지도상으로는 서유럽에 가장 가까운데, 꼭 그 때문은 아니겠으나 소득 수준도 서유럽에 가장 가까운 것 같다.

관광 가이드북을 들추어 본바 수도 류블랴나는 인구는 약 삼십이만. 언덕 위에서 류블랴나 성이 내려다보는 시가지는 르네상스 건축, 바로크 건축, 아르누보 건축이 뒤섞여 매우 아름답다고 한다. 성이 위치한 언덕을 둘러싸고 흐르는 류블랴나 강에는 저명한 건축가가 설계한 '세 개 다리'와 '용의 다리'가 놓여 있다. 전자는 관광 명소, 후자는 도시의 상징이라고 한다. 또 포스토이나 종유굴과 블레드 호수라는 곳이 인기인 모양이다. 특히 종유굴은 슬로베니아 국내에만도 육천 곳이 넘는다고. 석회분이 이만저만 많은 토지가 아닌가 보다.

○ **크로아티아 공화국**

긴 해안선이 있다. 해안선이 남북으로 가늘게 뻗어 있는 탓에 지도에서는 낚싯바늘 같은 라틴 문자 J처럼 보인다. 일인당 국민 총생산은 연방 중 제2위. 1위인 슬로베니아와는 크게 차이 나지만, 3위 이하와도 차이가 크다.

가이드북을 들추어보았다. 장대한 해안선은 바캉스에 적합한 모양이다. 면한 바다가 아드리아 해이니 그럴 만도 하다. 수도 자그레브는 인구 약 칠십만. 역사적으로는 요새도시인 그라데츠와 사제관을 중심으로 하는 카프톨이 경합을 벌여 오다가 16세기에 자그레브로 통합되었다. 일본의 아키타 시 같은 건가. 가톨릭계 건물, 즉 교회로 간주할 건물이 많다고 한다. 사바 강 북쪽 연안에 발달한 도시인데 최근 들어 남쪽으로 시가지가 확대되기 시작한 듯하다.

	슬로베니아	크로아티아	세르비아	몬테네그로	보스니아 헤르체고비나	마케도니아
면적 (만 제곱킬로미터)	약 2.0	약 5.7	약 8.8	약 1.4	약 5.1	약 2.6
인구 (천 명)	1,963	4,760	9,779	615	4,335	2,034
주요 민족 구성	슬로베니아인 87.6%	크로아티아인 77.9% 세르비아인 12.2%	세르비아인 65.9% 알바니아인 17.1%	몬테네그로인 61.9% 무슬림인 14.6%	무슬림인 43.7% 세르비아인 31.4% 크로아티아인 17.3%	마케도니아인 64.6% 알바니아인 21.0%
주요 종교	가톨릭	가톨릭 세르비아 정교	세르비아 정교 이슬람	세르비아 정교	이슬람 세르비아 정교 가톨릭	마케도니아 정교 이슬람
주요 언어	슬로베니아어	세르보 크로아트어	세르보 크로아트어	세르보 크로아트어	세르보 크로아트어	마케도니아어
1인당 GNP (미 달러)	6,280	3,757	2,579	2,089	1,968	1,918
수도	류블랴나	자그레브	베오그라드	티토그라드	사라예보	스코페

○ **세르비아 공화국**

내륙국으로 북부가 평야, 남부가 산지다. 인구가 월등히 많지만 1인당 국민총생산은 크게 뒤처진다. 인구는 생산의 기초이기는 하지만 기초가 있다고 다 되는 건 아닌 모양이다.

세르비아는 좋은 뜻으로나 나쁜 뜻으로나 유고슬라비아의 중심이었다고 한다. 그 의미는 조금 더 읽어봐야 알겠지만, 일단 세르비아 공화국의 수도 베오그라드가 유고슬라비아 사회주의 연방 공화국의 수도도 겸한다는 것은 알았다. 또 국내에 자치주가 둘 있다고 한다. 보이보디나와 코소보. 주도는 각각 노비사드와 프리슈티나라고 했다.

가이드북을 들추어 보았지만 수도 베오그라드가 간략하게 소개된 게 다였다. 그에 따르면 베오그라드는 인구 약 백십육만. 저 유명한 대하 도나우 강과 생소한 사바 강의 합류 지점에 발전한 도시이며, 베오그라드는 '하얀 성벽'을 뜻한다고 한다. 14세기에 이 일대를 침공한 터키군이 아름다움에 감동해 그런 이름을 붙였다는 설이 소개되어 있었지만, 다른 책에 따르면 9세기에 이미 벨그라드, 즉 '하얀 마을'로 불렸다고 한다. 진상은 알 수 없지만 아마 진실과 사실의 차이 같은 게 아닐까. 도나우와 사바의 합류 지점에 성채 옛터가 있으며, 지금은 공원인 그곳에서 바라보는 조망이 절경이라고 한다.

○ **보스니아헤르체고비나 공화국**

표에는 주된 종교와 민족 모두 각각 세 종류가 병기되어 있다. 어느 것이 우세한지 판가름하기 쉽지 않은 모양이다. 그것은 국명에도 드러나 있다. 유고슬라비아의 여섯 공화국 중 다섯 나라는 민족 이름이 곧 나라 이름인 데 비해, 보스니아헤르체고비나는 지명이지 민족명이 아니다.

가이드북에 따르면 스타리 모스트라는 다리가 아름답기로 유명한 모양이다. 수도 사라예보는 인구 약 삼십만. 이슬람교도가 많음을 증명하듯 사진에 미나레트가 여럿 우뚝 솟아 있다. 밀랴츠카라는 강이 시성市城 한가운데를 동서로 관통하는데, 강 상류에 있는 아라비아 양식의 도서관은 한 번쯤은 구경할 가치가 있다고 한다. 또 사라예보는 어디서 들은 이름이다 싶더니만 예의 암살 사건이 일어난 곳이었다. 이곳에서 오스트리아 황태자가 암살된 것을 구실로 제1차세계대전이 시작되었다는 이야기는 교과서에도 나와 있다.

○ **몬테네그로 공화국**

인구 약 육십이만. 일본의 사카이 시 인구보다 적다. 오카야마 시보다 약간 많은 정도다.

해안선이 있기는 하지만 국토 대부분이 산지인 듯하다. 산악 지대의 험준함이 재미있는 역사를 만들었다. 발칸 반도에서는 드물게 내내 독립을 유지했다.

가이드북을 들추어보았는데 몬테네그로에는 따로 페이지가 할당되지 않았다. 산지가 너무 많아서 그런지 관광이 발달되지 않아서 그런지는 알 수 없다. 수도는 티토그라드. 인구는 약 육만. 이 도시에 관한 기술도 짤막하다. '전화로 인해 파괴된 탓에 이곳에 파르티잔 기념비는 있어도 사적은 그리 많지 않다.' 전화란 물론 제2차세계대전을 일컫는 것이리라.

○ **마케도니아 공화국**

1인당 국민총생산은 여섯 개 나라 중 가장 낮지만, 하위 3국은 도토리 키 재기다. 그리고 이 하위 3국은 유고슬라비아 남부의 세 나라이기도 하다. 표와 지도를 비교해보면 확실히 알 수 있는데, 유고슬라비아는 북쪽으로 갈수록 부유하고 남쪽으로 갈수록 빈곤하다.

이번에도 가이드북. 가장 북쪽에 위치한 슬로베니아는 블레드 호수가 명소인 것처럼 가장 남쪽인 마케도니아에서는 오흐리드 호수가 아름답기로 유명한 모양이다. 수도 스코페는 인구 약 삼십이만. 책마다 모두 1963년의 지진으로 파괴

되었다는 설명이 제일 먼저 나왔다. 역 일대는 지진을 계기로 포스트모더니즘 양식으로 재개발되었다고 한다. 사진을 보기로, 포스트모더니즘 양식이란 '좀더 특이하게 만들었다'는 뜻인가 보다. 그런 포스트모더니즘 시가지는 터키 시대에 놓인 '돌다리'까지고, 다리를 건너면 터키풍 구시가가 남아 있다고 한다.

텍스트를 주체로 한 유고슬라비아 유사 체험을 한차례 끝내고 나니 어느새 비구름이 더욱 검게 드리워져 있었다. 비는 그칠 기미가 보이지 않고, 그리고 다치아라이가 옆에 있었다. 적당한 의자를 빼서 흡사 그 자리 임자처럼 앉아 오른손만으로 문고본을 펴들고 있었다.

놀랐다.

평정을 가장하며 가볍게 기지개를 켰다.

"몰랐는걸. 언제 왔냐?"

다치아라이는 고개를 들었다.

"방금 전. 아직 한 페이지도 못 읽었어."

"말하지 그랬냐."

"열중하는 것 같아서."

"오늘은 손님이 많군. 아까 후미하라도 왔었다."

다치아라이는 역시 오른손만으로 문고본을 덮었다. 일어서더니 의자를 원래 자리에 밀어넣고 내 옆에 섰다.

"그래? 우연이네."

그러고는 내가 든 책을 들여다보았다.

"무슨 책이야?"

자기도 책을 읽고 있었으면서 남의 제목만 묻는다. 나는 후미하라에게 그랬던 것처럼 책을 들어 제목을 보여주었다.

"후미하라도 똑같은 걸 묻더군."

"그것도 우연이네."

제목을 본 다치아라이는 살짝 한숨을 쉬었다.

"그래. 모리야도 신경이 쓰이는구나."

솔직한 말에 다소 당황하면서 나도 솔직하게 대답했다.

"그래. 얼버무려봤자 소용없지. 신경쓰인다."

"나도 그래. 마야는 괜찮다고 하지만 난 그게 더 얼버무리는 것처럼 들리지 뭐야."

다치아라이는 눈을 약간 내리깔았다. 나는 반대로 다치아라이를 올려다보았다.

"……무슨 소리야?"

뜻하지 않게 얼굴을 마주보는 모양새가 되었다. 다치아라이는 '얘가 지금 뭔 소리야' 하듯 의아스러운 표정이었다. 내가 '얘가 지금 뭔 소리야'라고 생각했기 때문에 그렇게 보인 건지도 모른다.

"마야가 뭐?"

역시 그랬다. 다시 보니 다치아라이는 여느 때와 마찬가지로 그냥 나른한 얼굴이었다.

"모리야, 뉴스 챙겨 보니?"

"아니, 며칠 전부터 여기에 매달려 있느라."

책을 탁 치며 그렇게 대답하자 다치아라이는 고개를 끄덕였다.

"그건 몰랐네."

그러고는 입을 다물어버렸다. 어떻게 말하면 좋을지 생각하는 분위기였다. 다치아라이가 한 말이 아니라 좀처럼 볼 수 없는 그런 태도에서 뭐라 말할 수 없이 꺼림칙한 느낌을 받았다.

기다리지 못하고 물었다.

"무슨 일 있었냐?"

다치아라이는 긴 머리채를 찰랑이며 고개를 가로저었다.

"아무 일 없어. 아직. 그리고 아마 앞으로도 없을 거야."

"……."

"마야네 나라에서 어제."

그러나 말이 채 끝나기 전에 높다란 목소리가 그것을 가로 막았다.

"마치!"

돌아보자 열려 있던 문 밖에 시라카와가 서 있었다. 조금 비에 젖은 모습이었다. 손에 든 것은 신문일까. 시라카와는 나를 거들떠보지도 않고 곧장 다치아라이에게 뛰어오더니 젖은 부분이 반점처럼 쥐색으로 얼룩덜룩해진 신문을 펼쳐 보여 주었다. 이 시간에 서둘러 보여주려는 걸로 보아 석간인 듯했다.

시라카와는 가쁜 숨을 몰아쉬며 "여기" 하고 구석을 가리켰다. 다치아라이 옆에서 나도 그 기사를 읽었다.

이런 제목이었다.

'유고, 무력 충돌 본격화'

"……뭐냐, 이게."

나도 모르게 중얼거렸다.

다치아라이의 조용한 목소리가 그에 대답했다.

"마야의 나라에서 오늘 일부 나라가 독립을 선언했어. 하지만 마야는 아무 일 없을 거라고 했어."

그러고는 내가 그 의미를 이해할 만큼의 시간을 준 뒤 한마디 덧붙였다.

"그렇게 안 된 모양이네."

세차게 쏟아지는 비가 그칠 줄 모른다. 멀리서, 아주 멀리서 천둥까지 울리기 시작했다.

2

1991년(헤이세이 3년) 6월 30일 일요일

내 눈은 무엇을 보고 있었나. 귀를 틀어막고 있었던 것도 아닌데.

신문을 뒤지자 이미 26일 자 조간에 슬로베니아와 크로아티아가 독립을 선언했다는 기사가 실려 있었다. 슬로베니아의 간부회의장, 쿠찬이라는 인물의 연설 일부가 게재되어 있었다. '인간은 누구나 꿈을 꿀 권리를 갖고 태어난다. 슬로베니아 사람이 아주 오래전부터, 여러 세대 전부터 꾸어온 꿈, 자기들의 나라를 갖는다는 꿈이 오늘밤 현실이 되었다.' 그리고 27일 석간은 유고슬라비아 연방군이 슬로베니아 영내를 침공했다고 보도했다.

유고슬라비아를 조금은 안다고 생각했다. 그러나 너무 만만히 본 것이었다. 그 나라에 전운이 감돌고 있음을 나는 아예 몰랐다. 아닌 게 아니라 유럽 동부는 몇 년 전부터, 구체적으로는 1989년 이래로 소란스러웠다. 온갖 뉴스가 들렸다. 그러나 그것이 나와 관계있는 일이 될 줄은 상상도 하지 못했다.

빈곤한 정보에 일희일비하며, 나는 마치 꿈을 꾸는 기분으로 하루하루를 보냈다. 충격은 나보다 시라카와가 더 컸을 것이다. 마야의 상태는 시라카와를 통해 들었는데, 이따금 이야기에 두서가 없어지곤 했다. 그래도 대략 이해한 바로는 마야는 전화를 빌려 어딘가에 몇 번 연락을 했을 뿐 특별히 동요하는 것 같지는 않다고 했다. 그러나 시라카와는 이렇게 말했다.

“마야는 흥분하진 않았어. 슬퍼하는 것도 아닌 것 같아. 생각보다 조용하고 차분해. 하지만 어쩐지…….”

얼마 동안 고민하더니 역시 그렇게 말할 수밖에 없다는 듯 말했다.

“화가 난 것 같아.”

그리고 사흘이 지났다.

내전은 진화되어갔다. 맥이 빠질 정도였다.

유고슬라비아 연방군은 수적으로 열세인 슬로베니아 공화국 방위대를 압도하고, 수도 류블랴나의 공항을 폭격했으며, 국경을 봉쇄했다. 거기에 EC의 중재로 독립 선언을 삼 개월 동결하는 것까지 신속하게 결정되었다.

장갑 수송차의 영상이 하도 험악하고 걸프전의 기억이 하도 선명했던 탓에 사태를 너무 위중하게 생각한 감이 있었다. 헛걱정이었다. 꼴사납게 허둥대고 어쩔 줄 몰라 했다. 겨우 나흘 만에 끝났다. 딱하게도 마흔 명 정도가 사망한 모양이지만 전쟁은 끝났다. 유고슬라비아는 잠깐 흔들렸지만 금세 원상태로 돌아갈 것이다. 그리고 언젠가 어엿이 한 사람 몫을 하게 된 마야를 맞이할 것이다. 아무 문제도 없다. 아니, 문제가 있긴 했지만, 그래, 별일 아니었다.

그날은 오전 중에는 맑았다.

영어 숙제가 있었다. 시립 도서관에서 할 생각이었다. 아마 삼십 분도 안 걸릴 테니 숙어도 잠깐 재확인할 계획이다. 저번 외부 모의고사에서 뜻하지 않게 영어를 망쳤다. 자신 없는 과목은 아닌데 그래서 더 방심한 모양이다. 언젠가 복습을 해두어야겠다고 생각하고 있었다. 따로 할 일이 없는 일요일을 보내는 방법으로는 훌륭하다.

스스로도 알고 있었지만, 정말 재확인하고 싶은 것은 숙어가 아니라 내가 학생이고 수험생이라는 사실이었다. 동유럽이 입시에서 차지하는 역할은 정말 작다. 유고슬라비아 문제를 아무리 의식해봤자 내 본래 역할에는 거의 기여하는 게 없다. 그 사실을 냉정하게 받아들이고, 지금은 입시 대책을 준비해야 한다. 그러나 그렇게 생각하면서도 가방 안에는 새로 산 책 세 권이 들어 있었다. 하여튼 미련이 많은 인간이다.

이윽고 구름이 늘었지만 날씨는 더웠다. 내일부터 칠월. 여름이 얼마 남지 않았다. 아니, 이미 여름인가. 집에서 시립도서관까지 자전거로 한 이십 분. 교차로에서 브레이크를 걸 때마다 핸드 타월을 꺼내 이마를 훔쳤다. 본격적으로 더워지기 전에 머리를 좀더 짧게 자를까. 그런 생각을 했다.

집에서 나오기 전에 다치아라이에게 전화를 걸었다. 다치아라이가 나보다 도서관을 훨씬 자주 이용한다는 것을 알기 때문이었다. 어쩌면 오늘도 도서관에 가지 않을까 하는 예상은 적중해, 다치아라이도 곧 출발할 생각이라고 했다. 손목시계를 보니 슬슬 도착했을 시간이다. 나는 아직 더 가야 하지만 별로 조바심치지는 않았다. 다치아라이와의 통화는,

"도서관 갈 거냐?"

"응."

"나도 가려고."

"그래."

"덥겠어."

"덥겠지."

이렇듯 대화라 하기도 뭐할 만큼 간결한 것이었으니 별반 무슨 약속을 한 것도 아니다. 내가 생각해도 대체 뭐하러 전화를 했는지 어처구니가 없지만, 다치아라이와의 관계에서 이런 일은 드물지 않다.

영어 숙제는 생각 외로 만만치 않아서 삼십 분 만에 가뿐하게 끝낼 수는 없었다. 그래도 집중다운 집중까지 하지 않고도 한 시간 만에 해치우고, 그 뒤로는 단어장의 숙어 페이지를 적당히 펴서 복습하기 시작했다. 나와 같은 수험생들로 메워진 6인용 탁자 맞은편 자리에는 다치아라이가 앉아 엄숙하게 계산 문제를 풀고 있었다.

얼마 있다가 목이 말라 일어섰다. 로비의 자판기에서 종이컵에 든 아이스커피를 뽑는데, 뒤를 쫓아온 건 아니겠으나 다치아라이가 나타났다. 똑같이 아이스커피로, 다만 설탕이 더 많이 든 쪽 버튼을 눌렀다. 한두 모금 마시더니 작은 목소리로 말했다.

"아직도 조사해?"

무슨 말인지 몰라 순간 당황했지만 곧바로 유고슬라비아 말이라는 것을 깨달았다. 나는 고개를 끄덕였다.

"시사 문제에 관심을 갖게 됐구나."

"그럴 마음은 없었다만."

"뭐 성과는 있었어? 전쟁의 이유를 알았다든지."

그 어조가 하도 남 일처럼 무관심하기에 나는 약간 울컥했다. 커피를 한 모금 마시고 마음을 진정시켰다.

"두 나라가 독립하려고 하는 이유는 아직 모르겠어. 하지만 여섯 나라가 연방을 만들려고 했던 이유는 대충 알 것 같다."

"그래."

다치아라이는 흡연실을 흘깃 보았다. 일요일 낮이라 도서관에는 전체적으로 사람이 많았고, 흡연실에는 주로 남자들이 많이 있었다. 다치아라이는 시선을 되돌리더니 입으로만 웃었다.

"오랜만에 이야기를 들어볼까?"

손짓으로 흡연실을 가리켰다. 얇은 벽으로 구분된 그곳은 도서관에서 거의 유일하게 거리낌 없이 이야기할 수 있는 장소다.

"유고슬라비아에 관해서?"

"그러게, 그게 좋겠어."

나도 바라는 바였다. 기억한 내용을 정리하는 데 다른 사람에게 이야기하는 것만큼 좋은 방법이 없다.

다치아라이 말대로 오랜만에 이야기를 해보라는 말을 들었다. 신나게 야구 이야기를 하는 두 남자로부터 떨어져 벤치에 나란히 앉았다. 아이스커피는 금세 다 마셔버렸다. 다치아라이는 입을 댄 뒤로는 그냥 들고만 있었다. 나는 얼굴 근처로 날아온 연기를 가볍게 손을 저어 흩어버리고 이야기하기 시작했다.

"'유고'는 남쪽을 뜻하는 말이야. '유고슬라비아'는 '남슬라브의'란 뜻이지. 유고슬라비아는 여섯 개의 공화국으로 이루어져 있는데, 여섯 나라는 같은 남슬라브 민족이라는 명분으로 하나가 된 거였어."

다치아라이는 대꾸를 잘하지 않는다. 그 때문에 남의 말을 듣는지 안 듣는지 미심쩍을 때도 있다. 그러나 나도 그에 많이 익숙해져 있었기 때문에 신경쓰지 않고, 내 기억을 바르게 꺼내는 데 전념했다.

"유고슬라비아는 '남슬라브인의 민족 자결'이라는 대외적

명분에 의해 건국됐어. 딱히 다른 나라에 의해 세워진 것도 아니고 자발적으로 말이지.

이제 속사정을 들여다보자면, 주역이 두 나라 있는 것 같더라. 하나는 세르비아, 또 하나가 크로아티아. 세르비아는 터키의 지배를 받았고 크로아티아는 합스부르크 제국에 속해 있었어. 터키는 19세기에 들어와 세력이 점점 약해졌고, 그러면서 세르비아는 강해졌어. 19세기 전반에 사실상 독립도 이룩했고.

세르비아의 목적은 발칸반도 전역에 흩어져 있는 세르비아인의 거주 지역을 한 나라로 합치는 거였다더라. 크로아티아는 예전에 크로아티아였던 지역을 통합하고 싶었고. 소위 역사적 영토란 거겠지.

이 두 목적은 두 나라가 통합되면 일석이조로 달성될 수 있어. 하지만 그러려면 방해가 되는 합스부르크 제국을 어떻게 해야 하지."

"제1차세계대전의 발단은……."

웬일로 다치아라이가 끼어들었다.

"오스트리아와 세르비아의 전쟁이었지?"

역시 다르다고 감탄하며 고개를 끄덕였다.

"세르비아도 호되게 당한 모양이지만 그로 인해 합스부르크 제국은 붕괴됐어. 그래서 걸림돌이 없어진 크로아티아와 세르비아는 쓰는 언어가 많이 비슷하니 한 민족으로 볼 수 있다면서 새로운 나라를 세웠어. 책에선 '낭만주의의 영향하에'라고 했던가. 대외적인 명분이 남슬라브 민족의 자결이니 다른 몇몇 남슬라브 민족도 합류했어.

그런데 이게 잘되지 않았어. 남슬라브 민족 전체의 의사 같은 게 처음부터 없었는데도 있는 척하려고 했으니 모순이 생겼어. 세르비아와 크로아티아의 관계가 틀어지고, 그러다 제2차세계대전이 시작되면서 유고슬라비아는 어이없을 정도로 쉽사리 분열됐어. 크로아티아는 추축국 측에, 세르비아는 연합국 측에 가담해서 서로 맞서 싸웠어. 말은 싸웠다지만 정규전은 거의 없었던 모양이더라. 어느 자료에나 양쪽 다 학살을 일삼았다고 돼 있었어."

"군인이 군인을 죽이는 건 학살이라고 안 할 거 아냐."

"민병이 민간인을 죽인 거야. 그렇기 때문에 서로 상대에 대한 원한이 골수에 사무쳤어.

그때 세르비아도 아니고 크로아티아도 아닌 제3의 세력이 나타났어. 세계사는 자신 있는 것 같으니까 알겠지만, 티토가 이끄는 파르티잔이지. 결국 이들이 승리해서 유고슬라비아는 공산주의 국가가 됐어. 티토는 유고슬라비아를 억지로 남슬라브 민족의 국가로 내세우길 그만두고 각 공화국에 자치권을 부여했어.

그런데 소련의 지원 없이 승리한 게 문제였어. 발언력을 계속 유지하고 뛰어난 지도자를 가진 유고슬라비아는 소련한테 영 눈엣가시였던 모양이야. 종전 후에는 동구권에 끼지 못하고, 그렇다고 서방에 끼지도 못한 채 독자적인 길을 걷게 됐어. 그렇게 해서 유고슬라비아는 오늘날에 이른다. ……이상."

다치아라이는 얼음이 거의 녹아버린 아이스커피를 조금 입에 머금었다.

"사랑이 없는 결혼이었기 때문에 깨졌다."

나는 흠칫해서 그 옆얼굴을 똑바로 보았다. 그러나 다치아라이는 별 관심 없다는 듯 덧붙여 말했다.

"그렇게 한마디로 요약할 수 있으면 편하겠지."

그 말을 듣고 안도했다. 그래, 유고슬라비아의 여섯 개 공화국은 결코 문제가 없는 순탄한 역사를 보내온 것은 아니다. 그러나 지금 벌어지고 있는 사태를 역사적으로 사이가 나빴으니 어쩔 수 없다고 간단히 납득해버리기는 싫었다. 그래서야 아무것도 이해했다 할 수 없다. 아니, 이해하기를 포기하는 것이다.

그렇기는 하지만,

"독립 동기는 아직 잘 모르겠더라."

"알 수 있을 때까지 조사할 생각이야?"

"마야한테 물어보는 게 제일 나을 것 같지만, 내키지도 않고 기회도 없어서."

"열심이구나."

"뭐, 하기야……."

나는 조금 웃는 척했다.

"그렇게 심각하게 생각할 필요도 없는 것 같아서 다행이다. 내전이라고 해봤자 벌써 끝난 거나 다름없으니 말이지. 편하게 생각하고, 언젠가 현지도 볼 수 있으면 좋겠다."

그러나 다치아라이는 여전히 변함없는 태도로 앞을 본 채 말했다.

"어머, 마야는 그렇게 생각 안 하는 것 같던데."

순간 말이 나오지 않았다.

"그렇게 생각 안 하다니."

"끝났다고 생각하지 않는다고. ……어젯밤에 이즈루랑 마야한테서 전화가 왔거든. 마야는 독립 선언이 동결된 걸 알고 있었지만 그걸로 끝났다고 생각하진 않는다고 했어."

이해가 되지 않았다.

"왜?"

흥분해서 말하려다가 담배 연기가 목에 걸렸다. 두세 번 기침을 했다.

"……왜 그렇게 비관적이지? 근거라도 있나?"

다치아라이는 어딘지 모르게 멍하니 고개를 끄덕이더니 천천히 주머니에서 담배를 꺼냈다. 그러나 나를 슬쩍 보고는 꺼냈을 때와 마찬가지로 천천히 주머니에 도로 넣었다.

"근거? 말했던 것도 같아. 하지만 궁금하면 네가 마야한테 직접 물어보는 게 좋을 것 같은데."

"지금 알고 싶다."

"그래."

그러더니 다치아라이는 내 얼굴을 빤히 바라보았다.

"왜?"

"얼굴이 좀 달라진 것 같아."

"……."

"재미있는 얼굴이 됐어."

그러더니 슥 일어나 종이컵을 들고 흡연실 밖으로 나갔다. 나는 울컥했지만 뒤를 좇았다.

흡연실에서 로비를 가로질러 서가로 들어갔다. 로비에서는 말을 해도 크게 빈축을 사지는 않는다. 다치아라이는 아직 반쯤 남아 있던 커피를 얼음 버리는 곳에 쏟아버리고 컵도 버렸다.

"센도!"

나직한 목소리로 부르자 다치아라이는 고개만 약간 돌렸다.

"마야는 연방군을 멈출 수 없다고 했어. 유고슬라비아 수상은…… 이름 아니, 모리야?"

"……."

"마르코비치야. 마르코비치는 일단 움직이기 시작한 연방군을 멈출 수 없대. 그리고 연방군이 멈추지 않는 이상 슬로베니아도 멈출 수 없다, 그런 거래."

모르겠다. 이해되지 않았다.

로비 중앙 부근에서 다치아라이는 멈춰 섰다.

"아, 그리고 마야는 7월 10일에 일본을 떠나. 송별회를 열 테니까 모리야도 오면 어떻겠느냐고 이즈루가 그러더라. 마야가 청주를 마셔보고 싶대."

나는 가볍게 천장을 우러렀다.

"마야는…… 끝난 게 아니라고 생각하면서도 돌아가는 거냐."

그러나 내 중얼거림에 대한 다치아라이의 말은 매우 무덤

덤했다.

"그런가 봐."

다치아라이에게 악의가 있어 그렇게 대답한 건 아닐 것이다. 여느 때와 같은 태도였다. 그런 것은 나도 알고 있었다. 그러나 나는 다치아라이에 대한 노여움이 순간 불길처럼 타오르는 것을 억누를 수 없었다. 나도 모르게 지껄이고 말았다.

"센도, 넌 마야가 돌아가든 말든 상관없나 보지?"

다치아라이는 눈썹 하나 까딱하지 않았다.

"그러게. 하지만 상관없다는 표현은 안 맞는걸. 마야가 자기 신념에 따라 하려는 일에 내가 상관하는 건 이상하다고 생각할 뿐이야."

무슨 말이 그런가.

"그럼."

침을 꿀꺽 삼켰다. 흥분해서 앞뒤 가리지 않고 말했다.

"예컨대 내가 죽어도, 상관하는 건 이상하다고 하고 말 거냐?"

"어머, 모리야, 죽을 거니?"

"'예컨대'라고 했잖냐."

엷은 웃음이 다치아라이의 입술에 떠올랐다. 그렇게 보였다.

"예로 들기는 신통치 않은 가정이네, 그거. 대답 못 해주겠는걸."

그 표정이 자꾸만 조소로 보였다. 다치아라이가 남을 비웃을 턱이 없건만.

다치아라이는 긴 머리를 찰랑이며 발길을 돌렸다. 로비의 타일 바닥을 또각또각 울리면서 걸어갔다.

그 뒤를 쫓아가며 나는 어금니를 꽉 깨물었다.

다치아라이가 한 말은 정론이다. 다치아라이는 마야가 생각 끝에 결정한 일에 대해 곁에서 참견하는 것은 이상하다고 말한 것이었다. 그리고 생각해서 결정했는지 아닌지 알 수 없는 내 예에는 대답할 수 없다고 한 것이었다. 둘 다 당연한 결론이다.

그러나 다치아라이는 본심을 전혀 보이지 않는 것에 반해 나는 당연한 말밖에 이끌어내지 못했다. 그것이 몹시 한심하게 느껴졌다. 엷은 웃음이 조소로 보인 것은 내가 나 자신의 한심함을 깨닫고 있었기 때문이리라.

서가로 들어가 원래 자리로 돌아가려 했다.

다치아라이는 문득 멈춰 서더니 이번에는 분명하게 웃었다. 그러고는 몸을 돌리고 귓속말을 하듯 이렇게 속삭였다.

"얘, 모리야. ……너 행복해 보인다?"

아아…….

그 뒤로는 공부가 전혀 되지 않았다.

오는 길에도 하늘은 여전히 흐렸다.

집으로 돌아와 침대에 털썩 쓰러졌다.

자기가 왜 그 일을 하는지 모르더라도 행위를 계속할 수는 있다. 무슨 일을 하고 싶은 건지 모를 경우에도 그렇다. 둘 다 용이한 일이다. 아니, 어쩌면 두 경우 다, 행위를 진척시키는 데에는 그편이 되레 좋을지도 모른다. 그런 자각 없음은 예컨대 이런 슬로건으로 다시 태어난다. '고민은 나중에 하고 일단 하는 데까지 해보자.' 과오는 그런 식으로 수정되지 못한 채 재생산되는 것이리라.

유고슬라비아에 관심을 보이는 것이 잘못인지 아닌지, 그건 나도 알 수 없었다. 새벽 2시경에 생각하기를 포기했다. 오기와 호기심, 그리고 나 스스로도 설명할 수 없는 어떤 것 때문에 나는 조사를 재개했다.

그 어떤 것은 어쩌면 다치아라이의 말대로 내 행복인지도 모른다. 그러나 어차피 지루하고 긴 인생이다. 그 문제를 직시하는 일은 나중에 해도 상관없다.

3

1991년(헤이세이 3년) 7월 5일 금요일

개전으로부터 아흐레.

슬로베니아와 크로아티아의 전쟁은 거의 끝난 듯 보였다.

전쟁의 승패가 명백해졌다. 압도적으로 강한 연방군과 이제 막 독립한 나라의 방위대. 둘의 싸움은 후자의 승리로 끝났다. 연방군은 후퇴하기 시작했다.

유고슬라비아 연방 인민군은 동원된 일만 병력 중 삼십 퍼센트를 잃었다. 예전에 군사 문제에 밝은 사람에게서, 군은 삼십 퍼센트를 잃으면 괴멸이라는 말을 들은 적이 있다. 하기야 그것은 사상자가 삼십 퍼센트에 이르면 후송 등에 인력을 빼앗기기 때문이라는 뜻이었던 걸로 기억하니, 이번 경우에 그대로 적용할 수는 없을 것이다. 포로 1277명, 탈주병 1782명이라는 숫자가 거론되었다. 전의를 상실한 병사가 많았다고 해석하는 건 지나치게 단순한 걸까.

연방군은 계속 후퇴하고, 군사적인 교섭은 포로 교환 등 '사후 처리'에 가까운 것으로 이미 옮겨가고 있었다. 이는 기뻐할 일이다. 그러나.

텔레비전과 신문 논평은 마야의 의견을 따라잡고 있었다. 이로써 끝난 게 아니다, 유고슬라비아가 이대로 연방을 유지할 수 있을지는 불투명하다고 했다. EC와 미국도 서서히 슬로베니아 독립을 용인하는 방향으로 기울었다. 유럽에서는 아직도 '민족 자결'이란 말이 아름답게 들리는 걸까.

아직 장마가 걷히지도 않았는데 오늘은 묘하게 더웠다. 구름은 끼었는데 바람이 한 점도 없고, 습도가 높고 수돗물은 미지근하고 그리고 유난히 더웠다. 앉아 있으려니 나른하고 그렇다고 책상에 엎드리면 습기 때문에 불쾌했다. 그러다가 학교가 파할 즈음 결국 먹구름이 하늘을 덮었다.

학급 일 때문에 남아 있었는데 비 오기 전에 끝나지 않겠다 싶더니만 아니나 다를까 삼십 분도 되기 전에 비가 내리기 시작했다. 하도 세차게 쏟아지기에 빗발이 조금 가늘어질 때까지 기다리기로 했다. 교실 창문이 활짝 열려 있었지만 빗발은 세차도 바람이 없으니 안으로 들이칠 염려도 없고 오히려 시원해서 좋다며, 창문을 닫는 사람은 아무도 없었다. 덕분에 세찬 빗소리가 고막을 때리는데 그 단조로운 소음이 그저 일이 기다릴 뿐인 나에게 되레 졸음을 불러왔다.

자는지 아닌지 모를 어중간한 상태에서 여러 가지를 생각했다. 마야가 돌아가지 말았으면 좋겠다고 생각하는 것은 따지고 보면 그녀의 안전을 걱정해서만은 아니지만 그렇게까지 이기적인 말은 창피해서 할 수 없다. 아니, 하지만 무슨 영원한 이별인 것도 아니고, 만나려고 들면 다시 만날 수 있다. 그런 생각들을 했다. 마야를 만난 그날 이래로 비가 오면 사고가 마야와 관련된 방향으로 흘러가게 된 것 같다. 머리는 점점 잠에 깊이 빠져들었다.

그런 비몽사몽 상태였기 때문에 눈앞에 마야가 나타났어도 나는 얼마 동안 멍하니 바라보기만 했다.

"……."

분홍색 바지, 난색 계열 줄무늬 셔츠. 소매와 바지 밑자락이 젖었다. 어디서 본 적이 있는데 하고 생각했더니만 마야를 처음 만난 입고 있던 옷이었다. 마야는 내 졸린 얼굴을 들여다보며 걱정스레 말을 걸었다.

"저, 모리야 씨?"

"……아, 마야구나."

마야는 미소를 지으며 고개를 끄덕였다.

"네."

의식이 맑아졌다. 머리를 가볍게 흔들고 검지로 관자놀이를 노크하듯 두드리자 졸음이 완전히 가셨다. 책상 위로 손을 깍지 끼고 아무 일 없었던 것처럼 말했다.

"어째 오랜만인데."

"응, 그렇군요."

"비 안 맞았냐?"

"네. 조금 젖었을 뿐입니다."

마야는 마지막으로 본 모습, 즉 전쟁이 시작되기 전 모습 그대로였다. 검은 눈, 검은 머리, 애티가 남아 있는 얼굴, 그 속에서 특징 있는 씩씩한 눈썹. 나는 조금 안도했다.

"잘 지내는 것 같은데."

"네, 덕분입니다."

마야가 고개를 깊이 수그렸다. 고개를 든 마야는 당황하는 나에게 어딘지 모르게 장난스러운 웃음을 지어 보였다.

나는 새끼손가락으로 콧등을 긁적이고 짐짓 헛기침을 하는 척했다. 마야를 만나면 하고 싶은 말 묻고 싶은 말이 많았던 것 같은데 아무것도 생각나지 않았다. 그러는 사이에 마야가 교실을 둘러보며 말했다.

"저, 이즈루를 찾습니다. 모리야 씨, 모르나요?"

나는 살짝 눈살을 찌푸렸다.

"교실에 없어?"

"없습니다. 여러 사람에게 물어봤는데 알 수 없었습니다."

"센…… 다치아라이는?"

"없습니다."

나는 일어섰다.

"알았어. 찾아보자."

수고는 전혀 들지 않았다. 우선 확인부터 하자 싶어 어둑어둑한 계단 입구로 가보니, 두 사람의 신발장에 실내화만 들어 있었기 때문이다.

"벌써 간 모양인데. 아쉽게 됐어."

아쉬운 듯 입술을 굳게 다물고 있던 마야도 조그맣게 고개를 내저었다.

"그럼 어쩔 수 없습니다. 하지만 괜찮습니다."

"그래?"

마야는 고개를 끄덕했다.

"저, 이 건물도 마지막이라고 생각해서 보러 왔습니다."

또 고개를 돌려 흐릿한 형광등이 비추는 계단 입구를 둘러보았다.

"여기서도 여러 가지 이야기를 들었습니다. ……혹시 다시 후지시바에 올 일이 있어도 먼 훗날일 겁니다. 아마 제가 할머니가 된 다음일 겁니다."

그러더니 비가 계속 오는 바깥으로 시선을 돌렸다.

"응, 비가 많이 오는군요."

"그래, 좀 잦아들 때까지 기다릴 생각이야."

"그럼 저도 기다리겠습니다. ……모리야 씨, 좋은 장소가 있습니까?"

안성맞춤인 곳을 알고 있었다.

과학실이 모여 있는 건물의 빈 교실. 내가 발견한 학교 관리의 틈새기인데, 조금 먼지내가 나기는 해도 조용한 곳이다. 마야는 창문을 열고 비 내리는 후지시바 시를 꼼짝 않고 바라보았다. 나는 그런 마야로부터 몇 발짝 떨어진 곳에서 분필 가루로 덮인 책걸상을 손수건으로 닦고 의자 대신 책상에 걸터앉았다.

섬광이 번쩍했다. 이어서 천둥이 울리기까지 걸린 시간으로 뇌운의 거리를 가늠했다. 꽤 멀리 있는 듯했다.

마야는 몸을 빙글 돌려 비를 등지고 창틀에 기대섰다. 그러더니 어처구니가 없다는 듯 어깨를 으쓱했다.

"일본은 정말, 정말 비가 많이 오는군요."

"하지만 비가 오면 우산은 써."

장난스레 말하자 마야는 웃었다.

"웅, 벌써 그리울 정도입니다."

"그러게."

겨우 두 달 전인데.

가볍게 머리를 내저었다.

"……하지만 마야, 일본이 아무리 비가 많이 온다 해도 세계 제일인 것도 아닌데. 유고슬라비아는 그렇게 비가 안 와?"

그러자 마야는 자신 있는 표정으로 분명하게 고개를 끄덕였다.

"조사해볼 시간은 있었습니다. 후지시바의 Juni(유니)의 비 평균은 250밀리미터입니다. 제가 사는 곳의 셋…… tri puta(트리 푸타)에 약간 미치지 못합니다."

"셋? 세 배?"

"Da. 그겁니다."

팔짱을 끼었다. 아닌 게 아니라 조사할 시간이 있었을지 모르지만, 설마 그런 것까지 조사할 줄은 몰랐다. 나도 모르게 솔직하게 말했다.

"많이 조사했군."

마야는 고개를 살짝 갸웃하며 미소를 지었다.

"모리야 씨도 유고슬라비아에 관해 조사했죠?"

놀랐다.

"어떻게 알아?"

"응, 마치 씨가 가르쳐주었습니다. 모리야 씨가 이것저것 물어보고 싶은 것이 있을 거라고요."

마야는 창문을 닫았다. 빗방울이 온갖 것을 때리는 소리가 차단되고 정적이 깔렸다. 마야는 분필 가루가 묻는 것도 상관하지 않고 대각선 맞은편 책상에 걸터앉았다.

"묻고 싶은 것이 있으면 뭐든 물어도 됩니다."

그러더니 눈을 찡긋하고 덧붙였다.

"만약 묻지 않으면 다음에 물을 수 있는 것은 할아버지가 됐을 때입니다."

다치아라이가 가르쳐주었다고? 순간적으로 든 생각은 '대체 무슨 꿍꿍이인가'였다. 그러나 다치아라이가 그런 번거로운 일을 할 리 없으니 아마 무슨 다른 이야기를 하다가 우연히 잠깐 언급한 정도일 것이다.

마야가 먼저 말을 꺼낼 줄 몰랐기 때문에 허를 찔렸지만 아닌 게 아니라 물어보고 싶은 것이 있었다. 사실은 부탁하고 싶은 것도 있는데, 그보다는 현상 파악이 먼저다. 잠깐 눈을 감았다가 조용히 입을 열었다.

"아무거나 물어도 되냐?"

"응, 신사적인 것이라면 무엇이든 됩니다."

"……전쟁에 관해서도?"

마야는 입으로만 웃었다.

"그것 외에 무엇을 묻고 싶습니까?"

맞는 말이다.

지난 여드레를 돌아보았다. 이해할 수 없는 일, 납득되지 않는 일은 얼마든지 있을 터였다. 책으로는 미처 커버되지 않았던 역사와 사회제도의 세부 등을 보완할 수도 있을 것이다. 그러나 그 어떤 것보다 나는 이것을 먼저 묻고 싶었다.

"그럼 물을게. ……마야, 가는 거냐?"

마야는 놀란 듯이 눈을 크게 떴다. 그런 질문을 받을 줄은 몰랐으리라. 그러나 바로 침착함을 되찾고 살짝 고개를 끄덕였다.

"네. 제 고향으로 돌아갑니다. 제 집으로."

"어째서?"

"어째서? 모리야 씨, 집으로 돌아가는 겁니다. 저에게는 아직 집이 있습니다. ……게다가 아버지와 약속했습니다. 처음에 이 개월이라고 하지 않았습니까?"

나는 입을 다물었다. 그래. 처음부터 알고 있었건만.

"……물어보고 싶은 것은 그뿐입니까?"

머리를 세차게 흔들었다.

"아니, 아직 더 있어. ……유고슬라비아에서 전쟁이 일어날지도 모른다는 걸 알고 있었어?"

"네. 웅, 아니요."

"어느 쪽이냐?"

마야는 과거를 회상하듯 허공을 노려보며 발을 달랑거렸다. 이윽고 나온 말은 매우 느렸다.

"……여러 가지 일이 점점 나빠지는 것을 저는 알고 있었습니다.

웅, 삼 년 전에 마케도니아에 갔을 때 이런 일이 있었습니다. 어린애들과 저는 이야기했습니다. 그러자 어린애들은 저를 보고 웃었습니다. 왜 웃었나? 어린애들은 이렇게 웃었습니다. '이 사람은 스르프스코흐르바트스콤으로 말하네!' 저는 그때……."

주먹으로 자기 머리를 쳤다.

"이런 기분이었습니다. 제가 더 어려서 갔을 때 마케도니야는 그렇지 않았습니다. 겨우 몇 년 사이에 마케도니야의 마음은 유고슬라비야를 떠나고 말았습니다. 그리고 그것은 마케도니야만이 아니었습니다. 유고슬라비야는 미움을 받겠구나, 그렇게 생각했습니다.

하지만 그것은 예감뿐이었습니다."

"예감 말고도 다른 게 있었다고?"

"Da. 마음이 떠난 것뿐이라면 시간이 어떻게 해주었을지도 모릅니다. 하지만 유고슬라비야의 다섯 민족 모두에게 중요한 것 세 가지가 없어져갔습니다. 이것이 전부 없어지면 유고슬라비야가 하나로 있기는 쉽지 않으리라고 생각했습니다. 모리야 씨, 그 세 가지를 알겠습니까?"

이를테면 유고슬라비아의 유대가 된 것. ……딱 하나 짐작 가는 것이 있었다.

"티토 대통령."

마야는 쾌재를 불렀다.

"Da! 훌륭합니다."

"그것 하나밖에 몰라."

"웅, 그럼 나머지 둘. SKJ(에스카유), 당입니다. 그리고

JNA(유엔아), 군입니다."

손가락을 하나씩 펴면서 말하던 마야는 손가락을 세 개 편 오른손을 내 쪽으로 내밀었다.

"티토는 인간입니다. 그러니 죽습니다."

손가락 하나를 꼽았다.

"유고슬라비아는 점점 가난해집니다. 그러면 정치를 하는 당도 미움을 받습니다. 작년에 한 선거에서 SKJ 이외의 당도 인정했습니다. SKJ는 이미 중요한 것이 아니었습니다."

또 손가락 하나를 꼽았다.

검지만이 남았다.

"JNA는 유고슬라비아를 지킨 전설이 있었습니다. 어느 민족에서나 사람을 모으기 때문에 어느 민족에게나 중요했습니다. 하지만 티토가 죽고 나니 신통력도 기울기 시작했습니다. 저는 그렇게 생각했습니다. ……지금 전쟁에서는 슬로베니아가 상대라서 슬로베니아 병사가 많이 도망쳤습니다. 더는 중요하지 않다는 것이 분명해졌습니다."

마야는 주먹이 된 손을 내렸다.

"……그러니까 저는 유고슬라비아에서 전쟁이 일어날지도 모른다는 것을 알고 있었습니다. 하지만 그래도 일어나리라고 생각하고 싶지 않았습니다. 그래서 일어나지 않으리라고 치고 지내왔습니다."

어디까지나 차분한 말투였다. 나 따위는 심중을 헤아릴 수도 없었다.

그런가. 연방군에는 슬로베니아 사람들도 참가했을 것이다. 그런 그들이 슬로베니아 방위대를 앞에 두고 탈주한 것은 이해할 수 있는 일이었다. 석연치 않던 문제가 하나 해소된 느낌이었다. 나도 모르게 중얼거렸다.

"그래서 연방군이 진 거냐?"

마야는 고개를 가로저었다.

"연방군은 진심으로 싸우지 못했습니다. 처음에는 슬로베니아를 힘없다고 생각했고, 그렇지 않다는 것을 안 다음에도 진심으로 싸우면 EC가 무서웠기 때문입니다."

……그렇군. 하지만,

"하지만 그 세 가지가 없어져도 그렇다고 독립할 이유는 안 되지 않나? 마음이 떠난 게 피를 흘릴 이유가 돼? 그게 '꿈'이었냐?"

"응, 처음에 그것을 물을 줄 알았습니다."

실제로 마야는 꼭 사전에 원고를 준비해둔 것처럼 막힘없이 대답했다.

"모리야 씨, 유고슬라비야 중에서 슬로베니야와 흐르바트스카가 매우 부유하다는 것은 조사했습니까?"

고개를 끄덕이려다가 그만두었다.

"흐르바트스카?"

"일본에서는 크로아티아라고 합니다."

저팬과 일본 같은 건가. 그렇게 납득한 나는 고개를 끄덕였다.

"그럼 각 공화국이 어느 정도 다른 공화국에 의존하는지 조사했습니까?"

이번에는 머리를 흔들었다.

"그렇습니까. 유고슬라비야에서는 각 공화국이 각자 경제를 하고 있었습니다. 자기 공화국에서 만든 것은 자기 공화국 안에서 팔리는 일이 많았습니다."

"……그럼 유고슬라비아가 없어도 될지 모르지만, 있다고 방해될 건 없잖아."

마야는 미소를 지었다.

"웅, 모리야 씨, 훌륭합니다. 그럼 좀더 심술을 부리겠습니다. 어째서 슬로베니야와 흐르바트스카는 유고슬라비야가 방해된다고 생각했을까요?"

질문을 받고 생각해 보았다.

각 공화국이 각자 경제활동을 하고 있었다는 마야의 말을 액면 그대로 받아들인다면, 연방 정부가 성가시게 이래라저래라 간섭하는 일은 없었을 것이다. 그것은 내가 읽은 책에서 유고슬라비아에서는 지방분권이 성립되어 있었다고 설명한 것과도 일치한다. 그렇다면?

……이것저것 생각해봤지만 결국 단념할 수밖에 없었다.

"안 되겠어. 모르겠는걸."

"그럼 정답을 말하겠습니다."

마야는 변죽을 울리듯 헛기침을 했다.

"경제는 각 공화국이 각자 했습니다. 하지만…… 세금은 그렇지 않습니다."

"……."

"북에서 번 돈은 유고슬라비아에 의해 남에서 쓰입니다. 응, 일본어로 말하면 '발전을 위한 연방 기금'입니다. 슬로베니야 사람과 흐르바트스카 사람은 자기들이 남을 먹여 살린다는 말까지 했습니다. 빼앗긴다고도 생각했겠죠. 저, 좋은 일본어를 압니다. 북에게 남은 '짐'이었던 겁니다."

할말을 잃었다.

"그것 때문에 독립을? 민족의 비원 같은 건?"

"없지는 않았을 겁니다. 특히 슬로베니야와 흐르바트스카는 자기들은 Evropa(에브로파)고, 남쪽의 Azija(아지야)와는 다르다는 생각이 강했습니다.

……처음 모리야 씨와 마치 씨를 만났을 때, '동'이라고 하는 모리야 씨에게 마치 씨가 '중앙'이라고 하는 편이 낫다고 말한 기억이 있습니다. 마치 씨는 마음을 써주었습니다. 슬로베니야와 흐르바트스카에는 그런 사람이 많습니다. 중앙에브로파라고 불려도 울컥합니다. 동에브로파라고 하면 화를 낼지도 모릅니다. 그렇기 때문에 유고슬라비야와 떨어지고 싶다고 생각한 사람도 있었겠죠.

하지만 모리야 씨, 그보다도 훨씬, 훨씬 중요한 일이 있습니다."

마야는 책상에 앉은 채로 나에게 슬금슬금 다가왔다.

"이것은 비밀입니다. 말하면 안 됩니다."

목소리를 죽였다.

은근하게.

"인간은 죽임을 당한 아버지는 잊어도, 뺏긴 돈은 잊지 못합니다."

귓가에서 소곤거리는 것만 같았다. 순간 평형을 잃은 기분마저 들었다.

그러나 다음 순간, 마야는 조금 전과 똑같은 위치에서 분필 가루로 더러워진 책상에 깊숙이 걸터앉아 있었다.

……별안간 모든 소리가 멀어졌다.

정말로 귀가 어떻게 된 줄 알았는데, 갑자기 빗발이 약해진 탓이었다. 마야는 창밖을 돌아보더니 손목시계를 보고 일어섰다.

"저, 5시까지 이즈루의 집으로 돌아가야 합니다. 그릇 준비가 있습니다."

"아, 그래."

건성으로 대답했다.

"좀더 여러 가지 이야기를 하면 좋았을 텐데요."

"그러게. 좀더……."

뒷말이 나오지 않았다. 내가 무슨 말을 하고 싶은지는 아는데 마야가 한 말이 내 결의를 집어삼켰다. 그런 한심한 나를 남겨두고 마야는 벌써 교실 밖으로 나가려 하고 있었다. 문을 열었을 때 가까스로 불러 세웠다.

"마야."

"네?"

그러나 내가 할 수 있었던 말은 이 정도였다.

"……내일 좋은 선물을 들고 갈게."

마야는 진심으로 기쁘게 웃었다.

"감사합니다! 기대하겠습니다. 그럼 내일."

홀로 남은 빈 교실에서 나도 웃었다.

그러나 그것은 마야의 웃음과 달리 얇고 자조적인 웃음이었다. 주먹을 쥐고 허벅지를 세게 내리쳤다. 아픔이 무릎 언저리까지 퍼졌다. 확인할 필요도 없는 일을 확인하고 말았다. 역시 나는 아직 무지하고 무력했다.

내일이 마지막이다. 마음을 정해야 한다. 아니면 분명히 후회할 것이다. ……해가 떨어지고, 어둑어둑해지고, 순찰을 돌던 교직원에게 주의를 받을 때까지, 나는 먼지투성이가 된 채로 그 자리에서 꼼짝도 하지 않았다.

4

1991년(헤이세이 3년) 7월 6일 토요일

이별의 날은 화창했다.

오후에 수업이 끝난 뒤 나는 일단 집으로 갔다가 다시 나오기로 했다. 모임이 시작하기까지 시간이 있었고, 들고 갈 선물을 집에 보관해두었기 때문이었다. 전통 포장지에 싼 선물을 자전거 바구니에 넣고 모임 장소인 기쿠이로 갔다.

아토쓰가와 강을 따라 자전거를 달렸다. 시내로 들어서기까지 얼마 동안 보이는 아토쓰가와 강은 호안 공사가 안 되어 있다. 어제부터 오늘 아침까지 세차게 쏟아진 비로 아토쓰가와 강도 조금 물이 불어난 듯했다. 손목시계를 보니 아직 서두를 필요는 없었다. 그러나 페달을 밟는 속도를 의도적으로 늦춘 것은 행위로 시간을 지연시키려는 헛된 시도에서였다.

볕은 바야흐로 여름의 색이었지만, 세찬 물살이 느껴지는 강변길은 시원했다. 수면을 막연히 바라보고 있으려니 뿌리째 뽑힌 어린 나무가 한 그루 흘러갔다. 멈춰 서서 지켜보자 그것은 떴다 가라앉았다 하면서 멀리 하류로 흘러갔다. 그것에서 일기일회의 무상함을 본 것은 단순하기 그지없는, 진부한 감상이었으리라.

이미 여러 번 맛본 무력감이 또다시 문득 나를 사로잡았다.

생각해보면 나처럼 평범한 고등학생이 어떤 사건에 연관될 경우, 시간이나 거리가 떨어져 있는 것이 보통이었다. 일상적으로 접하는 사회면 기사 같은 뉴스도 그렇고, 예컨대 저번에 묘지에서 했던 불쾌한 체험도 그렇다. 아무리 그럴싸하게 꾸민들 그곳에는 관찰자의 속편함과 떳떳치 못한 기분이 존재했을 터였다.

하지만 지금은 다르다. 사태는 현재 진행중이려니와 마야는 아직 후지시바에 있다. 그러나…… 역시 나는 아무것도 할 수 없다. 나는 어떻게도 할 수 없는 강한 힘이 마야를 유고슬라비아로 데려가고, 나를 관찰자의 위치로 떨어뜨린다. 하지만 포기할 마음은 아직 들지 않았고, 아마 앞으로도 포기할 수는 없을 것이다. 포기할 수 없다면 취할 수 있는 방법은 많지 않다.

페달을 밟는 발에 힘을 주었다.

민예여관 기쿠이는 아스팔트를 깐 앞마당을 주차장으로 쓰는 이 층 목조 건물이다. 목조는 목조인데 그 목재는 나카노 정의 건물과 비슷한 검은색이었다. 기쿠이에서 지내면서 나카노 정을 찾을 때까지 마야가 그 검은색에 의문을 품지 않은 것은 비교할 대상의 유무와 관계가 있을 것이다.

통용문인 듯한 미닫이 옆에 자전거가 세워져 있는 걸 보건대 후미하라는 벌써 온 듯했다. 다시 손목시계를 보았지만 중간부터 느긋하게 왔어도 아직 시간에 여유가 있었다. 내 자전거를 후미하라의 자전거 옆에 세우고 선물을 꺼내 들었다. 손님용 현관으로 들어갈지 통용문으로 들어갈지 잠시 망설인 끝에 결국 후자의 초인종을 눌렀다.

토요일은 바쁘다고 지나가는 말로 시라카와가 이야기한 적이 있었다. 그 때문인지 현관 앞에서 얼마 동안 기다려야 했다. 몇 분 뒤에 나타난 종업원은 일하는 데 방해를 받았다는 눈치를 눈곱만큼도 보이지 않고 프로다운 태도로 나를 안내했다. 슬리퍼를 신고 반들반들하게 닦인 복도를 따라갔다.

"벌써 모두 왔나요?"

"'모두'라 하시면……."

"저와 이즈루 말고 남자 하나, 여자 하나인데요."

"아, 네. 와 계십니다."

내가 마지막인가. 다들 일찍도 왔다.

건물 구석에서 별관으로 연결 통로가 이어졌다. 통로에서는 제법 고담한 정취가 넘치는 아담한 안마당이 보였다. 사슴쫓기가 있는데 움직이지는 않는 듯했다. 원래 평소에는 그냥 세워놓는 건가? 뭐, 하루 온종일 통통거려도 시끄러울 것 같기는 하다.

하나 더 물었다.

"마야가 여기서 일했죠?"

종업원은 돌아보고 미소를 지었다.

"네. 열심히 일하는 애였답니다."

"쓸쓸하시겠어요."

"네……."

그러나 그 대답은 건성으로 한 것이었다. 자기도 그것을 알아차렸는지 종업원은 얼버무리듯 말했다.

"하지만 이런 데는 원래 계속 사람이 바뀌니까요."

어디서 즐거운 웃음소리가 들려왔다.

웃음소리는 종업원을 따라갈수록 점점 커졌다. 안내를 받아 간 곳은 별관의 소연회장이었다. 위치 관계로 보건대 조금 전에 본 안마당에 면했을 것이다. 종업원은 "그럼"이란 말을 남기고 돌아갔다. 선물을 다시 잘 고쳐 들고 장지 손잡이를 잡았다. 이미 알고 있었다. 웃음소리는 이 안에서 들리는 것이다.

탕, 하는 시원스러운 소리와 함께 장지를 열었다.

시원한 공기가 불어닥쳤다. 에어컨이 윙윙거리며 작동중이었다.

다치아라이와 시라카와, 후미하라, 마야가 칠기 상을 둘러싸고 앉아 있었다. 상 위에는 초밥과 생선 모양으로 장식한 회, 그리고 과일을 담은 바구니가 있었다. 음식에는 아직 손을 대지 않았는데 술은 이미 딴 듯, 특히 시라카와의 뺨이 분홍색으로 물들어 있었다. 마야는 오늘도 머리에 수국 핀을 꽂았다. 후미하라가 평소답지 않은 큰 목소리로 말했다.

"여, 왔군, 모리야! 지각이야. 후래삼배를 들어라."

삼중으로 기가 막혔다.

"이것들이……. 약속 시간도 안 됐는데 시작하는 바보가 어디 있냐?"

"어? 벌써 지났는데?"

시라카와가 장식단에 놓인 시계를 가리켰다. 그 시계에 따르면 나는 이십 분 지각한 셈이다. 그러나…….

"저 시계 이상한걸. 난 오늘 종일 이 시계에 따라 행동했단 말이다."

장식단을 등지고 앉은 사람은 오늘의 주빈인 마야다. 마야는 들뜬 목소리로 웃었다.

"응, 아까 마치 씨가 바늘을 앞으로 돌렸습니다."

"어이."

다치아라이는 천연덕스럽게 대꾸했다.

"모리야. 시간은 종종 자의적으로, 상대적인 걸로 펌하되는 법이야. 네 손목시계가 은사恩賜라면 이야기가 달라지겠지만."

태연한 얼굴로 별 터무니없는 소리를 다 한다.

"은사? 그게 무엇입니까?"

"일본엔 고귀한 사람한테서 받은 시계를 갖고 있으면 지각해도 괜찮다는 전설이 있거든."

엉터리 같은 지식을 가르친다. 전설은 무슨 전설. 다치아라이, 너 그새 성격이 바뀌었냐? 아니면 벌써 취한 거냐?

나는 일동을 쏘아보았다.

"……게다가 왜 이렇게 떠들썩하냐? 이별의 자리면 이별의 자리답게 숙연해야 될 거 아니냐."

"멍청이."

단적이면서 강력한 욕을 먹고 말았다. 말한 사람은 후미하라였다. 후미하라는 술이 얼마 남지 않은 잔을 비우고 그것으로 상을 탕 내리치더니 나를 노려보았다.

"그러기 싫으니까 떠들고 있는 거 아니냐."

"우."

"아니면 물로 작별의 잔을 나누는 게• 네 성미엔 더 맞겠냐?"

대꾸할 말이 없었다. 듣고 보니 분명 그랬다. 울기 싫으면 웃는 수밖에 없나.

하지만 뭐랄까, 그 이전에…….

"도대체가 너희들 전부 미성년 아니냐. 벌건 대낮부터 냉주나 마시고 뭐하자는 거냐?"

그렇게 지적하자 다치아라이가 입 끝에 보일 듯 말 듯 웃음을 머금었다.

"어머, 그럼 난 괜찮겠네."

"뭐가?"

• 재회를 기약할 수 없을 때 술 대신 물로 작별의 잔을 나누는 데서 나온 말.

"나 어제로 열아홉 살이 됐거든."

눈을 둥그렇게 떴다. 어제가 다치아라이의 생일이었기 때문이 아니다. 보통은 고등학교 3학년에 열아홉 살이 되지 않는다. 더욱이 나는 1학년 때부터 다치아라이를 알고 지냈는데.

"열아홉? 어떻게?"

멍청하게 되묻는 나를 본척만척하고 다치아라이는 자작으로 술을 따라 입술을 축였다.

"중학교를 재수했으니까."

"……농담이겠지."

그러나…….

"어머, 몰랐어?"

"그건 나도 안다, 야."

시라카와와 후미하라가 잇따라 말했다. 술자리의 여흥이나 뭐 그런 건가? 그러나 다치아라이는 담담하게 말했다.

"뭐, 모리야한테는 일부러 말 안 했지만."

"왜?"

"그냥."

복잡한 감정이 끓어올랐지만 애써 냉정하게 말했다.

"아니, 열아홉인 건 좋은데 어쨌든 위법 아니냐."

그러자 다치아라이는 여봐란듯이 술잔을 비우고는 말했다.

"갓 태어난 아기한테 음주의 죄는 무한대야. 거기서부터 죄가 반비례 곡선을 그리면서 가벼워지다가 스무 살이 되면 제로가 된단 말이지. 알겠어, 모리야? 즉 열아홉 살 때의 죄는 제로에 무한히 가까운 거야. 그건 곧 제로나 같은 뜻이잖아?"

"웅, 대단히 흥미롭습니다."

메모하지 마라. 그 논리는 열아홉이 스물에 무한히 가까워야만 성립되지 않나. 아니, 그런 문제가 아닌가. 나는 정신 좀 차리라며 다치아라이의 어깨를 잡고 마구 흔들고 싶은 충동에 사로잡혔다. 뭐시기를 좀 안다는 마니아가 이런 건 진짜 뭐시기가 아니라고 시건방을 떨듯, 이런 건 진짜 다치아라이가 아니라고 부르짖고 싶었다. 술 때문인가. 술이 그녀를 이상하게 만들었나.

그런 비통한 기분에 젖은 나에게 시라카와가 옆에서 물었다.

"그런데 오른손에 든 선물은 뭐야?"

"이거?"

가슴을 폈다.

"우는 애도 잠잠해진다는 오사카베 주조의 '고류' 준마이다이긴조•다. 성의를 다해 마셔라."

"마치가 가져온 건 뭐였지?"

"히노데 주조의 '돈류' 준마이다이긴조야. 주빈이 마시고 싶다고 했으니까."

마야는 내내 생글생글 웃고만 있다.

"그럼 두 종류를 알아볼 수 있겠군요! 매우 기쁩니다. 모리야 씨, 감사합니다."

……뭐, 본인이 저렇게 좋아하니 됐다.

우선은 주인이 받으라고 시라카와에게 술을 건넸다. 가만 보니 시라카와 옆에 얼음물이 든 대야가 있고 그 안에 3분의 2쯤 줄어든 술병이 뉘어져 있었다. 무심코 중얼거렸다.

"다섯 명이서 두 되. 무리야 아니겠지만…… 난 술 안 세다."

"후후후, 나도 그래."

시라카와는 몽롱한 눈으로 대답했다.

후미하라에게 작은 목소리로 물어보았다.

"야……. 쟤 얼마나 마신 거냐?"

"시작한 지 얼마 안 됐어. 반 잔쯤 될걸."

• 알코올을 첨가하지 않고 도정률 50퍼센트 이하의 흰쌀과 물, 누룩으로만 빚은 고급 일본 청주.

겨우 그것 마시고?

수군수군 이야기하는 나를 보고 당사자인 시라카와가 눈살을 찌푸렸다.

"어수선하니까 일단 앉아."

방석은 후미하라 옆에 딱 하나 남아 있었다. 그곳에 책상다리를 하고 앉았다. 핸드 타월로 땀을 닦았다. 마침 에어컨 바람이 불어와 쾌감에 나도 모르게 눈을 가늘게 떴다.

시라카와가 일동을 둘러보고 말했다.

"그럼 모리야도 왔으니까 다시 건배할까."

"그러게."

"그래."

내 앞에 놓인 술잔에 후미하라가 찰랑찰랑하게 술을 따라주었다. 모든 술잔에 술을 따랐을 때,

"그럼 선창은……."

시선이 전원의 얼굴을 둘러보더니 다치아라이의 얼굴에 멎었다.

"마치, 네가 해줘."

"나?"

다치아라이는 조금 놀란 듯이 말하더니 별로 빼지 않고 잔을 들었다. 그러더니 정좌한 채 마야 쪽으로 몸을 돌리고 막

힘없이 술술 말했다.

"합연기연合緣奇緣. 여자랑 여자의 만남에 이 말을 쓰는 건 이상하지만, 지난 두 달간은 약간 특이한 시간이었어. 그래도 역시 회자정리. 나도 아직 애별리고愛別離苦에서 해탈할 만큼 인간이 되진 못했나 봐. 나라가 뒤숭숭한 것 같지만 마야, 몸조심해야 해. 그럼, 불음주계不飮酒戒도 깨버리자. 건배."

"거, 건배."

취한 것 같은 대사에 당황하면서도 건배를 들었다. 술잔을 들어 옆자리의 후미하라, 정면의 다치아라이, 그 왼쪽의 시라카와, 그리고 오른쪽의 마야와 잔을 맞부딪치고 첫 잔을 쭉 들이켰다. 즉각 후미하라가 술을 따라주었다.

"제법인데. 처음부터 너무 속도 내지 마라."

"그래, 너도."

나도 잔을 채워주었다.

건전한 고등학생인 나는 술은 의식儀式 정도로 그치고 싶다. 눈앞의 초밥을 슬쩍 보는데, 때마침 타이밍 좋게 시라카와가 음식을 권했다.

"그럼 이쪽도 시작해볼까."

"네, 잘 먹겠습니다."

마야가 맨 먼저 젓가락을 쪼개고 회를 집었다. 손놀림이

다소 어색하기는 해도 젓가락을 잘 쓰는 것을 보고 놀랐다. 후미하라도 그랬나 보다.

"젓가락 쓸 줄 아는군요?"

마야는 기쁜 얼굴로 젓가락을 벌렸다 오므렸다 했다.

"맹훈련을 했습니다."

"연습이 아니라 맹훈련이라는 데서 혹독함이 느껴지는걸. 시라카와가 친절하게 가르쳐줘?"

"네, 아주. 시라카와 스승님입니다."

시라카와를 보니, 웃는 것 같기도 하고 난처해하는 것 같기도 한, 뭐라 표현할 수 없는 표정이었다. 어쩌면 저래 봬도 의외로 스파르타식이었는지도 모르겠다.

고둥, 왕우럭조개, 새조개 순서로 초밥을 먹고, 바지락 초무침을 안주로 술을 마셨다. 가리비는 너무 흔해 손을 대지 않았다. 어느새 마야의 잔이 비었기에 근처에 있던 도기 술병을 들어 따르려 했다.

"감사합니다. 하지만 제가 할 수 있습니다."

"그래. 그럼 그러고."

마야는 술병을 들어 자작하고 단숨에 잔을 비웠다. 무심코 중얼거렸다.

"제법이네…… 유고의 술은 어떤 술이냐?"

빈 잔에 또 자작으로 술을 따르며 마야는 어쩐지 가슴을 좍 펴는 것 같았다.

"rakija(라키야)라는 것이 있습니다. 일본의 술은 회사에서 만든다고 들었습니다. 하지만 라키야는 자기 집에서 만듭니다."

"마야도 직접 술을 만들어?"

마야는 자랑스러운 표정으로 힘차게 고개를 끄덕였다.

"네! 아직 한 번뿐이지만. 병 하나도 만들 수 있습니다."

"그거 재미있는데요? 원료는 뭐죠? 쌀은 아니죠?"

"이 술은 쌀이 원료입니까? 웅, 라키야는 다양한 재료로 만듭니다. 웅, 일본어로 뭐라고 하는지 잊어버렸는데, 나무에 열리는……."

마야의 시선이 여기저기 떠돌더니 상 위의 한 지점에 멎었다.

"이것입니다. 이런 것으로 만듭니다."

사과와 서양배가 든 과일바구니다. 시라카와가 중얼거렸다.

"과일?"

"Da! 과일로 만듭니다. 굽습니다."

"구워? 과일을?"

"응, 조립니다."

증류한다는 뜻이리라고 해석했다. 술을 직접 만들 수 있다니 부럽다.

갑오징어 회를 먹으며 내가 모르는 술을 생각했다.

"직접 만든 술이라. 한번 마셔보고 싶은데."

마야가 크게 고개를 끄덕였다.

"좋고말고요. 기회가 있으면!"

그러나 공적인 보증이 없는 과실주를 외국에서 들여올 수 있겠나. 검역이라는 것도 있는데. 아무래도 가야만 되겠다. 그런 생각을 하며 문어에 젓가락을 뻗었다.

큼직한 도기 술병에 계속해서 술을 덜었다. 간장이 떨어져 시라카와가 부엌에 다녀왔다.

'돈류'에 이어 '고류'를 땄다. 객관적 관측에 따르면 주로 마야와 다치아라이가 빠른 속도로 술을 소비했다. 흡사 시음하듯 두 술을 번갈아 마셔본 마야는 "둘 다 맛있습니다" 하고 무난하지만 만족감 어린 코멘트를 했다.

대체 무슨 이야기를 하다가 그렇게 됐는지는 알 수 없지만, 문득 보니 후미하라가 입에 옻칠한 젓가락을 물고 있었다. 이제는 목까지 새빨개진 시라카와가 사과를 들고 후미하라에게 "자, 던진다" 하고 신호를 보냈다. 무슨 일인가 싶어 회를 집던 젓가락을 내려놓고 지켜보자, 시라카와가 언더스로로 사과를 천장에 닿을 만큼 높이 던져올렸다. 사과는 물리학의 가르침대로 포물선을 그리며 가속해서 떨어지더니…… 후미하라가 문 젓가락에 보기 좋게 푹 꽂혔다.

"오오!"

"웅?"

탄성과 박수. 후미하라는 젓가락에 꽂힌 사과를 치켜들고 "이쯤이야 식은 죽 먹기지" 하며 성원에 답했다.

다치아라이가 문득 뻔뻔한 웃음을 띠었다.

"후후……. 그런 놀이라면 나도 하나 보여줄까."

오오? 주정꾼이 무슨 짓을 할 셈인가. 나는 초밥을 집으려던 손을 내렸다.

다치아라이는 양손에 젓가락을 한 짝씩 들고 시라카와를 돌아보았다.

"이즈루, 내 가슴께로 던져줄래?"

"사과도 돼?"

"배가 더 연하겠지만…… 아마 괜찮을 거야."

후미하라가 사과에서 젓가락을 빼고 구멍 뚫린 사과를 시라카와에게 건네주었다.

"준비됐어?"

"응."

완만하게 던진 사과는 정확히 다치아라이의 가슴 앞으로 날아갔다. 그 순간, 다치아라이의 두 손이 전광석화처럼 움직였다.

젓가락이 밑과 옆에서 열십자로 사과를 꿰었다. 상 위에 데구루루 구른 사과를 보니 젓가락 두 짝이 거의 직각을 이루었다.

"오오오!"

"헉!"

두 남자의 얼빠진 환성이 터져 나왔다. 마야도 손뼉을 치며 기뻐했다.

"훌륭합니다, 마치 씨!"

다치아라이는 시라카와에게 웃으며 말했다.

"나이스 슛이야, 이즈루."

이제 좀 기억하면 좋으련만. 아니면 취해서 잊어버렸나. 마야는 영어를 단어 하나도 모른다.

"슛?"

"잘 던졌다는 뜻이야."

마야는 크게 납득했다는 듯 고개를 끄덕였다.

"응, Šut(슈트)군요. 발음이 다르니 모르겠습니다. 그럼 저에게도 슛을 해주십시오."

마야는 신이 나서 그렇게 말하더니 천천히 일어섰다. 아무것도 들지 않고 손등을 겉으로 해서 주먹을 쥐고 있었다.

"이즈루, 저에게도 가슴 앞으로 슛입니다."

"좋아. 근데 왜 다 나야?"

명랑하게 투덜거리면서도 시라카와는 구멍이 숭숭 뚫린 사과를 다치아라이에게서 건네받았다. 나와 후미하라와 다치아라이의 시선이 사과에 쏠렸다.

"자, 던진다."

얼굴이 새빨개도 운동신경은 아직 문제없는지 시라카와의 사과는 이번에도 정확히 요구한 곳으로 날아갔다.

마야의 오른손이 움직였다. 그런 것 같았다.

사과가 바닥에 떨어졌다. 깊이 베인 상처로 하얀 과육이 보였다.

모두들 어리둥절해서 탄성을 지르는 것조차 잊어버렸다. 마야와 깊이 베인 사과와 마야의 오른손을 차례대로 보았다.

마야는 장난스럽게 눈을 찡긋했다.

"자, 트릭을 공개합니다."

주먹 쥔 오른손을 뒤집었다. 작은 나이프가 쥐어져 있었다.

역시 아무도 입을 열지 못했다.

"응?"

침묵에 마야가 불안한 소리를 내자, 다치아라이가 나지막이 말했다.

"프로네."

나와 후미하라, 시라카와도 모호하게 고개를 끄덕였다.

"무슨 일입니까? ……자르면 안 되는 사과였습니까?"

"아냐, 좀 놀랐을 뿐이야. 마야, 굉장해."

찬사를 듣고 마야는 비로소 미소를 지었다.

"별것입니다."

별것이었다. 우레와 같은 갈채가 쏟아졌다.

"돌아가면 편지를 쓰겠습니다."

"진짜? 약속이야?"

"약속은 이렇게 합니다."

마야는 주먹 쥔 손에서 새끼손가락만 폈다. 시라카와는 손을 얼마 동안 빤히 쳐다보더니, 갑자기 생긋 웃고는 거기에 자기 새끼손가락을 걸었다.

"약속."

마주 건 손가락을 위아래로 흔들고는 마야도 흡족한 얼굴로 웃었다.

"맹세입니다."

'편지를 쓰겠다' 같은 말이 나오니 송별회 자리라는 것이 새삼 느껴졌다. 도기 술병이 하나 비었기에 '돈류'를 따른 다음 술병을 들어 후미하라의 잔을 채워주었다. 후미하라는 말없이 잔을 비우고 나에게도 따라주었다.

"편지 쓰는 건 좋은데……."

여태 손가락을 걸고 있는 두 사람에게 다치아라이가 찬물을 끼얹었다.

"읽을 순 있겠어?"

그제야 손가락을 풀고 시라카와는 빨간 얼굴로 고개를 갸웃했다.

"응? 무슨 말이야?"

"마야는 아직 일본어를 거의 못 쓰잖아?"

아아, 그렇군.

마야가 쓴웃음을 짓고 고개를 끄덕였다.

"그렇군요. 자신 없습니다. 조금 정도면 괜찮을 것 같습니다만."

"하지만 저쪽 말…… 뭐랬지?"

"스르프스코흐르바트스콤입니다."

"응, 그걸로 쓰면."

그제야 무슨 말인지 알아들은 듯한 시라카와가 뒷말을 받았다.

"그렇구나. 내가 못 읽는구나."

마야가 가볍게 팔짱을 끼고 신음했다.

"응……. 이즈루, 중국어는?"

"못 해."

"그렇죠?"

"영어는?"

"제가 못 합니다. 난감하군요. 지금까지 있던 나라에서는 Ruski(루스키)로 썼는데요."

술기운이 돌아 감정이 불안정해졌는지, 시라카와는 울상이 되었다.

"그럼 편지 못 받는 거야?"

마야는 고개를 휘휘 가로저었다.

"그럴 리가요! 맹세를 했습니다."

손가락 걸기가 그렇게 굳은 맹세의 의식인 줄은 미처 몰랐다.

그 뒤로도 얼마 동안 곰곰이 생각하던 마야는 어쩔 수 없다는 듯 한숨을 내쉬더니 미소를 짓고 말했다.

"그렇군요. 제가 쓴 편지를 오빠에게 영어로 바꿔달라고 하겠습니다. 답장은 영어로 써주십시오. 오빠에게 스르프스코흐르바트스콤으로 바꿔달라고 하겠습니다."

"오빠는 영어 할 줄 알아?"

다치아라이가 묻자 마야는 고개를 끄덕였다.

"아주 잘합니다. 원래 유고슬라비아에서 영어는 매우 성합니다. 그래서 저는 그 이외를 선택했습니다만."

그렇게 말하는 마야는 어쩐지 겸연쩍어 보였다. 시라카와는 얼굴이 환해져서는 그럼 한 번 더 손가락 걸자, 하고 새끼손가락을 폈다.

"모리야, 한 잔 더 어때?"

실수로 단새우 껍데기를 깨무는 바람에 이틈에 낀 껍데기를 빼려고 악전고투하는데 뒤에서 그런 말이 들려왔다. 뒤를 돌아보니 시라카와가 도기 술병을 들고 있었다. 여자에게 술을 따르게 하다니 무례하기 그지없는 일이지만, 이건 후미하라가 무심한 탓이다. 술잔을 내밀다가 마음이 바뀌었다. 그만 마시자.

"거기 그 우롱차나 마실까 보다."

"보리차인데."

"그럼 보리차."

페트병째로 받아서 직접 컵에 따랐다. 문득 보니 시라카와의 잔이 비어 있었다.

"어이쿠, 이거 미처 몰랐군요."

도기 술병을 들어 시라카와에게 술을 권했다.

"고마워."

그녀가 내민 술잔이 부들부들 떨렸다. 따르기가 이만저만 어려운 것이 아니다.

내 눈이 이상한 탓인가 했는데 아무래도 아닌 듯했다. 시라카와의 상반신이 그냥 봐도 알 수 있을 만큼 전후좌우로 흔들리고 있었다. 나는 술병을 뒤로 뺐다.

"?"

"너, 주는 대로 다 받아 마셨지? 이제 그만 보리차로 넘어가라."

시라카와는 고개를 살짝 갸웃하더니 술잔을 내려놓고 컵을 들었다.

"그래, 그럼 그럴게."

벌써 늦은 것 같기도 했지만 찰랑찰랑하게 따라주었다.

상 건너편에서 다치아라이가 손을 뻗었다.

"그 술병, 아직 남았으면 이리 줘."

이쪽은 겉보기로는 멀쩡한데 아무리 봐도 언동이 수상하다. 다치아라이의 언동은 언제나 수상하지 않느냐고 한다면 그것도 진리이겠지만. 나는 술병을 들고 다치아라이에게 잔을 들라고 손짓했다.

"어머, 고마워."

"괜찮겠냐? 얼마나 마셨어?"

"글쎄. 마야보다 못한 것 같은데."

아닌 게 아니라 마야의 페이스는 무시무시했다. 물 마실 때보다 더 기세 좋게 벌컥벌컥 마셨다. 조그만 술잔으로는 미흡해 보이기까지 했다.

그때 도기 술병을 비운 마야가 생각났다는 듯 손뼉을 딱 쳤다.

"아, 맞습니다. 저 여러분께 드릴 것이 있습니다."

옆에 있던 파우치를 뒤져 쪽지 몇 장을 꺼냈다. 크기는 명함 정도. ……받아보니 정말 명함이었다. 종이에 씌어 있는 이름은 'Marija Jovanović'. 웬 명함? 하고 이리저리 뜯어보았다.

"다양한 회사를 보려고 이즈루에게 의논해서 만들었는데 쓰지 못했습니다. 기왕 만든 것이니 드리겠습니다."

"아아, 이건 기념이 되겠는데요. 소중히 간직할게요."

후미하라가 찬찬히 뜯어보면서 고마움을 표했다. 마야의 이름을 알파벳으로 쓰고 가타카나로 작게 음을 달았다. 주소는 기쿠이의 주소가 일본어로 씌어 있다. ……아니, 아닌데?

후미하라도 의아스러운 표정으로 미간에 주름을 잡았다.

"마야 씨, 이 이름 맞아요?"

명함에 쓰인 이름에는 '마리야 요바노비치'라고 음이 달려 있었다. 성은 지금 처음 알았지만 이름도 다르다. 마야는 조금 아쉬운 표정을 지었다.

"웅, 인쇄 회사에 azbuka(아즈부카)가 없었습니다. 사실은 아즈부카로 된 이름도 넣고 싶었는데요."

"아즈부카란 건 키릴 문자래."

"아니, 내가 물어보고 싶은 건 그게 아니라."

"아, 그게 그거야. 그렇지, 마리야 씨?"

시라카와가 마야에게 친근하게 미소를 지었다. 그제야 마야는 무슨 말인지 알아들은 모양이었다.

"그렇군요. 이즈루도 이상하다고 했죠."

"애칭이야."

그렇게 중얼거린 사람은 다치아라이였다.

아차 싶었다. 그러고 보니 저쪽에는 그런 습관이 있었다. '마야'가 애칭이어도 이상할 것 없다. 억지 같지만 밥이나 샌

드라였으면 나도 바로 알았을 텐데.

마야는 고개를 끄덕였다.

"네, 마리야가 제 이름입니다. 하지만 친구에게는 Maja(마야)라고 불러달라고 합니다."

친구라고 해주어서 솔직히 기뻤다. 그러나 약간 걸리는 데가 있다.

"친구? 처음 만났을 때부터 마야라고 했던 것 같은데."

"응, 일본 사람에게 이름이 마리야라고 하면 마야라고 잘 불러주지 않습니다. 마리야라고 불리는 것은…… 그래요, 이즈루, 뭐라고 했습니까?"

"응, 등이 근질근질해집니다."

드디어 취했는지 시라카와의 말투는 마리야…… 마야와 똑같았다. 아닌 게 아니라 마리야가 본명이라는 말을 들으니 자꾸 그쪽을 쓰고 싶어진다. 그게 바로 마야가 싫어했던 일이리라.

후미하라는 아직도 명함을 이리저리 뜯어보고 있었다.

"마리야는 그리스도의 어머니 마리아를 말하는 건가요?"

"네. 별로 기독교 신자가 아닌 제가 마리야라니 우습습니다."

"그럼 이 요바노비치는 무슨 뜻이에요? 자주 듣는 이름인데요."

그 물음에는 다치아라이가 대답했다.

"데이비드슨의 '슨(son)'이랑 같아."

"……그 말은?"

"갱스부르 노래 중에 '할리데이비드서노버비치'라는 후렴이 반복되는 게 있잖아? '슨'은 누구누구의 아들이란 뜻이야. 마야의 조상 중에 '요반'이란 사람이 있었겠지."

"그렇습니다."

고개를 끄덕이고 참치를 집어먹은 마야는 그것을 삼키더니 불현듯 생각난 것처럼 물었다.

"그럼 여러분 이름에도 의미가 있습니까?"

이름. 이름의 의미?

테이블에 팔꿈치를 괴고 보리차를 마셨다.

"그야 물론 있지. 마야는 아직 한자를 거의 모른댔지?"

"아니요. 중국에서 쓰는 한자는 여럿 배웠습니다. 하지만 일본 한자는 그것과는 여기저기 다르죠?"

"그래. 그럼 아마 알 것 같은데, 한자는 그 자체만으로 의미를 가져. 그걸 나열하면 자연히 의미가 생기고."

마야는 납득할 수 없는 모양이었다.

"아니요, 제가 하고 싶은 말은……."

다치아라이가 이미 비어버린 도기 술병을 수직으로 세워 마지막 한 방울까지 잔에 떨어뜨리며 말했다.

"즉, 의미를 의도하지 않은 게 의도치 않은 우연에 의해 의미를 부여받은 게 아니라, 의미를 의도한 게 의도적인 필연에 의해 의미를 부여받은 게 아니냐는 뜻이지?"

단숨에 말하더니 드디어 포기하고 술병을 내려놓았다. 나는 미간을 조물조물 주물렀다. 다치아라이도 좀더 일찍 그만 마시게 했어야 했는데.

"웅, 웅, 아마 그렇습니다. 의미를 의도……?"

"마야, 깊이 생각할 거 없어. 내가 잘못했다. 그래, 우리 이름에도 의미가 있어."

어느새 후미하라가 따라 놓은 술을 마셨다. 마야는 여전히 고개를 갸웃거리며 수첩과 펜을 꺼냈다.

"그렇습니까. 흥미가 있습니다. 물어봐도 실례되지 않습니까?"

"괜찮아요."

후미하라가 대답하자, 마야는 그쪽으로 몸을 똑바로 틀고 정좌했다.

"감사합니다, 후미하라 씨. 그럼?"

후미하라는 어울리지 않게 긴장했는지 에헴 하고 헛기침을 했다.

"음…… 후미하라文原는 原을 밟는다는 뜻•이에요. 原은 내 경우 아무도 안 사는 탁 트인 땅을 말하고요. '탁 트인'은 무슨 뜻인지 알아요?"

"네, 압니다."

"그걸 밟는다는 건 거기 들어간다, 즉 사람이 살 수 있게 바꾼다는 의미예요. 합치면 '개척자'쯤 되겠죠."

마야는 열심히 받아썼다.

"웅, 후미하라 씨는 진짜 이름이 무엇이었죠?"

"진짜라곤 안 하지만……."

후미하라는 쓴웃음을 짓고 대답했다.

"후미하라 다케히코예요. 다케히코는, 대나무(다케)라는 식물이 있어요. 성장이 빨라 금세 크게 자라는데, 그걸 인간에 비유해서 무사히 성장하길 바라는 기도를 담은 거죠."

"기도……."

마야는 중얼거리더니 미소를 지었다.

"훌륭합니다. 그럼 '히코'는?"

"'사내애'쯤 되겠군요."

• 일본어로 '밟음'을 뜻하는 '踏み'도 '후미'라 읽기 때문.

만족스레 고개를 끄덕이고 메모를 하더니, 마야는 이어서 다치아라이를 향해 돌아앉았다.

"그럼 마치 씨는?"

다치아라이는 마야의 말을 못 들은 양 다른 데를 보고 있었다. 그러나 나는 안다. 듣고도 못 들은 척하는 것이다. 다치아라이는 자기 성을 싫어한다.

하지만 흥을 깨뜨리는 짓을 해서는 안 된다. 나는 근처에 있던 도기 술병을 들어 다치아라이 쪽으로 불쑥 내밀었다. 다치아라이는 그것을 곁눈으로 확인하더니 나지막이 한숨을 쉬고 술잔을 들었다.

술을 따라주며 말했다.

"지명받았다."

"본명을 알리다니 내키지 않는걸."

"너도 농담할 줄 아냐?"

다치아라이는 보일 듯 말 듯 웃더니 마음을 정하듯 잔을 단숨에 비웠다. 술잔을 내려놓고 말했다.

"마치万智는 만의 지혜야."

"만…… 웅."

마야는 수첩에 뭐라 적더니 그것을 다치아라이에게 보였다. 숫자가 씌어 있었다. 1000.

"하나 더 많아."

"웅."

0이 하나 더해지고 천은 만이 되었다.

"많이 유식하다는 뜻입니까?"

이해가 빠른 마야의 질문에 다치아라이는 고개를 흔들었다.

"이 '智' 자를 쓸 때는 그냥 유식하다는 게 아냐. 좀더…… 그래, '철학적으로 안다'는 뜻이거든."

다치아라이는 마야의 말버릇을 역이용해 말하고는 내게 술잔을 내밀었다. 하는 수 없이 술을 따랐다.

"마치 씨는?"

"다치아라이 마치. ……다치아라이太刀洗라는 건 말이지."

다치아라이는 잔을 반쯤 비웠다.

"'피로 더러워진 칼을 씻은 물가'란 뜻이야."

"피로 더러워진?"

"사람을 벴기 때문에 칼이 더러워져서 그걸 씻으러 물가로 가는 거야. ……모리야, 내가 왜 다치아라이라는 성으로 불리는 걸 싫어하는지 이야기한 적 없지?"

은근한 것 같기도 하고 노려보는 것 같기도 한 눈초리에 주춤하면서도 나는 고개를 끄덕였다.

"상상해봐. 초승달 아래 내가 피로 얼룩진 칼을 들고 물가로 가는 모습을."

상상해보았다.

대답을 못 하고 있으려니 다치아라이는 이렇게 뒷말을 이었다.

"너무 잘 어울리지? 그래서 싫은 거야."

에이, 무슨 그런 말을. 피 묻은 칼 같은 거 너한테 안 어울려. 그렇게 말해주었으면 좋았을지도 모른다.

그러나 공교롭게도 나는 정직한 사내였다.

마야는 연신 고개를 끄덕이며 사각사각 펜을 놀렸다.

"재미있습니다. 이런 시점을 오늘까지 알아차리지 못했다니 통탄할 일입니다. ……모리야 씨는?"

차례가 돌아올 줄은 알았지만. 가자미회를 꼭꼭 씹으며 나는 내가 떨떠름한 표정을 짓고 있으리라고 생각했다. 다 씹어 삼키고 말했다.

"모리야守屋인데, 실은 잘 몰라."

"웅, 모릅니까?"

"이야기는 한 세 개 듣긴 했는데. 첫째는 나무를 베는 일을 하는 사람들이 산속에서 쓰는 오두막이란 의미.• 후지시바는 옛날에 산간 지역이었으니까 있음 직한 이야기지. 둘째는 집을 수호하는 신을 신앙한다는 의미. 무사, 즉 싸우는 게 직업인 사람들 중에 있었던 성이라더라. 셋째는, 이건 거의 못 믿을 이야기인데, 아주 옛날에 살았던 전설적 인물 모노노베 모리야의 자손이란 설. 뭐, 그런 시대까지 거슬러 올라가서 조사할 순 없으니까 아니라고 단언할 수도 없지만."

"확실치 않군요."

"미안하게 됐어."

"Ni. 확실치 않은 것도 있다는 점이 재미있습니다. ……음, 그러면?"

이름은 실체를 나타낸다는 것이 오컬트 신앙에 불과하다는 실례가 여기 있다.

"모리야 미치유키. 미치유키路行는 '길을 간다'는 뜻. 길이란 나아가야 할 방향이라든지, 바람직한 모습이라든지, 그런 느낌이고. 원래는 '길'에 다른 한자를 쓰는 게 의미가 더 잘 통하겠지만, 음만 따고 자면字面으로 고른 모양이더라."

펜을 든 손이 멎었다.

"한자를 바꿔도 의미가 통합니까?"

나는 팔짱을 끼었다.

● '숲'도 '모리'라 읽기 때문.

"그러게……. 소리가 같으면 의미도 통한다는 사고방식은 있는 것 같은데."

그 말을 듣고 마야는 눈을 둥그렇게 떴다.

"그 말, 중국에서도 들었습니다!"

하지만 흥분한 마야와 달리 우리는 별로 놀라지 않았다. 찬물을 끼얹은 사람은 물론 다치아라이였다.

"중국이랑 일본이랑 한자에 대한 태도가 같다고 이상할 거 없잖아?"

"그럼 이건 새로운 발견이 아닙니까?"

"그렇지."

노골적으로 낙담한 눈치다.

그러나 마야는 좌절에 강했다. 금세 펜을 고쳐 쥐었다.

"그럼 이즈루는?"

질문을 받은 쪽을 보았다가 움찔했다. 조금 전까지 붉던 시라카와의 얼굴색은 바야흐로 하얘졌다. 백인인 마야 못지 않게 하얗다. 목이 풀썩 꺾였다.

"어…… 나?"

느닷없이 질문을 받은 것처럼 눈을 깜박인다. 이야기의 흐름을 몰랐던 모양이다. 시라카와는 손을 턱에 얹고 생각에 잠기듯 허공을 바라보았다.

"……이름? 시라카와白河는 말이지, 하얀 강. 하얗다는 건 강물이 세차게 물보라를 일으키고 소용돌이치는 부분을 말해. 아니면 강모래가 하얀 데."

노래하는 듯한 투였지만 혀는 꼬부라지지 않았다. 보기보다 안 취했는지도 모른다.

"그리고 또 뭐였더라? 아, 맞다, 이즈루지? 이즈루, 이즈루는 말이지……."

키들키들 웃었다.

시라카와는 웃음을 그치지 못한 채 모두를 둘러보고 이렇게 말했다.

"비밀이야."

어안이 벙벙한 일동을 놀리듯 시라카와는 또 웃었다.

"내 이름, 아주 일본식이거든. 이런 식으로 이름을 짓는 게 일본에만 있는 건지 아닌지는 모르겠지만."

컵에 든 보리차를 흡사 술을 들이켜듯 단숨에 마셨다. 똑바로 정좌하고 있는데 상반신의 진폭은 더욱 커져갔다.

"전통적인 방식으로 지은 이름인데 결과적으론 좀 현대적인 느낌이 됐지 뭐야. 하지만 꽤 맘에 들어."

어쨌 가만있기 미안해서 시라카와가 든 컵에 보리차를 따라주었다.

"아, 고마워."

상 반대편에서 마야가 몸을 내밀었다.

"그럼 이즈루의 이름은 철학적인 이유가 있습니까? 매우 흥미롭습니다."

"응, 있어. 후후."

요염하다고 할지, 뭐라고 할지, 평소의 시라카와와는 전혀 다른 웃음이다. 그러더니 시라카와는 세 일본인을 차례대로 둘러보았다.

"있지……. 마야한테 가르쳐줘. ……작별 선물 대신 내 이름을."

늘어진 목소리다. 갑자기 눈꺼풀이 무거워졌는지 몸이 휘청했다. 머리를 풀썩 떨어뜨렸다.

"어이, 괜찮아?"

"힌트가 없으면 공정하지 않겠지. ……내 이름이 히라가나(いずる)인 건 모순되기 때문이야……. 후우."

시라카와는 깊고 길게 숨을 내뱉더니 정좌한 채로 꼼짝하지 않았다. 보일 듯 말 듯 움직이는 가슴이 호흡하고 있음을 나타냈다. 잠이 든 것이다.

"역시 갔군."

후미하라가 중얼거리고는 시라카와의 팔이 닿는 범위 내의 도기 술병과 접시 등을 재빨리 치웠다. 거슬리는 말투는 아니었지만 영 마음에 걸리기에 나는 한마디했다.

"'역시'라니. 이렇게 될 줄 알았으면 말리지 그랬냐."

그러자 후미하라는, 아마 마야에게 들리지 않게 하려는지 목소리를 낮추어 말했다.

"시라카와가 제일 마야 가까이에 있었잖냐. 이해해줘라."

……아아, 그렇군.

얼굴을 들자 마야의 흥미진진한 시선이 내게 쏠려 있는 것을 알 수 있었다. 견디지 못하고 엉겁결에 시선을 피했다.

"뭐냐, 마야. 주정꾼의 객설을 뭘 믿고 그래?"

"객설? 아니요, 이즈루의 이름이 무슨 뜻인지 알고 싶습니다. 모리야 씨는 압니까?"

"몰라, 몰라."

"그럼."

다치아라이에게 물으라고 하려고 그쪽을 보았다.

유치원 때부터 동경했다는 긴 머리를 얼굴 양옆으로 늘어뜨리고 꼼짝 않고 고개를 숙이고 있었다. 머리카락 때문에 눈이 보이지 않았다. 밑에서 들여다보니 그 눈은 감겨 있었다. 다치아라이의 표정에 늘 따라다니는 그늘은 거의 대부분 지나치게 차가운 눈빛에 기인한다는 것을 나는 이때 처음으로 알았다. 눈을 감은 다치아라이에게서는 사나운 느낌 대신 아마도 타고난 것일…….

아니다. 자는 얼굴을 논평하다니 품위가 없다.

나는 목소리를 낮추었다.

"이쪽도 자는데."

후미하라에게 한 말이었는데, 그 순간 다치아라이가 눈을 번쩍 떴다. 목구멍에 비명이 엉겼다. 그 한심한 소리를 듣고 다치아라이가 중얼거렸다.

"무서워할 것까진 없잖아."

"안 무서워했다."

유령 저택에 들어간 초등학생 같은 말이라고 스스로 생각했다.

그러나 이제 움직이겠거니 생각한 것과 달리 다치아라이는 얼굴을 도로 숙이고 머리카락을 좀더 앞으로 모았다. 얼굴을 보려면 이제는 거의 바로 밑에서 올려다봐야 할 지경이었다.

"야."

그렇게 부르자 불분명한 목소리가 머리카락 속에서 들려왔다.

"좀 과음한 것 같아. 잠깐 쉴게."

그러더니 그 뒤로는 끽 소리도 없었다. 그렇게 취한 모습이 뜻밖으로 느껴졌지만, 다치아라이가 술을 마시는 것은 이번에 처음 봤을뿐더러 몸이 안 좋았을지도 모른다고 생각을 바꿨다. 시라카와는 급기야 상에 엎드리고 말았다.

나와 후미하라는 얼굴을 마주보았다.

먼저 입을 연 사람은 후미하라였다.

"난 이런 건 젬병이다."

즉각 맞받아쳤다.

"나라고 자신 있겠냐?"

"응, 하지만……."

술에 취해 곯아떨어진 두 사람을 아랑곳하지 않고 마야는 기대감에 부푼 목소리로 말했다.

"우산 때와 홍백 때도 모리야 씨는 가르쳐주었습니다. 저, 기대하겠습니다."

"기대라니."

"기대하겠습니다."

그런가. 기대를 받고 말았다.

이렇게 된 이상 어쩔 수 없다.

나는 기대를 받고 있다. 나는 기대를 받고 있다. 지금은 어쨌든 그게 먼저다.

빈 잔에 자작으로 술을 따랐다. 냉주는 이미 미지근해졌다. 피조개 초밥이 아직 남아 있기에 집어먹었다. 잔을 들고 단숨에 비운 다음, 부서뜨릴 듯한 기세로 큰 소리를 내며 내려놓았다. 눈을 부릅뜨고 한쪽 무릎을 세웠다.

"좋다, 어디 들어봐라!"

"너, 너도 제대로 취했잖냐……."

후미하라가 고개를 털썩 떨어뜨리고 투덜거렸지만, 무슨 실없는 소리. 나는 건전한 고등학생으로서 결코 술에게 패배하지 않는다. 혀도 꼬부라지지 않았고 의식도 또렷하다. 사고 회로는 쇼트 직전이다. 암, 그렇고말고, 나는 취하지 않았다.

세운 무릎에 손을 얹고 으음, 하고 생각에 잠겼다.

"이즈루. 이즈루라. 그래서 뭐랬지? 일본식? 뭐야, 답이 다 나왔잖아."

"무엇입니까?"

수첩이 출몰하고 마야가 펜을 쥐었다. 나는 손을 팔랑팔랑 흔들어 서두르지 말라는 사인을 보냈다.

"진정하라고. 서두르면 일을 그르친다고 하니까. 급할수록 돌아가란 말하고 비슷한 뜻이지. 그래서 말인데, 그 뭐냐, 히라가나로는 모순되는 거야."

"그렇군요."

검토도 거의 하지 않고 척수반사만으로 말을 잇는 것이나 다름없었다. 방금 한 말의 의미를 다음 말을 하면서 생각했다.

"아, 그러니까 시라카와는 '히라가나는 모순된다'고 한 게 아니란 말이지. 후미하라, 알겠냐?"

후미하라는 어째 성가셔하는 것 같기는 했지만 그래도 대답해주었다.

"뭐, 실제로 시라카와의 이름은 히라가나니까."

"그래, 히라가나야. 히라가나는 원래 표음 문자지. 모순이 발생할 리가 없어. 그러니 시라카와의 말을 좀더 정확하게 바꾸면 '이즈루란 이름이 히라가나가 된 건 한자로 쓰면 모순이 발생하기 때문'이야. 그렇지?"

"뭐, 그렇겠지."

"그래, 그런 거야. 정말 그렇지."

집요하게 확인하거나 상대방의 말을 반복하는 것은 일반적으로 생각할 시간을 벌기 위해서라고들 한다. 그러고 뭐랬더라? 계란 초밥을 집어먹고 그 과하지 않은 단맛을 두고두고 음미하며 생각했다.

"아아, 그리고 자주 있는 일이라고 했지. 좋아, 후미하라, 일본 역사상의 인물을 한 사람 들어봐라."

후미하라는 재깍 대답했다.

"아시카가 다카우지•."

"……왜 하필 아시카가 다카우지냐. 마이너는 전혀 아니지만 맨 먼저 떠오를 이름도 아닌데."

"그럼 안 되냐? 요새 『태평기』를 읽는 중이라."

"아니, 하나도 안 될 거 없다. 마야, 아시카가 다카우지란 녀석은 몹쓸 인간인데, 고다이고 천황의 친정親政을 배반하고……."

백블로가 가슴으로 날아들었다.

"대체 어느 시대의 다카우지 관觀이냐, 그거."

"아, 이거 실수."

마야는 수첩만 보며 일심불란하게 메모를 했다. 유고슬라비아에서 무로마치 막부의 평가가 이상한 방향으로 기울어졌다가는 내 탓이겠군. 그런 생각을 하면서도 입은 쉬지 않았다.

"그래서 말인데, 다카우지는 전엔 다카우지란 이름이 아니었어. 맞지, 후미하라?"

후미하라는 흥 하고 콧바람을 불었다.

• 14세기에 무로마치 막부를 창시한 인물.

"세계사 선택인 주제에 잘도 기억하는군."

"날 그렇게 만만히 보면 안 되죠. 다카우지尊氏가 되기 전엔 다카우지高氏였어."

듣기로는 '다카우지가 되기 전엔 다카우지였다'였던 탓에 펜을 든 마야의 손이 딱 멈추었다.

"웅. 방금 잘 이해가 되지 않았습니다."

"한자가 다른 거야."

손짓으로 마야의 수첩을 달라고 했다. 수첩에 빼곡하게 쓰인 글자는 보통 보는 글자를 가끔 가다 좌우 반전시킨 듯한 키릴 문자가 아니라, 익숙한 알파벳, 라틴 문자였다. 그곳에 高氏, 尊氏라고 나란히 쓰고 마야에게 도로 내밀었다.

"그 사람은 원래 왼쪽 이름이었어. 그런데 공적을 세우고 오른쪽으로 바뀐 거야. 주인인 고다이고後醍醐 천황의 이름…… 후미하라, 그러고 보니 고다이고 천황인데 왜 '尊' 자냐."

넌더리난다는 표정을 지으면서도 후미하라는 "이름이 다카하루尊治라서 그래" 하고 가르쳐주었다. '仁' 자를 쓰지 않은 것을 의외로 여기면서도• 청산유수처럼 좔좔 읊었다.

• 황실의 남자 이름에 '仁' 자를 많이 쓰기 때문.

"아, 어디까지 말했더라?"

"주인인 누구누구의 이름까지입니다."

"그래, 주인인 고다이고 천황의 이름에서 이 글자를 상으로 받아 오른쪽 다카우지尊氏가 된 거야. 그리고 일본에서 이름으로 말하자면, 이름, 이름."

거기까지 말하다가 입을 딱 다물었다.

술기운을 빌려 농담조로 나불나불 떠들었다. 그런데 의외로 멋지게 금색 과녁을 꿰뚫었는지도 모르겠다. 덧붙여 말하자면, 이 년 좀 넘는 궁도 경력에서 나는 은색 과녁은 몰라도 금색 과녁을 맞힌 적은 없다. 그건 너무 작다. 어쨌든, 원래 이름을 짓는 법이 그렇게 다양한 것도 아니다. 아니, 오히려 일본에서 특징 있는 작명법이라 하면 당연히 이것밖에 없다.

느닷없이 조용해져 고개를 숙인 내 얼굴을 마야가 가까이서 쳐다보았다.

"모리야 씨? 그다음은요?"

"……."

"설마 너까지 잠든 건 아니겠지?"

나는 말없이 보리차 페트병에 손을 뻗었다. 컵에 3분의 1쯤 따라 마셨다. 슬쩍 보니 다치아라이는 여전히 정좌 자세를 유지하고 있었다. 이런 걸 두고도 잠자는 자세가 바르다고 하나.

"다카우지는 주인에게서 이름자를 받았어. 그런가 하면 도쿠가와 가문은 '이에家' 자를 계승하는 경우가 많고. 아니, 죄 그런 식이지. 이런 걸 뭐라고 한다더라?"

후미하라도 고개를 갸웃했다.

"그러게, 나도 들은 적이 있는데. 도쿠가와의 '家' 자는 쓰지•이지만, 이름에서 한 자를 주는 건 '센이'라고 하던가, '겐키'라고 하던가."

"힘내라, 일본사 선택. 뭐하냐, 일본사 선택. 생각해내라, 일본사 선택. 내 기억으론 '헤'로 시작한 것 같은데."

"헤. 헨…… 헨키偏諱!"

나는 소리 나게 무릎을 탁 쳤다.

"그래, 헨키야. 헨키는 주인만이 아니라 친족한테서도 곧잘 받는단 말이지."

그 말을 듣고 마야는 눈이 둥그레져서는 표정을 빛내며 펜을 놀렸다.

"헨키. 글자를 받습니까. 응, 그렇군요. 그것은 우리는 할 수 없군요. 게다가 중국에서 들었습니다. 중국에서는 황제의 글자는 절대 쓰지 않는다고요. 그것과 비교하니 아주 재미있

• 通字. 일본에서 가문 대대로 이름에 쓰는 자.

습니다."

나는 팔짱을 끼고 상에 기대듯 상체를 앞으로 숙였다.

"시라카와도 그런 게 틀림없어. 이즈루, 이즈루라. 그리고 모순된다……. 후미하라, 이름에 쓸 수 있는 한자가 뭔지 아냐?"

후미하라는 코웃음을 쳤다.

"그게 한두 개인 줄 아냐? 몇백 개다, 몇백 개."

"지당하신 말씀이다. 하지만…… 이, 이, 이즈, 이즈, 이제, 이요."

"활용해서 뭐하게? 생각하려면 조용하게 해라."

항의를 받아들여 입을 다물었다.

모순된다. 의미가 상반된다. '이'와 '즈루'가 상반되는가, '이즈'와 '루'가 상반되는가. '이'와 '즈'와 '루' 세 자가 모두 상반될 가능성은 없다고 봐도 된다. 왜냐하면 이름자를 줄 사람이 셋씩이나 있을 것 같지는 않기 때문이다. 그리고 두 글자라면 당연히 '이즈'와 '루'로 나뉜다. '즈루'라고 읽으면서 이름에 쓸 수 있는 한자는, 음편을 고려해 '스루'를 포함해도 생각나는 것이 없다. '이즈いず'라면 '出' 자가 있다. 하지만 '出' 자는 이름에 잘 쓰지 않는다. 단독으로 썼을 때의 의미가 이름에 그리 어울리지 않기 때문이다. 기껏해야 '히데코日

出子'나 '히데미日出美' 등 '히데日出'의 한 글자로 쓰이는 정도가 아닐까. '出' 한 자만 줄 가능성은 생각하기 힘들다 그렇다면 '이스'인가? 아니, 이즈いづ나 이쓰いつ일지도 모른다. 어느 쪽이든 후보가 많다. '루'부터 먼저 생각하고 그와 모순되는 자를 생각하는 편이 낫겠다. 루. 루. 루, 루루, 루루루루, 루루.

"노래하지 말고."

주문이 많은 녀석 같으니.

눈길을 들지 않은 채로 술에 손을 뻗었다. 도기 술병은 비어 있었다. 큰 병에는 아직 남아 있겠지 하고 대야를 보았다. '돈류呑留'와 '고류香留'. 준마이다이긴조.

……그렇군.

"좋아, 알았다."

얼굴을 들었다.

"마야, 수첩 좀."

"Da."

새 페이지로 넘겨 단숨에 한자를 썼다. 두 글자. '留'와 '逸'.•

• 각각 일본어로 '루'와 '이쓰'로 읽을 수 있다.

후미하라와 마야가 편하게 볼 수 있게 수첩을 펴서 상에 놓았다. 후미하라가 "아아" 하며 고개를 끄덕였다.

"응, 모리야 씨, 이것은?"

나는 우선 '留'를 가리켰다.

"이건 그 자리에 놓는다는 뜻."

이어서 '逸'을 가리키고,

"이건 걸출하다는 뜻. 걸출하다는 말을 모른다면 '매우'여도 되는데, 또 하나, 그 자리에서 없어진다는 뜻도 있단 말이지."

그러고는 짐짓 가슴을 폈다.

"시라카와가 받은 이름자는 이 두 글자야. 둘 다 나쁜 뜻은 아니고 그럭저럭 많이 쓰이지. 하지만 이 둘이 같이 오면 읽는 건 '이즈루'로 읽는다 치고 의미를 종잡을 수 없게 돼. 이렇게 해서 아예 한자를 떼고 시라카와 이즈루白河いずる가 탄생한 거다. 어떤가, 제군."

포즈를 취하고 그렇게 단언했다. 그러나 공교롭게도 마야는 장단을 맞출 줄을 모르고, 후미하라도 '여, 대통령' 하고 받아치기에는 아주 살짝 흥을 모르는 녀석이다.

'일본 최고' 하고 외치는 대신 후미하라는 또 한 번 신음했다.

"그렇군. 이즈루逸留냐. 아닌 게 아니라 정말 모순되는군."

"'루'가 '流'라면 중복되고 말이지. 내리 흐르기만 해."

이름에 쓰이는 한자 중에 '루'로 읽는 자는 '留'와 '流', 기껏해야 '瑠' 정도일 테니, 그와 모순되는 자는 '逸'밖에 없다. 그것은 확신하는 바였다. 그때 잠이 든 줄 알았던 시라카와가 부스스 몸을 일으키더니 멍한 목소리로 말하는 바람에 놀랐다.

"우후후."

"뭐, 뭐냐, 일어났냐?"

"정답."

금색 과녁을 명중시킨 모양이다.

시라카와는 천장을 올려다보고 심호흡을 한 번 하더니 마야에게 미소를 지었다.

"친가에선 뛰어난 사람이 되란 뜻으로 '逸'•를, 외가에선 행복을 놓치지 말란 뜻으로 '留'••를 줬거든. 연결하니까 뜻이 안 맞았지만 난 이 어감이 좋아."

마야는 매우 감동하며 고개를 끄덕였다.

"응, 이름을 물려받는다는 말이죠. 실은 제 이름도 친할머

• 동사로는 '놓치다', '벗어나다'라는 뜻도 있다.

•• '붙들어두다', '고정시키다'라는 뜻이다.

니에게 물려받았습니다. 이것은 유고슬라비아에서 드문 일은 아닙니다. 하지만 이름의 일부를 물려받음으로써 새로운 이름이 생긴다니 매우 재미있습니다. ……바람을 담는 것도 훌륭합니다."

기분 탓이었을까. 웃으며 그렇게 중얼거리는 마야의 얼굴에 어쩐지 그늘이 드리워져 있는 것 같았다. 뭘 물어보려는 것은 아니었지만 "마야" 하고 불렀다. 그때 또 한 사람의 취객이 의식을 되찾았다.

다치아라이가 앞으로 늘어뜨렸던 머리를 뒤로 넘기고 고개를 들었다. 한동안 숙이고 있었으니 아픈지 목을 천천히 이쪽저쪽 돌리더니 눈동자를 움직여 일동을 둘러보았다. 나는 마야에게 느꼈던 의아함을 잊고 의기양양하게 다치아라이에게 선언했다.

"너무 늦었다, 센도. 폼나는 부분은 늘 그렇게 네 차지가 되는 줄 아냐? 이번 건은 내가 보기 좋게 해결했다."

그러자 다치아라이는 귀찮다는 표정으로 나를 보더니 조그맣기는 해도 똑똑히 중얼거렸다.

"무슨 소리야? 모리야, 너 과음한 거 아냐?"

아무리 나라도 이번만은 맞받아쳤다. 그건 센도 네 이야기겠지, 하고.

화장실에 다녀오는데 마야가 툇마루에 혼자 서 있었다. 잘 전지된 소나무, 연못으로 이어지는 징검돌, 에어컨의 은혜에 익숙해진 몸에는 가혹하게 느껴지는 더위.

나는 잠시 마야의 하얀 피부를 응시하다가 말을 걸었다.

"안 덥냐?"

마야는 그 소리에 내가 있는 것을 알아차리고 웃음을 지었다.

"덥습니다."

"냉방이 너무 세니까 격차가 커서 그래. 시라카와한테 좀 낮춰달라고 하자."

"응, 하지만 저 이 더위가 마음에 들었습니다. 습기도요. 이것은 철학적으로도 매우 흥미롭습니다."

그렇게 말하더니 툇마루에 걸터앉았다. 나도 옆에 앉았다. 마야는 하늘을 우러러보았다. 구름 한 점 없었다.

"유고슬라비아는 더욱 건조합니다. 그리고 겨울이 되면 춥습니다. 정말 춥습니다. ……제 친구 중에도 군인이 있습니다. 대포를 씁니다. 겨울에는 손가락이 잘 움직이지 않습니다. ……걱정입니다."

가슴이 따끔했다.

떠들썩한 잔치와 들뜬 기분은 일시적이고, 갖은 여흥이 자아낸 효과도 아쉽기는 하지만 한정적인 것이라, 시원한 방에서 나온 순간 냉방의 효과처럼 싹 사라져버린 듯했다. 나는 물었다.

"겨울에 싸울 일이 생길 거라고 생각해?"

마야는 천천히 고개를 끄덕였다.

"네, 모리야 씨. 이미 시작되고 말았습니다. 유고슬라비아 정부도, EC도, UN도, 미국도 멈출 수 없습니다."

"시작됐다니 뭐가?"

질문의 답을 예상할 수 있었다.

"일본어로는 무엇이라고 합니까? 끝? 멸망? 아니면 죽음?"

샛장지 너머에서 다치아라이와 후미하라와 시라카와는 무엇을 하고 있을까. 아무 소리도 들리지 않는다.

"멈출 수 없어?"

여전히 하늘을 올려다보며 마야는 담담히 말했다.

"유고슬라비아는 티토가 죽고 나서 십일 년간 내내 위기에 있었습니다. 슬로베니아는 시초입니다. 연방에서 벗어나려는 힘과 연방을 계속하려는 힘은 한번 싸움을 시작하면 멈출 수 없을 겁니다. 다음은 흐르바트스카입니다. 그다음은 아마

Bosna i Hercegovina(보스나 이 헤르체고비나)입니다. 어쩌면 Kosovo(코소보)도. 제가 사는 곳도 언젠가 전쟁터가 될지 모릅니다."

"거기까지……."

나는 마야를 무척 동정했다. 다른 사람을 동정할 수 있을 만큼 잘난 것도 아니건만 동정하고 말았다. 그런 마음에 끌려 말이 튀어나왔다.

"거기까지 내다보면서 어떻게 정치가가 되겠다는 말을 할 수 있었던 거지? 유고슬라비아는 이제 없어지고 말 거야. 일곱 번째 문화 같은 게 생길 리 없잖아. 어째서 그런 말을 할 수 있었던 거야."

마야는 눈길을 떨어뜨리고 미소를 지었다. 나고 자란 세계가 달라도 분명히 알 수 있었다. 그것은 쓸쓸한 미소도, 체념 어린 미소도 아니었다.

"Ni."

"뭐가 아니란 거냐?"

"두 가지가 아닙니다. 저는 내다보지 못했습니다. 연방군이 움직일 줄 몰랐습니다. 슬로베니아가 이길 줄 몰랐습니다. 저는 슬로베니아가 독립선언을 한 뒤로도 우리가 함께 있을 수 있으리라고 생각했습니다……."

거기까지 말하더니 마야는 몸을 꿈지럭거리고 미간에 주름을 잡았다.

"아니요, 생각했던 것이 아닙니다. 믿는다고 생각했습니다. 웅, 일본어로는 잘 말을 못 하겠습니다."

내가 대신 말했다.

"믿고 싶다고 생각했다. 아냐?"

마야의 표정이 문득 누그러졌다.

"일본어는 일본 사람이 더 잘하는군요."

"당연하지."

"그래요, 당연합니다. 그리고 또 하나 아닌 것."

마야는 숨을 들이쉬었다. 꽉 다문 입술, 힘이 어린 눈. 어디서 본 표정이다. 그래, 쓰카사 신사에서 본 얼굴이었다.

"우리 유고슬라비아 사람은 계속 태어났습니다. 이십 년, 아니, 십 년만 더 유고슬라비아가 계속된다면 우리는 뭔가를 할 수 있었을지도 모릅니다. 하지만 이제 유고슬라비아는 없어질 테죠. 그것은 모리야 씨 말이 맞습니다."

마야의 눈에 물기가 맺혀 있었다. 그러나 마야는 이를 악물고 눈물을 참았다.

"모리야 씨. 모리야 씨의 이름은 나아가야 할 방향으로 간다는 의미였습니다. 후미하라 씨도, 마치 씨도, 이즈루도, 바람을 담은 이름이었습니다. 훌륭하다고 생각합니다.

유고슬라비아는 '남슬라브가 하나이기를'이란 이름입니다. 그것은 처음에는 거짓말이었을지도 모릅니다. 역사는 우리를 잊어버릴지도 모릅니다.

하지만 우리는 이미 존재하고 있습니다. 언젠가…… 언젠가는 분명히 우리 유고슬라비아 사람이 일곱 번째를 만들어낼 겁니다."

침묵. 멀리서 들려오는 매미 울음소리를 비로소 깨달았다.

마야를 휩쓰는 힘의 크기. 그리고 그런데도 포기하지 않는 마야의 강함. 순간, 현기증이 났다.

유고슬라비아는 죽을 것이라고 하면서도 마야는 자기들의 세계를 구축하려 한다. 우리와 함께 지낸 두 달간, 오늘 잔치의 여흥조차 마야는 양식糧食으로 삼나. 그 명확한 방향성, 차곡차곡 쌓아올려간다는 실감. 둘 다 나에게는 손톱만큼도 없는 것이다.

나는 생각했다. 말하려면 기회는 지금뿐이다. 내일이면 마야는 우리 앞에서 사라진다. 저쪽 세계로 돌아가버린다.

말을 하려는데 입이 또다시 마비된 것처럼 꼼짝도 하지 않았다. 말하면 안 된다, 말해봤자 소용없다. 그런 생각이 쉴 새 없이 치밀었다.

그러나 여기서 말하지 않을 수는 없는 노릇이다.

그렇고말고.

부족한 것 없는 나날 속에서 나는 무슨 실감을 가지며 살고 있을까. 지식과 인식을 쌓고 말을 사용해서 논의를 한들 너는 무엇을 보았느냐, 무엇을 접했느냐고 누가 물으면 할말이 없다. 색다른 것을 해보고 싶어서 손을 댄 것이 기껏해야 궁도다. 후미하라는 전에 내가 어떤 일에 몰두하거나 열중하는 것을 상상할 수 없다는 말을 했다. 그야 그랬을 것이다. 누카타가 외국 팝음악에 미치건, 후미하라가 궁도에 힘을 쏟건, 내가 접하고 싶은 것은 그런 게 아니다. 그런, 행복 가운데 있는 것이 아니다. 하루 세끼 거르지 않고, 교육도 받고, 몸에 탈난 곳도 없이 이렇게 살고 있지만, 이건 그냥 사는 것에 불과하다. 여기서 나가야 한다. 정말 그래야 한다. 나는 내 그릇이 어느 정도 되는지 안다고 생각한다. 덧붙여 말하자면, 나 정도 되는 인간은 결코 적지 않고, 따라서 상대적으로 생각하면 모리야 미치유키도 그렇게 나쁘지는 않다는 것을 어렴풋이 눈치채고 있다. 그러나 이 건에 관해서는 상대적이고 뭐고 없다. 아무것도 얻지 못한 채 벌써 고교 생활이 끝나간다. 그러나 행복한 생활이 불만이라고 일부러 그것을 버리고 가드레일 밑을 잠자리로 삼는 것도 어리석은 짓이다. 그런 것은 그저 부자유 놀이에 지나지 않는다. 교실에서 책을 읽는 사람이 소수자임을 알면서 일부러 그러지 않는 것과 마찬가지다. 내가 얻고 싶은 것은 자기만족이 아니다. 단연코 아니다.

그러니 말할 수 있을 것이다.

"마야."

"네."

마야는 얼굴을 내 쪽으로 돌렸다. 나는 마야를 똑바로 보았다. 한마디도 흐리멍덩하게 할 생각은 없다.

"날 유고슬라비아로 데려가줘."

"……."

"난 이대로도 살 수 있어. 생물이니까 먹고 자기만 하면 살 수 있어. 일본에 있으면 더 말할 것도 없지. 하지만 그래선 안 돼.

어떤 형태로 그게 가능할지 지금의 난 상상도 할 수 없어. 하지만 나도 어떤 형태로든 내 세계를 만들어야 해. ……여기가 아닌 데로, 유고슬라비아로 데려가줘."

마야는 내 좁은 세계에 숨구멍을 내준 방문자였다. 별세계에서 온 사자使者라고도 할 수 있다. 마야는 마야의 시점에서, 정치가가 되고자 하는 유고슬라비아 사람이라는 미지의 입장에서, 내가 살아온 세계를 재해석했다.

나도 그렇게 할 수 있게 되고 싶다. 아마도 살면서 처음 느낀 열정이었으리라. 나는 마야에게 반한 것이었나. 아니다, 나는 마야를 동경한 것이다.

전에 떠올렸던 원의 이미지가 되살아났다. 이것은 좋은 기회다. 처음으로 열린 문이다. 나는 다른 세계를 보고 싶었다.

"지금은 돈이 부족해. 하지만 삼 개월만 있으면 모을 수 있어. 그럼 꼭……."

마야는 그런 나를 보고 쿡 웃었다.

"안 됩니다."

반론을 허용하지 않는 명확한 거절.

오해의 여지가 없는 거부다.

나도 모르게 언성이 높아졌다.

"왜!"

마야는 입가의 웃음을 지우더니 천천히 고개를 저었다.

"모리야 씨. 저는 유고슬라비아 사람의 문화를 만들 정치가가 되기 위해 여러 나라를 보고 다녔습니다. 매우 의미가 있었다고 생각합니다. 그럼 모리야 씨는 무엇을 하기 위해 유고슬라비아에 갑니까?"

"그러니까, 뭔가를……."

눈을, 눈 속 깊은 곳을 마야가 들여다보았다.

"뭔가?"

"……."

깨려던 술기운이 별안간 되돌아온 것처럼 뺨이 화끈 달아올랐다.

마야는 흡사 어린애를 달래는 듯한, 설득하는 듯한 온화한 표정이었다.

"모리야 씨, 유고슬라비아에는 아주 아름다운 장소가 많습니다. Blejsko(블레드), Postojnska(포스토이나), Ohrid I Dubrovnik(오흐리드 이 두브로브니크). 여러 곳이 있습니다. 아주 멋져요.

하지만 지금은 안 됩니다. 관광에 목숨을 거는 것은 좋지 않습니다. 유고슬라비아가 좀더 조용해지면 이즈루와 마치 씨와 후미하라 씨와 함께 와주십시오."

관광. 관광이라니.

아무것도 전해지지 않았나?

"난 관광을 하겠다는 말이 아니야. 마야, 내 말 모르겠어? 난 가고 싶어, 가야만 한다고."

그래도 마야는 완강하게 고개를 가로저었다. 머리에 꽂은 수국 머리핀이 흔들려 딱 소리가 났다.

"일본어는 압니다. 하지만 모리야 씨는 관광을 하고 싶습니다. 역시 안 됩니다."

어째서. 지금까지 내내 대화가 가능했는데. 어째서 지금만 통하지 않나.

일본어가 모국어가 아닌 마야는 내 말을 결국 이해하지 못하는 건가. 나의, 그래, 초조함을. 나는 답답함에 어금니를 깨물었다. 마야를 보는 눈은 흡사 노려보는 듯했으리라.

그 시선을 받고도 마야는 꿈쩍도 하지 않았다. 말투에서는 자애마저 느껴졌다.

"제가 이해하지 못한다고 생각하는군요? Ni, 모리야 씨. 저는 모리야 씨보다 더 잘 압니다……."

"……."

"모리야 씨를 유고슬라비아에 데려갈 수는 없습니다."

그 말이 몹시 멀리서 들려오는 것 같았다. 칠월의 햇빛마저 어둡게 느껴졌다.

한없는 허탈감. 나는 생각하기를 멈추었다.

"알았어. 언젠가 갈 수 있으면 좋겠네."

"네."

나는 일어섰다. 마야도 일어섰다. 마야는 방금 이야기가 없었던 양 원래의 활발한 웃는 얼굴로 돌아가서는 가볍게 주먹을 쳐들어 보였다.

"자! 술은 아직 남아 있습니다. 일본의 이 풍습……. 응, 송별회는 마음에 들었지만, 산 것을 남기면 안 됩니다."

"의외로 쩨쩨하군. 게다가 꽤 센데. 안 취했냐?"

마야는 장난스레 눈을 찡긋했다.

"응, 모리야 씨, 유고슬라비야에 오면 놀랄 겁니다. 라키야와 비교하면 일본의 술은 물 같습니다."

"하하, 그거 무서운데. 조심해서 마시지."

그러나 나는 내가 유고슬라비야에 갈 일이 없음을 확신하고 있었다.

소망은 이미 깨진 것이다.

이튿날.

"Neću nikada zaboraviti Vašu ljubaznost. Hvala i doviđenja!(네추 니카다 자보라비티 바슈 류바즈노스트. 흐발라 이 도비제냐!)"

마야는 후지시바를 떠났다.

그것을 별세계로 통하는 문이 닫혔다고 표현하는 것은 로맨티시즘이 지나친 걸까?

아름답게 불타는 시가지

제3장

1
•

1992년(헤이세이 4년) 7월 6일 월요일

이상이 유고슬라비아의 마야에 관해 내가 기억하는 것이다.

푹신한 소파에 몸을 깊숙이 파묻고 앉아 한숨을 쉬었다. 이미 날이 저물어 냉방이 잘되는 가게 안은 선득할 정도였다.

일기를 들추고 기억을 더듬으며 내가 이야기한 것을 시라카와는 공책에 꼼꼼히 기록했다. 물론 나 자신의 이야기는 하지 않았고 마야에 관한 부분은 이보다 더 자세하게 이야기했지만, 대략 이쯤이었다. 시라카와는 이제야 볼펜을 내려놓고 아무래도 팔이 아픈지 손목을 주무르더니, 작고 또박또박한 글씨로 메워진 공책을 내려다보았다.

"역시 모르겠네."

기다 아니다 말하지 않고 멍하니 창밖을 바라보았다.

그로부터 정확히 일 년. 나도, 시라카와도, 다치아라이와 후미하라도 대학생이 되어 일본 각지로 흩어졌다. 원래부터 강하게 맺어져 있는 것도 아니었던 우리는 마야가 떠나자 자연히 소원해졌다. 학교 수업이 없어진 뒤로는 특히 더 그랬다. 그래도 가끔은 전화나 편지를 주고받곤 했다. 그리고 그럴 때는 언제나 마야 이야기가 나왔다.

떠난 이는 나날이 멀어진다고 하는데, 우리는 기회가 있을 때마다 몇 번이고 마야를 추억했다. 그때까지 그런 나라가 있다고 알려준 적도 없던 각종 언론 매체에서 하루도 거르지 않고 유고슬라비아를 언급했다. 그런 뉴스를 접할 때마다 우리는 떠올리지 않을 수 없었다.

아니, 그런 것은 핑계다. 마야는 내 기억에 선명하고 강렬하게 아로새겨져 있었다. 그녀가 떠났다고 멀어질 종류의 이야기가 아니었다. 그 기억은 풍화되고 미화될지 모르지만, 망각될 일은 아마 없을 것이다.

지난 일 년간 사태는 마야가 예언한 대로 흘러갔다.

슬로베니아에 대한 개입은 그 열흘 이후 재연되는 일 없이

'십 일 전쟁'이라는 이름을 부여받고 파일로 보존되었다. 그러나 마치 슬로베니아에 충분한 전력을 투입하지 못한 것은 다른 일을 준비하기 위함이었다는 양, 얼마 지나지 않아 연방군은 크로아티아에 대한 개입을 시작했다.

아니, 그것은 개입이란 말로 유하게 바꿔 말할 수 있는 차원을 명백히 뛰어넘었다. 크로아티아 제2의 도시인 부코바르는 '크로아티아의 스탈린그라드'로 불렸다. 분쟁은 금년 일월까지 계속되었고, 산발적인 전투는 여태 그쳤다는 말을 듣지 못했다. 사망자는 적게 잡아 육천 명, 어쩌면 일이만쯤 더해질지도 모른다고 한다.

그러더니 올 삼월부터 보스니아헤르체고비나로 전화가 번졌다. 세르비아인과 크로아티아인이 모두 살고 있던 그곳은 양 진영의 사냥터가 되었다. 수도 사라예보가 포위되고 포병과 저격병이 각각 탄을 쏘아댔다. 사라예보 외의 장소에서는 마을 하나하나가 쟁탈의 대상이 되었다고 했다. 이런 이야기도 들렸다. 밤중에 어디선가 차가 나타난다. 그리고 마을에서 눈에 띄는 곳에 시체를 놓아두고 간다. 아침이 된다. 시체는 '적대 민족에 의해 학살된 사람'으로 선전되고, '자위를 위한' 전투가 시작된다. 평론가는 보스니아헤르체고비나의 분쟁은 이제 시작일 뿐이라고 했다.

분쟁은 진정될 줄 몰랐고, 진정되기는커녕 확대일로를 걷는 양상에 언론 매체의 이목이 점차 집중되었다. 이제는 정확성 여부는 차치하고 양적인 면에서는 정보를 얻느라 고생할 필요가 없었다.

그러나 나는 그 정보에 만족할 수 없었다.

이 일련의 내전이 종종 '민족의 독립 전쟁'으로 기술되었기 때문이다. 마야는, 마리야 요바노비치는 그런 말을 하지 않았다. 내가 들은 말은 '인간은 죽임을 당한 아버지는 잊어도 뺏긴 돈은 잊지 못합니다'다. 그러나 언론은 종종 역사에 깊이 뿌리박힌 원한이 분출된 비극이라는 견해를 내세워 보도했다.

나는 어느 쪽이 옳은지 알 방도가 없었다. 마야도 한 인간에 지나지 않는다. 그녀가 전적으로 옳다고 믿을 이유는 없다. 또 뉴스를 작성하는 사람이 유고슬라비아를 얼마나 잘 아는지도 나는 알지 못한다.

그러나 따지고 보면 어느 쪽이 맞든 우리에게는 상관없는 일이었다.

마야는 시라카와에게조차 유고슬라비아의 연락처를 남기지 않았다. 그 때문에 이쪽에서 먼저 편지를 보내거나 전화를 걸 수 없었다. 마야는 꼭 편지를 쓰겠다고 했는데 그 편지는 아직 오지 않았다.

EC의 중재는 매번 실패로 끝나고, UN 평화 유지군이 공격 목표가 되는 형국이었다. 미국의 여론에 따르면 전쟁으로 환경이 오염되는 것은 바람직하지 못한 일인 모양이다. 마야는 이것도 예언했다. '멈출 수 없다'고.

나는 그런 뉴스를 본척만척하며 입시 공부를 하고, 시험을 보고, 장학금을 받아 집을 떠나서 새로운 생활을 시작했다. 이수 과목의 설명을 듣고 캠퍼스를 돌아보고 동아리에 가입했다. 그러나 마야의 모습은 언제까지고 뇌리를 떠나지 않았고 전장의 영상은 계속 흘러나왔다. 차츰 고조되는 불안을 이길 수 없어졌을 때, 나는 마야가 무사한지 알고 싶은 마음이 간절해졌다. 그리고 나와 같은 마음이었던 시라카와와 함께 행동을 시작했다.

나와 시라카와는 전화로 연락을 주고받고는 후지시바로 돌아와 이렇게 마주앉아 있다. 몇 시간과 아이스커피 몇 잔을 소비해서 좋은 추억을 나쁜 현상現狀 때문에 파헤쳤다.

그러나…….

"마야는 자기가 어디서 왔는지 한마디도 안 했구나."

시라카와는 페이지를 팔랑팔랑 넘기며 힘없이 중얼거렸다. 불행한 우연이었으리라. 처음에는 우리에게 그녀가 유고슬라비아의 어디에서 왔는지 물을 교양이 갖추어져 있지 않았다. 그리고 내가 유고슬라비아에 관해 어느 정도 조사한 뒤로는 물어볼 기회가 없었다.

어쩌면 스스로를 유고슬라비아 사람으로 일컫는 마야에게 출신지를 물으면 그녀는 세르비아니 마케도니아가 아니라 유고슬라비아라고 대답했을지도 모른다. 아니면 나나 시라카와도 기억하지 못하는 어느 순간에 문득 그 이름을 입에 올린 적이 있었을까. 그러나 기억해내지 못하는 이상 그것도 의미가 없다. 후미하라는 모른다고 단언했다.

다치아라이는 잊고 싶다고만 했다.

"그런데."

시라카와는 중얼거리듯 말하더니 마야에 관한 일로 가득 메워진 공책을 소중하게 쓰다듬었다.

"모리야랑 마야는 참 많은 이야기를 했구나. 마야는 나랑은 이런 이야기 안 했는데……."

"그럼 넌 마야가 정치가가 되고자 한다는 걸……?"

"응, 몰랐어. 그랬구나. ……비밀이었던 걸까."

시라카와는 비난조가 아니라 그리워하는 투로 말했다. 나는 생각한 대로 솔직히 말했다.

"그렇지 않을 거다."

"그럴까."

"나한테 한 말을 너한테 못 했을 리가 없어. 송별회 때 후미하라가 그러더라. 마야하고 가장 긴 시간을 보낸 사람은 너라고. 그냥 타이밍이 안 맞았을 뿐이야."

시라카와는 살짝 고개를 끄덕였다.

아이스커피 잔 바닥에 얼음이 녹은 물이 괴어 있었다. 낟알처럼 작아진 얼음과 함께 남김없이 마셨다.

"……너하고 마야는 평소에 무슨 이야기를 했냐?"

"무슨 이야기?"

시라카와는 입술을 굳게 다물고 얼마 동안 생각했다. 그러더니 부드럽게 미소를 짓고 고개를 흔들었다.

"그냥 보통 여자애들이 하는 이야기였어."

"그게 뭔데?"

"요리 이야기라든지, 화장 이야기, 점 이야기. 같이 나란히 텔레비전을 볼 때도 많았어. 지금 생각하면 마야, 의외로 연예인 같은 거 좋아했던 것 같아."

연예인. 마야가.

내 표정이 어지간히 우스웠나 보다. 시라카와가 풋 하고 웃음을 터뜨렸다.

"그렇게 의외야?"

크게 고개를 끄덕였다.

연예인을 좋아하는 마야가 통 상상이 되지 않아 중얼거렸다.

"마야는 어쩌면 다양한 모습을 구분해서 연기했던 걸지도 모르겠다."

시라카와는 또다시 공책을 쓰다듬었다.

"아니, 그건 아닐 거야."

"……."

"마야는 다양한 면을 가진 여자애였어. 그냥 그것뿐이야. 모리야, 네가 본 마야는 뭔가를 연기하는 것처럼 보였어?"

나는 내가 무척 어리석은 소리를 했다는 것을 깨달았다.

시라카와는 공책을 일단 덮고 테이블 위 자료로 시선을 돌렸다. 특히 눈에 띄는 것이 색색으로 칠해진 유고슬라비아 지도였다. 오래된(그래봤자 이 년 전이지만) 지도라 슬로베니아와 크로아티아 모두 유고슬라비아에 포함되어 있다. 나와 시라카와는 거의 동시에 그것을 보았다.

시라카와가 쥐어짜는 듯한 목소리로 말했다.

"이렇게 될 줄 알았으면 물어보는 건데. 마야, 넌 어디서 왔어? 하고. ……아니, 이렇게 될 줄 알았으면 절대 돌려보내지 않는 건데."

지금까지 참고 있었던 듯한 눈물이 왈칵 쏟아졌다. 시라카와는 눈을 감지도 않고 숨을 멈춘 채 눈물을 닦았다.

가슴이 답답했다.

나는 이렇게 될 줄 알고 있었다.

아니, 정확히 말하면, 마야는 이렇게 될 줄 알고 있었다는 것을 알고 있었다. 그러나 이렇게 돌이켜 생각하니 나는 마야를 한 번도 붙들지 않았다. 붙든다고 마야가 귀국하지 않았겠느냐면 그런 일은 없었으리라고 확신을 가지고 말할 수 있다. 그러나 붙들지 않았다는 사실이, 내가 내 생각만 하고 귀국하는 마야의 일은 뒷전으로 돌렸다는 것을 증명하지는 않나.

……고개를 내저어 사고를 전환시켰다. 자기혐오는 나중에 해도 늦지 않다.

마야가 돌아간 데가 어디여야 우리는 가슴을 쓸어내리고 안심할 수 있나. 그것은 테이블 위 자료로 알 수 있다. 신문스크랩과 잘 정리된 공책, 그리고 책. 후미하라가 보내준 것들이다.

이미 그것을 읽은 나는 유고슬라비아 각지의 상황을 대강 인식하고 있었다.

만약 마야가 슬로베니아로 돌아갔다면.

문제없다. 한발 앞서 스타트를 끊은 슬로베니아는 많은 나라로부터 독립을 승인받고, 유고슬라비아라는 '짐'에서 완전히 벗어났다. 앞으로 슬로베니아가 그들이 원하던 경제 발전을 이룩할 수 있을지, 그것은 알 수 없다. 하지만 어쨌거나 그곳에 돌아간 마야가 전쟁으로 화를 입을 일은 없을 것이다.

만약 마야가 크로아티아로 돌아갔다면.

이것은 최악의 경우에 가깝다. 앞서 썼듯이 마야가 귀국한 직후, 구체적으로는 팔월 말경에 크로아티아는 전란의 도가니에 빠졌다. 국내 곳곳에서 연이어 벌어진 전투 때문에 우편망이 큰 피해를 입었다고 들었다. 마야의 편지가 오지 않는 것은 어쩌면 그 때문인지도 모른다.

만약 마야가 세르비아로 돌아갔다면.

현재로서는 안전하다. 세르비아 국내에서 전투나 테러가 발생했다는 뉴스는 없다. 그러나 언제까지고 안전하지는 않을 것이다. EC와 미국은 끝날 줄 모르는 내전의 책임이 세르비아에게 있다고 주장하고 있다. 어째서 그런지 나는 잘 모르겠지만, 아무튼 그렇게 주장하며 경제 제재를 가하고 있다. 언젠가는 무력 개입도 행할 듯한 기세다. 하지만 현재로서는 안전하다.

만약 마야가 보스니아헤르체고비나로 돌아갔다면.

크로아티아와 보스니아헤르체고비나, 어느 쪽이면 우리가 애를 태우지 않을 수 있을까. 크로아티아의 전쟁은 격렬했을지는 몰라도 이미 끝났다. 보스니아헤르체고비나의 전쟁은 사망자 삼천 명이라고 전해졌는데 크로아티아와 비교하면 적은 수 같기도 하지만, 그 전쟁은 앞으로도 계속된다.

만약 마야가 몬테네그로로 돌아갔다면.

여기도 안심할 수 있는 곳이다. 여기라면 마음이 편하다. 설사 EC와 미국이 유고슬라비아 연방 측에 내전의 책임이 있다며 돌연히 미사일 같은 것을 발사한다 해도, 몬테네그로는 무사할 것이다.

만약 마야가 마케도니아로 돌아갔다면.

당분간은 괜찮다. 마케도니아도 어느새 독립했지만 연방군은 마케도니아에 개입할 생각은 없는 모양이다. 다만 보스니아헤르체고비나의 전쟁으로 인해 난민의 수가 급증하고 있다 한다. 원래도 경제적으로 여유가 없는 나라다. 난민의 유입이 치안을 급속히 악화시킬 수 있다는 견해도 있다. 하지만 당장 오늘내일 무슨 일이 생기지는 않을 것이다.

"애, 모리야, 혹시……."

공책을 펴고 멍하니 보고 있던 시라카와가 천천히 중얼거렸다.

"뭐?"

그러나 시라카와는 입을 다물고 생각에 잠기더니 고개를 저었다.

"미안. 좀더 생각해보고 말할게."

그러더니 볼펜을 들고 새 페이지를 펴서는 뭔가를 적기 시작했다. 뭐 알아차린 것이라도 있나.

시라카와는 작업에 열중해 얼굴을 들지 않았다.

문득 테이블 끄트머리에 밀어둔 서류 봉투가 눈에 띄었다. 후미하라가 보낸 편지다. 무슨 말이 씌어 있을지는 대강 짐작이 갔지만, 나는 봉투를 들어 속에 든 것을 꺼냈다. 유성 볼펜으로 쓴 힘 있는 글씨가 늘어서 있다. 후미하라의 필적이다.

한 번 슥 훑어보았다.

시라카와와 모리야에게

이야기는 들었어. 하지만 난 이쪽에서 책임 있는 역할을 맡고 있기 때문에 유감이지만 못 갈 것 같다. 혹시 갈 수 있다 해도 백중 연휴 중 이틀 정도라, 아마 너희와 찬찬히 이야기할 시간은 못 낼 거야.

게다가 솔직히 말해서 난 그런 일을 하고 싶지 않아.

너희 마음은 이해한다. 아니, '너희 논리는 이해한다'는 편이 옳을지도 모르겠군. 아닌 게 아니라 마리야 씨와 우리는 다양한 이야기를 했고, 무사하다면 그 이상 좋은 일이 없다고 생각해. 하지만 무사를 기원하는 것만으로 안심이 안 돼서 무사한지 확인해봐야겠다는 생각은 난 아무리 해도 안 드는군.

모리야한테는 전에 이야기한 적이 있지. 난 자기 손이 닿는 범위 밖에 관여하는 건 거짓이라고 생각해. 보아하니 난 심하게 농민적인 모양이다. 직접 씨를 뿌리고, 가꾸고, 거두어서 자기가 먹는다. 그걸 반복하면서 늙어가도록 정해져 있다는 생각이 들어.

이게 장점인지 단점인지, 그 판단은 내가 내릴 게 아니겠지.

아무튼 지금 내가 할 수 있는 말은, 내 이런 성향이 아득히 먼 나라에서 온 마리야 씨를 걱정하는 마음을 방해한다는 거야. 너희는 날 차가운 녀석이라고 생각할지도 모르지. 그건 반론할 수 없어.

하지만 손이 닿는 범위 내에서라면 내가 할 수 있는 일을 할 생각이다. 억지 논리 같지만, 난 마리야 씨의 안부를 걱정하기 때문이 아니라 너희를 돕기 위해서 최대한 자료를 모으기로 했어. 이 상자는 그 성과야. 전력을 다했다고 당당하게 말할 수 있을 만큼 훌륭한 컬렉션 같지는 않지만, 이게 너희 목적에 조금이라도 보탬이 되길 바란다.

그럴 줄 알았다고 속으로 중얼거렸다.

후미하라와 나는 성향이 전혀 다르다. 후미하라가 자기 마음에 충실하게 이 편지를 썼음을 아는 만큼 나도 정직하게 말하자면, 후미하라의 이런 사고방식은 적잖이 짜증난다. 그러나 다치아라이에 대해 다치아라이는 원래 그런 사람이라고 포기할 수밖에 없는 일이 많은 것처럼, 이것이 후미하라라고 납득하는 수밖에 없으리라.

그래도…… 얼굴을 내밀어주는 편이 마음이 더 든든했을 거다, 후미하라.

편지를 잘 접어 원래대로 봉투에 넣었다.

그와 동시에 시라카와가 얼굴을 들었다. 평소에는 졸린 듯 반쯤 감겨 있는 눈에 힘이 서려 있었다.

"있지, 모리야."

"응?"

"나, 생각해봤는데…… 어쩌면 알아낼 수 있을지도 몰라."

주먹에 힘이 들어갔다. 소파에 얕게 고쳐 앉았다.

시라카와는 공책을 테이블 한가운데에 펼쳐 내가 보기 편하게 해주었다. 약간 빠른 말투, 침착함을 잃은 태도, 커다랗게 벌어진 눈동자, 모든 것이 시라카와가 다소 흥분했음을 보여주고 있었다. 아까보다도 더 볼펜을 꾹꾹 눌러가며 뭔가를 쓰기 시작했다.

"유고슬라비아엔 나라가 여섯 개 있었지?"

공책에 여섯 개 나라 이름이 적혀 있었다. 슬로베니아, 크로아티아, 세르비아, 보스니아헤르체고비나, 몬테네그로, 마케도니아.

"여길 봐."

시라카와가 페이지를 넘겨 가리킨 것은 십 일 전쟁의 구 일째, 나와 마야가 후지시바 고등학교에서 만나 이야기한 날 부분이었다.

"모리야가 유고슬라비아에서 전쟁이 일어날 줄 알았느냐고 마야한테 물었을 때, 마야는 유고슬라비아는 미움을 받을 거라고 했잖아?"

"그래, 분명히 그렇게 말했지."

대답하면서 나는 시라카와가 무슨 말을 하려는지 알아차렸다.

"그때 마야가 한 말. '마케도니아에 갔을 때 이런 일이 있었습니다. 어린애들과 저는 이야기했습니다. 그러자 어린애들은 저를 보고 웃었습니다. 왜 웃었나?' '제가 더 어려서 갔을 때 마케도니아는 그렇지 않았습니다.' 마야는 마케도니아 사람이 아니야. 마케도니아 사람이었으면 마케도니아에 갔다고 할 리가 없어. 어딘가로 돌아갈 때 마야는 내내 '돌아가다'란 표현을 썼고 말이야."

시라카와는 눈을 살짝 올려 뜨고 내 표정을 살폈다. 나는 찬성을 표하기 위해 고개를 끄덕였다. 그걸 보고 안심했는지 시라카와는 목록에서 마케도니아를 지웠다.

"그리고 마야가 쓰던 말. 마야는 유고슬라비아에선 세르보크로아트어를 썼잖아? 지금도 그렇고, 어째서 묘지가 보고 싶으냐고 마치가 물었을 때도 '스르프스코흐르바트스콤이라면 설명할 수 있지만'이라고 했어. 흐르바트스카가 크로아티아란 건 역시 십 일 전쟁의 구 일째에 마야가 말한 적이 있으니까, 스르프스코흐르바트스콤이란 건 세르보크로아트어라고 생각해."

"그렇겠지."

시라카와는 그 말에 힘을 얻은 것 같았다.

"그런데 세르보크로아트어를 안 쓰는 공화국도 있었잖아?"

시라카와가 자료를 뒤지려 하기에 끼어들었다.

"슬로베니아는 슬로베니아어, 마케도니아는 마케도니아어였어."

"응. 그중에서 마케도니아는 이미 지웠고, 이걸로 슬로베니아도 지울 수 있어."

슬로베니아에 줄을 그어 지우는 시라카와는 그러나 별로 기뻐하는 얼굴이 아니었다. 안전한 두 나라가 맨 먼저 사라졌으니 그럴 만도 하다. 나도 같은 기분이었다. 그러나 시라카와는 주저하지 않았다.

"그리고 말이지, 마야는 내내 유고슬라비아 걱정만 했잖아? 그거 이상하지 않아? 자기가 태어난 고향이 전쟁터가 되게 생겼는데 그쪽 걱정은 안 하다니 말이야. 내 생각에 마야는 자기 고향에선 전쟁이 안 일어날 거라고 생각했을 것 같아. 적어도 한동안은 괜찮을 거라고 생각한 게 아닐까.

그럼 마야가 전쟁이 일어날 거라고 생각했던 장소는 어딘가 하면, 송별회 중간에 모리야랑 이야기하다가 마야가 그랬지. '다음은 흐르바트스카입니다. 그다음은 아마 보스나 이 헤르체고비나입니다. 어쩌면 코소보도'라고.

그럼 크로아티아랑 보스니아헤르체고비나는 제외할 수 있지 않을까?"

목록에는 세르비아와 몬테네그로가 남았다.

시라카와가 볼펜을 내려놓았다.

"나, 여기까진 생각했거든. 하지만 세르비아랑 몬테네그로, 둘 중 어느 쪽이 마야의 고향인지 아무리 해도 모르겠어.

모리야, 뭐 생각나는 거 없니?"

공책을 내 쪽으로 밀었다.

세르비아와 몬테네그로. 어느 쪽인가.

"어느 쪽……."

그러나 시라카와는 틀렸다.

정답에 이르는 길은 그것이 아니다.

……나는 이때 정신이 딴 데 팔려 있었다.

정신이 딴 데 팔려 있었다고 할지, 망연한 상태였다. 사고를 거치지 않고 해답을 깨닫는 지적인 순간 발화. 원한다고 그리 쉽게 얻을 수 있는 게 아닌 그것이 한순간 나에게 찾아들었다. 지금까지의 정보와 사고의 축적이 영감을 불러왔다. 나는 마야의 고향이 어딘지 직감으로 알았다. 그리고 그 이유에 대해 서서히 기억이 되살아났다.

"모리야? 왜 그래?"

시라카와의 목소리에 퍼뜩 정신이 들었다. 내 바로 코앞까지 공책을 들이밀고, 시라카와는 의아스레 고개를 갸웃하며 내 얼굴을 빤히 응시하고 있었다. 내가 정신이 나가 있던 것은 아마 시간으로 따지면 겨우 이삼 초였을 것이다.

웃음을 짓느라 애먹었다.

"아아, 그렇군."

방금 전 사고가 거품처럼 사라져버릴까 봐, 말이 자연히 짧아지고 시라카와에 대한 주의가 얕아졌다. 얼른 글로 적어 두거나 한 번 더 똑같은 영감을 얻지 않는 한, 어디선가 찾아든 답이 다시 어디론가 날아가버릴 것 같아 무서웠다. 그러나 나는 지금 당장 그 생각을 쏟아내고 싶은 충동을 필사적으로 억눌렀다. 억눌러야 한다고 생각했다.

짐짓 눈살을 찌푸리고 공책에 쓰인 공화국 이름을 노려보며 말했다.

"세르비아하고 몬테네그로란 말이지. 하지만 그럼 어느 쪽이든 상관없지 않냐?"

"뭐?"

시라카와가 자못 뜻밖이라는 투로 말했다.

"왜?"

나는 도로 소파 깊숙이 들어앉았다.

"왜라니, 세르비아하고 몬테네그로라면 어느 쪽이든 안전도가 비슷하잖냐. 슬로베니아였으면 제일 좋았겠지만, 세르비아나 몬테네그로라도 당분간은 안전해. 이제 곧 편지도 오지 않을까?"

시라카와가 이 말을 이해하는 데에는 몇 초 걸렸다. 이해가 늦는다기보다 각 공화국을 나만큼 잘 알지 못하기 때문에,

또는 생각이 지나치게 양자택일로 기운 탓이었으리라.

그러나 곧 시라카와의 얼굴에 미소가 피어올랐다.

"그래. 그렇구나. 괜찮은 거지?"

무거운 짐을 벗었다. 흐리던 하늘이 개었다. 그런, 마음속 깊은 곳에서 솟는 웃음이었다. 심지어 구원을 받은 기분이었을지도 모른다.

"그래, 맞아. 마야가 어디로 돌아갔는지 그런 건 몰라도, 안전한 곳에 있어만 주면 되는 거지.

나 줄곧 불길한 상상만 하고 있었어. 이상한 꿈도 꾸고…… 하지만 다행이야. 오늘밤부터는 괜찮을 것 같아."

시라카와는 눈가를 훔치더니 위를 올려다보고 숨을 후 내뱉었다. 나는 유리잔에 손을 뻗었다. 비어 있었다.

일어섰다. 나를 올려다보는 시라카와에게 싹싹하게 웃어 보였다.

"미안한테 몸이 좀 안 좋아서. 오늘은 이만 가도 되겠냐?"

시라카와는 허겁지겁 일어섰다.

"몸이 안 좋아? 괜찮니? 냉방을 너무 오래 쐤나?"

진심으로 걱정하는 듯 테이블을 돌아 가까이 다가오려 했다. 손으로 그것을 제지하며 나는 내심 기뻤다. 겉모습이 달라졌어도 시라카와는 역시 시라카와다. 얼굴을 찡그리는 척

연기하면서도 무심코 말했다.

"넌 정말 정이 많구나."

"어, 뭐?"

"내가 죽어도 넌 울어줄까."

시라카와는 입을 딱 벌리고 말을 잇지 못했다. 말의 의미가 침투되자, 화가 난 듯하기도 하고 당황한 것 같기도 한 얼굴로 나지막이 중얼거렸다.

"그런 건…… 생각하기도 싫어."

나는 고개를 끄덕였다. 그리고 계산서를 집었다.

"그러게. 미안하다."

"아, 돈은……."

"됐어."

아이스커피 몇 잔 값을 치르고, 테이블 위의 자료를 서둘러 챙기는 시라카와에게 손을 흔들었다.

"그럼 이만 ……다치아라이한테 안부 전해주고."

돌아오는 길.

태양은 작년과 마찬가지로 북반구를 지지고 있다. 그러나 그 아래 사는 우리의 세계는 겨우 일 년 만에 여러모로 바뀌었다. 거품이 꺼졌고 소련이 없어졌다. 나는 그날 마야가 나에게 남긴 말을 계속 생각한 끝에 이해하기에 이르렀다. 어째서 마야가 나를 데리고 가주지 않았는지를.

마야는 어디에 있을까.

소거법을 적용할 때, 시라카와가 제시한 조건은 세 개였다.

첫째, 그곳에 '돌아간다'고 하지 않고 '간다'고 표현한 것.

둘째, 세르보크로아트어를 쓰지 않는다는 것.

셋째. 마야가 자신에게 전화가 미치리라 생각하지 않았다는 것.

발밑의 아스팔트를 응시하고 정수리에 쨍쨍 내리쬐는 햇볕을 받으며 한 발짝, 한 발짝 내딛듯 걸었다.

세 가지 조건 중 둘째는 타당하다 할 수 없다. 슬로베니아에서 슬로베니아어가 쓰인다는 것도 '주로' 그렇다는 것일 뿐이다. 둘째 조건에 근거해 슬로베니아를 배제하는 것은 적절치 않다.

셋째 조건. 이것은 마야가 그렇게 생각했으리라는 희망적 관측에 불과하다. 마야는 그저 유고 전역에 전쟁이 확대되리라고 이야기했을 뿐이다. 설사 마야가 크로아티아 출신이라 해도, 그런데도 크로아티아가 공격받는 것보다 유고슬라비아가 해체되는 것을 더 걱정했다 한들 그걸 불합리하다고 단언할 수는 없다.

시라카와는 어떻게든 마야의 고향 후보에서 사지死地인 크로아티아와 보스니아헤르체고비나를 제외시키고 싶었던 게 아닐까. 그러기 위한 억지 추론이었다는 생각이 든다. 그러나 그녀를 비난할 마음은 들지 않았다. 그렇게 생각해서 마음이 편해진다면 나라도 그 생각에 매달리고 싶다. 그러나 냉정하게 보면 그 두 가지 조건에 의해 크로아티아와 보스니아헤르체고비나, 슬로베니아를 제외하는 것은 적절치 못하다고 할 수밖에 없다.

결국 시라카와는 첫째 조건으로 마케도니아를 제외했을 뿐이다.

도저히 그렇게 말할 수는 없었지만.

모퉁이를 돌자 태양이 뒤로 왔다. 이제 내게 보이는 것은 아스팔트 대신 아스팔트에 비친 내 그림자였다.

그렇다면?

시라카와는 내 이야기를 들을 때, 자기가 없는 자리에서 마야가 했던 발언에 좀더 주의했어야 했다. 십 일 전쟁이 시작되기 전, 아직 평온했을 무렵에 마야가 한 말에도 좀더 신경을 썼어야 했다.

태어난 고향을 찾는다 해봤자, 유고슬라비아 전체에 도시가 몇 개나 있을지 생각하고 싶지도 않다. 결국은 시라카와처럼 공화국이라는 큰 단위로 생각하는 수밖에 없는 것 같기도 하다.

그러나 나는 이미 마야의 고향에 어떤 특성이 있으리라는 것을 알아차렸다.

마야가 내 앞에서 한 말 중에 영어 단어로 보이는 말은 거의 없었다. 그도 그럴 것이다. 마야는 May I help you? 수준의 간단한 문장조차, 아니, 코먼 센스 같은 단어조차 몰랐다. 일기에 남아 있는, 마야가 말한 영어 단어는 극히 한정된다. 슈퍼마켓. EC. 밀리미터. 숏. 그 정도다.

슈퍼마켓에 관해 마야는 '일본에서 말하는'이라고 똑똑히 말했다. 이 단어를 모르면 일본에서 일상생활을 영위하기 힘들었을 것이다. 마야가 말한 슈퍼마켓이란 대규모 소매 점포를 가리킨다.

EC는 유럽 공동체. 밀리미터는 단위. 그밖의 해석으로는 문맥상 말이 통하지 않는다.

그에 비해 '숏'은 명백히 이상했다.

다섯이서 후지시바 시를 둘러본 그날, 시라카와는 마야에게 손수건을 사주었다. 시라카와가 손수건을 사러 슈퍼마켓에 들어간 사이에, 마야는 유고슬라비아에 슈퍼마켓이 없다고 생각한 우리를 나무랐다. 그때 마야는 이런 말을 했다. '제가 사는 곳은 큰 도시입니다. 숏과는 사뭇 다릅니다. 사모포슬루가는 있습니다. 웅, 하지만 식료품은 시장에서 살 때도 많습니다. 만든 사람이 직접 판매합니다.'

마야는 무슨 말을 하려고 했던가. 마야가 사는 곳에도 슈퍼마켓이 있다는 것. 식료품은 생산자가 직접 참가하는 시장에서 살 때도 많다는 것. 그리고, 마야가 사는 곳은 크다는 것. 숏과는 사뭇 달리.

나는 이때 마야의 나라가 자본주의 국가가 아니라는 식으로 말한 다치아라이의 발언에 정신이 팔려 있었다. 그래서 숏이라는 말을 듣고도 이상하게 생각하지 않았다. 골대에 공을 차 넣는 숏 말이겠지만 대체 무슨 농담일까, 하는 생각 정도는 했을지도 모르지만.

그러나 송별회 자리에서 후미하라가 입에 문 젓가락으로 사과를 받고, 그에 이어 다치아라이가 전광석화 같은 재주를 보여주었을 때, 다치아라이는 사과를 던진 시라카와에게 '나이스 숏이야, 이즈루'라고 칭찬했다. 나는 다치아라이가 또 불친절하게 말했다고 생각했다. 마야에게는 평이한 영어도 통하지 않을 때가 많기 때문이다. 실제로 마야는 물었다. '숏?' 세르보크로아트어로도 숏은 영어와 비슷한 발음인 모양이다. 그러나 마야는 이 때 명백히 둘을 결부시키지 못했다. 그렇다면 그 슈퍼마켓 앞에서 한 발언은?

슛이 영어가 아니라 일본어였다면 무슨 뜻일까.

시어머니, 시아버지일 리는 없다.•

유고슬라비아 연방 내, 세르비아 공화국에는 두 개의 자치주가 있다. 코소보와 보이보디나. 그 행정 중심 도시는 수도라 하지 않는다. 마야는 일국의 행정부가 있는 곳을 수도라 한다는 것을 알고 있었다. 마야와 처음 만난 비 오는 날, 아버지는 어디에 있느냐고 물은 나에게 마야는 이렇게 대답했다. '수도는 아닙니다. 웅, 가장 큰 주도입니다.'

마야는 현청 소재지(오사카는 부청 소재지이지만)를 주도라고 했다. 그리고 자기가 사는 곳은 주도와 비교가 되지 않게 크다고 했다. 자기가 사는 곳이 주도보다 크다고 당당하게 말한 이상, 가능성이 있는 곳은 수도밖에 없다. 마야가 사는 곳은 수도일 수밖에 없다. 마야는 캔버라나 워싱턴 등 수도가 국내 주요 도시보다 작은 사례는 염두에 없었던 것 같다.

"하하하, 저거 바보 아냐!"

별안간 괴상한 소리가 울려 퍼졌다. 얼굴을 들자 창문이란

• 일본어로 '슛'과 '시어머니', '시아버지'와 뒤에 나올 '주도'가 모두 발음이 비슷하다.

창문을 모조리 연 스포츠카가 굉음과 더불어 달려갔다. 어느새 신호가 빨간불로 바뀌어 있었다. 나는 발을 어깨 폭으로 벌리고 서서 하늘을 올려다보았다. 오늘은 구름이 많은 편이다. 게다가 바람도 분다. 축축하고 무겁고 기분 나쁜 바람.

유고슬라비아에서 수도로 불리는 도시는 공화국과 똑같이 여섯 개 있다.

슬로베니아의 류블랴나, 크로아티아의 자그레브, 세르비아의 베오그라드, 보스니아헤르체고비나의 사라예보, 몬테네그로의 티토그라드, 마케도니아의 스코페.

이 중에서 마케도니아의 스코페는 빼도 된다. 시라카와에 의해 마케도니아는 후보에서 제외되었다.

나머지 다섯 도시.

맨 처음 제외되는 것은 슬로베니아의 류블랴나다. 여기는 십 일 전쟁으로 전쟁터가 되었다. 류블랴나 공항은 연방군의 폭격을 받았다. 그러나 마야는 송별회 날, 나와 둘이 있을 때 이런 말을 했다. '다음은 흐르바트스카입니다. 그다음은 보스나 이 헤르체고비나입니다. 어쩌면 코소보도.' 여기까지는 시라카와도 언급했다. 내가 인용하고 싶은 것은 그다음이다. '제가 사는 곳도 언젠가 전쟁터가 될지 모릅니다.' 류블랴나는 이때 이미 전쟁터가 되어 있었다.

시라카와는 마케도니아와 슬로베니아를 제일 처음 제외했다. 안전한 후보 둘을 맨 먼저 제외시키는 건 아닌 게 아니라 괴롭다.

그럼 남은 넷 중에서 어떤 식으로 소거할 것인가.

나는 아까 지적知的 순간 발화로 그 방법을 생각해냈다. 역사 보존 지구에 들어갈 때 우리는 다리를 건넜다. 론덴 다리. 상인이 도둑맞은 금을 되찾은 것을 신에게 감사하기 위해 놓은 다리. 그것을 건널 때 마야는 금속제 난간을 치며 말했다. '유고슬라비아에서 다리는 많은 경우 상징적인 의미를 갖습니다. 지역을 대표하는 건축물인 경우도 많습니다.' 그리고 유명한 다리로 어떤 것이 있느냐고 묻자 이렇게 대답했다. '응, 아주 많습니다. 제가 사는 곳은 후지시바와 비슷해서 시내 한복판으로 강이 한줄기 흐릅니다. 그렇기 때문에 다리도 여러 개입니다. 하지만 유고슬라비아에서 가장 유명한 것은 모스타르 다리입니다. 매년 거기에서 사람이 뛰어내립니다.'

강 양옆으로 도시가 발달하지 않은 곳은, 마야가 돌아간 도시가 아니다.

각 도시의 입지 조건은 십 일 전쟁 초기에 조사했다. 제외되는 도시는 둘. 사바 강과 도나우 강의 합류 지점에 위치하는 베오그라드. 그리고 북쪽 연안에 발달됐고 남쪽에는 최근

에야 손을 뻗은 자그레브. 티토그라드는 정보가 부족하고, 사라예보는 시가지 바로 한복판으로 밀랴츠카라는 강이 흐른다.

세르비아와 크로아티아가 제외된다.

남은 후보는 우연히도 시라카와와 마찬가지로 둘이다.

몬테네그로. 수도 티토그라드. 현재는 평화롭다.

보스니아헤르체고비나. 수도 사라예보. 현재 전쟁터다.

입안이 타들었다.

문득 고개를 들자, 파란불이 깜박거리기 시작한 참이었다. 생각에 열중한 나머지 신호를 한 번 놓쳤다. 이대로 햇볕에 노출되어 있다가 열사병이라도 일으켰다가는 농담거리도 못 된다. 잠시 생각을 중지하고 그리 길지 않은 신호가 바뀌기를 기다려 길을 건넌 다음, 다시 아스팔트의 그림자만 보며 걸었다.

그나저나 농담으로 말하자면.

마야는 농담을 몇 번 했다. 그중에서도 가장 인상적인 것은 론덴 다리에서 '이 다리를 건너는 것을 금함' 발언으로 힘빠지게 만들었을 때다. 그러나 마야의 농담은 이것만이 아니다. 심지어 처음 만난 날에도 마야는 이해하기 어려운 농담을 했다.

'츠르나고라는 일본과 전쟁을 하고 있습니다. 선전 포고도 완벽합니다.'

'지금도 그렇습니다.'

'그러니까 일본 사람은 츠르나고라에 가면 안 됩니다. 저희 집에 츠르나고라에서 친구가 왔을 때, 일본에 가면 위험하다고 했습니다. 포로는 조약에 의해 다루어져야 합니다.'

마야는 명백히 츠르나고라 사람이 아니다. 츠르나고라란 어디인가? 흐르바트스카가 크로아티아였던 것처럼, 이것도 유고슬라비아 내 어딘가이리라는 것은 짐작할 수 있다. 여섯 공화국 중 어딘가가 현지 지명으로는 츠르나고라인 것이다. 흐르바트스카가 크로아티아라는 것은 안다. 그렇다면 츠르나고라는 어디인가. 가능성은 크로아티아만 빼고 어디나 있다. 우리가 '일본'과 '저팬'을 분간해 쓰듯, 마야도 츠르나고라에 관해 말할 때는 이해하기 쉬운 말을 병용한 것일지도 모르기 때문이다.

선전 포고를 하고 일본과 전쟁을 한 나라가 셀 수 없이 많지는 않다. 특히 유럽에서는.

일본사를 선택한 후미하라가 없는 것이 아쉽지만, 기억을 뒤질 수는 있다. 시모노세키 사건. 이게 전쟁인가? 선전 포고가 있었나? 그건 알 수 없지만 여기에 관련된 것은 영국,

미국, 프랑스, 네덜란드 네 나라였던 걸로 기억한다. 노일전쟁. 청일전쟁은 관계없다. 제1차세계대전, 중일전쟁, 제2차세계대전.

유고슬라비아의 역사는 어땠나.

유고슬라비아는 제1차세계대전으로 합스부르크 제국이 붕괴했기 때문에 성립될 수 있었다.

즉, 제1차세계대전 이후에는 이미 유고슬라비아가 성립되어 있었으니, 이후 일본에 선전 포고를 했다면 유고슬라비아 대 일본이라는 형태였을 것이다.

훗날 유고슬라비아를 구성하게 될 공화국이 개별적으로 일본에 선전 포고를 할 수 있으려면 제1차세계대전 이전으로 한정된다.

그 단계에서 독립 국가였던 나라는 어디인가. 슬라브 해방의 기수였고 제1차세계대전의 당사자였던 세르비아. 그리고 강국 터키의 압력에 굴하지 않고 독립을 유지했던 몬테네그로. 둘 중 한 쪽이 츠르나고라다.

그리고 마야가 쓰는 세르보크로아트어는 '스르프스코흐르바트스콤'이다. 흐르바트스카는 크로아티아, 그렇다면 스르프스는 '세르비아의'라는 의미이리라. 세르비아는 마야가 '스르비야'라고 했던 바로 그 나라다.

즉, 마야의 출신지로 꼽을 수 없는 츠르나고라란 몬테네그로를 가리킨다.

아토쓰가와 강으로 나왔다. 물기를 머금은 미적지근한 바람이 불어와 나도 모르게 얼굴을 돌렸다.

목록에 남은 이름은 하나.

보스니아헤르체고비나, 수도 사라예보.

2

1992년(헤이세이 4년) 7월 6일 월요일

밤에 전화벨이 울렸다.

별로 대화하고 싶지 않은 상대가 건 전화였다. 나는 그 상대가 늘 그러하듯 최소한의 말로 대응했다.

"왜."

"만났으면 하는데."

"일 없어."

"난 있어."

"내가 알 바 아냐."

수화기 저편에 흐르는 침묵.

숨을 못 쉬고 쥐어짜는 듯한 목소리가 그것을 깼다.

"……꼭 오늘밤에 만나야 해."

한숨을 쉬었다.

"어디서?"

지정된 장소는 후도 다리 입구. 폐업한 사진관 앞.

분명히 위치상 우리 둘의 중간 지점이긴 하다. 그러나 나는 다치아라이의 뻔뻔함에 새삼 어처구니가 없었다.

낮 동안의 열기가 여태 식을 줄 모르고, 바람은 낮보다 더 무거웠다. 아직 초저녁, 거리의 불빛이 휘황찬란해 별은 잘 보이지도 않았다. 반달이라고 하기에는 좀 부족한 상현달도 별빛을 가렸다. 그리고 달에는 달무리가 허옇게 져 있었다. 샌들을 끌고 집을 나섰다.

다치아라이의 볼일이 무엇인지 나는 알 수 없었다.

다치아라이는 마야의 고향을 같이 알아내자는 내 제안을 거절하고, 부탁을 거절했다. 시라카와는 그런 다치아라이를 차갑다고 생각하지 말아달라고 했지만, 사실을 왜곡하기는 불가능하다. 그런 다치아라이가 이제 와서 무슨 볼일이 있다는 건가. 솔직히 나는 기분이 상했고, 좀더 분명히 말하면 성이 나 있었다. 변명이라도 할 생각인가. 이제 와서 그런 것은 듣고 싶지도 않으려니와, 나에게는 그런 것을 듣고 있을 시간에 해야 할 더욱 중대한 일이 있었다.

그러나 심호흡을 하고 생각하면, 다치아라이가 밤중에 남을 불러내서 '도와주지 못해서 미안, 실은 이런저런 사정이 있었어. 용서해줘'라고 할 리는 만무하다. 다치아라이는 절대 그런 말을 하지 않는다.

그러나 그동안 여러 가지가 바뀌었다. 시라카와의 심성은 달라지지 않은 것 같지만 다치아라이도 그러리라는 법은 없다. 만약 다치아라이가 그런 말을 하는 사람이 됐다면……. 그런 말은 더더욱 듣고 싶지 않았다.

그런 마음이 내 발걸음을 무겁게 했다. 후도 다리에 도착하기까지 평소의 갑절은 시간이 걸렸다. 다치아라이가 기다리다 지쳐 돌아가지 않았을까. 그런 불안이 일었다. 아니, 물론 그것은 불안이 아니라 기대였다.

그러나 다치아라이는 무리진 달 밑에서 기다리고 있었다. 긴 머리는 여전하고 재킷에 나팔바지. 둘 다 검정색이라 밤에 녹아들 듯했다. 붉은 불빛이 입가에 보였다. 무료하게 기다리는 시간을 담배를 물고 보내고 있었던 것이다.

다치아라이는 내가 온 것을 보고는 아스팔트에 담배를 비

벼 껐다. 불 꺼진 담배를 주머니에서 꺼낸 작은 은빛 상자에 밀어 넣었다. 그 동작을 보고 생각났다.

후도 다리 근처의 가로등은 매우 미덥지 못한 빛만 비추어 준다. 나와 다치아라이는 달빛 아래 마주섰다.

내가 먼저 한마디.

"생일 축하한다."

다치아라이는 진기한 것이라도 보듯 순간 내 눈을 빤히 응시하더니, 발밑의 담배 자국을 보았다.

"그러게. 고마워. 어제였지만."

그러고는 보일 듯 말 듯 웃었다.

"오랜만이야."

나는 다치아라이의 눈을 보지 않았다.

"그렇군."

"잘 지냈어?"

마음을 써주는 거냐? 네가 웬일이냐? 고맙다, 잘 지내. 몸에 고장난 데가 없는 게 잘 지내는 것의 정의라면.

그런 말이 머리에 떠올랐다. 그러나 이렇게 본인을 앞에 두니 전화로 말할 때처럼 말이 잘 나오지 않았다. 결국 나는 모호하게 고개를 끄덕이는 것으로 대답을 대신했다.

"넌?"

"보통이야. 살이 좀 빠졌을 뿐."

원래부터 마른 다치아라이가 살이 빠졌는지 아닌지는 알 수 없었다. 애초에 그걸 비교할 수 있을 만큼 다치아라이의 몸을 주시한 적도 없다.

나는 시선을 피한 채 작은 목소리로 말했다.

"그래서 볼일이 뭐냐?"

그러나 다치아라이는 애를 태우듯 물었다.

"급해?"

"……그래, 할 일이 있어. 할말 있으면 얼른 해라."

다치아라이의 사나운 눈이 나를 보고 있다는 것은 안 봐도 알 수 있었다. 얼른 끝내라고 했는데도 다치아라이는 얼마 동안 입을 열지 않았다. 그러더니 내가 짜증 어린 말을 꺼내기 전에 나지막이 말했다.

"할 일이란 건, 여행 계획을 세우는 거니?"

얼떨결에 얼굴을 들었다. 다치아라이와 시선이 똑바로 마주쳤다. 다치아라이는 작년까지는 익숙했던 날카롭고 차가운 눈을 하고 있지 않았다. 굳이 말하자면 그곳에 깃들어 있는 것은 연민인 듯했다.

그리고 나는, 내 태도가 열 마디 말보다 더 확실하게 다치아라이의 물음에 답했음을 깨달았다.

다치아라이는 살짝 고개를 내저었다.

"마야가 오지 말라고 했을 텐데. 모리야는 마야가 한 말을 이해 못 한 거야?"

마야가 한 말. 이런 행동이 다치아라이의 의도에 걸려드는 일이라는 것을 알면서도 되묻지 않을 수 없었다.

"네가 어떻게 그걸 아냐?"

다치아라이의 표정은 달라지지 않았다.

"여자애는 의논 상대를 갖는 법이거든. 네가 좀 이상해 보이더라고 이즈루가 전화했어. 전후 사정을 듣고 알았어. 모리야, 너 밝혀냈구나."

내 언성이 높아졌다.

"그게 아니라! 마야하고 한 이야기 말이야."

조금 슬픔 같은 빛이 떠오른 듯 보였다.

"여자애는 의논 상대를 갖는 법이라고 했잖아. 마야라고 낯선 곳에서 아무한테도 고민을 털어놓지 않은 채 이 개월을 지낼 수 있을 정도로 강하진 않았어."

"……."

목을 졸린 기분이었다.

마야가 나와 한 이야기를 타인에게 했기 때문이 아니다. 처음부터 비밀로 해달라고 부탁하지도 않았고, 마야도 여기

저기 떠벌리고 다닌 것은 아닐 테니까. 그게 아니라, 마야라고 혼자서 이 개월을 보낼 수는 없었다는 다치아라이의 말이 왜 그런지 몹시 고통스럽게 느껴졌다.

아무 말도 못 하는 나에게 다치아라이는 가차없이 퍼부었다.

"그래도 갈 생각이야? 어떻게 갈 건데? 가서 어쩔 건데?"

어금니를 꽉 깨물었다.

"……보스니아헤르체고비나에서 난민이 배를 타고 아드리아 해를 건너 이탈리아에 쉴 새 없이 밀려든다더라. 보스니아에서 이탈리아로 갈 수 있다면 반대 방향으로 가는 배도 있겠지. 돈은 모아놨어. 앞으로 한두 달만 더 있으면 아마 두 달 정도 버틸 돈은 될 거다. 가서 마야를 구하겠어."

내 말이 채 끝나기도 전에 다치아라이는 강하게 말했다.

"마야가 왜 널 거절했는지 정말 몰라? 네가 간다고 무슨 일이 일어날 것도 아니고, 기껏 해봤자 똑똑한 사람들한테 속아서 환영을 보는 게 고작이란 말이야. 결국 모리야는……."

"알아. 안다고!"

부르짖는 듯한 목소리가 나왔다.

그래, 알고 있었다.

유고슬라비아에 가고 싶다. 마야가 후지시바에 왔던 것처럼 나도 유고슬라비아에 가고 싶다.

그런 내 고백을 듣고 마야는 웃었다. 관광을 하기에는 시기가 좋지 못하다고.

그때 내가 분했던 것은 내 절실한 바람이 관광이라는 한마디로 치부되었기 때문이다. 그런 게 아니라고 나는 생각했다. 나는 좀더 의미 있는 일을 하러 가는 것이라고.

그러나 일 년. 일 년이면 여러 가지가 바뀐다. 입시 공부를 하는 틈틈이, 그리고 입시가 한창일 때도, 마야의 말은 늘 머릿속에 남아 종종 의문으로 떠오르곤 했다. 그리고 일 년은 줄곧 생각해온 문제에 이럭저럭 대답을 도출해내기에 결코 부족한 시간이 아니었다.

작년에 내가 하려고 했던 일, 마야를 따라 유고슬라비아로 가려고 했던 일, 그것은 마야 말대로 관광일 뿐이었다. 아니, 그보다 못한, 아무 의미도 없는 행동이었다. 뭔가를 어떻게든 하고 싶다. 그런 기분으로 유고슬라비아에 간다고 뭔가가 어떻게 되리라고 나는 진심으로 생각했던가?

야마시山師라는 직업이 있다고 한다. 산들을 돌아다니며 유망한 광맥을 찾는 사람들. 물론 그런 게 그렇게 아무데나 있을 리 없으니 대개는 허탕을 친다. 그래도 야마시에게는 광맥을 찾는다는 목적이 있다. 대부분이 실패로 끝난다 해도 그런 것은 처음부터 계산에 들어 있었을 것이다.

그에 비해, 어쩌면 뭔가를 발견할지도 모른다는 정도의 의도로 산에 들어가는 것은 어떤가. 아무 일도 일어나지 않는 게 당연하고, 성공이고 실패고 할 것도 없다. 나 같아도 그 행동을 피크닉이라고 부르겠다.

당시의 나는 마야가 이끌고 온 세계의 매력에 현혹되어 있었다. 드디어 내 앞에 나타난 '드라마'에 매달리고 싶었을 뿐이다. 나 자신을 위한 일이라고 명언한 덕에 위선자가 되지 않은 것만이 다행이라면 다행이다.

힌트는 곳곳에 있었다. 마야는 처음부터 자기는 이러저러한 목적을 위해 일본에 왔다고 똑똑히 밝혔고, 쓰카사 신사에서는 더욱 분명하게 그렇게 말했다. 다치아라이는 별세계를 동경하는 나를 간결하고 날카롭게 비판했다.

마야는 그런 나를 가망 없다고 판단했다. 나보다 나를 더 잘 안다고 했던 마야. 분명히 그랬을 것이다. 현혹되어 있던 나를 정신 차리게 하기 위해 마야는 나를 통렬하게 거절했다. 이해하는 데 조금 시간이 걸리고 말았지만…….

그러나 지금.

그것을 알고도, 아니, 알았기에 더더욱 나는 유고슬라비아에 가야 한다는 충동에 사로잡혀 있었다. 지금의 나는 '뭔가를 어떻게든 하고 싶은' 게 아니다.

그런 생각이 뇌리를 스쳤지만, 나는 그런 이야기를 할 필요성을 느끼지 못했다. 한마디로 충분하다는 것을 알고 있었다.

나는 말했다.

"알기는 안다만, 이미 결심했다."

침묵.

남아 있던 담배 냄새가 코를 찔렀다.

다치아라이는 깊디깊게 한숨을 쉬었다. 고개를 떨어뜨리고 긴 머리를 찰랑이며 천천히 머리를 가로저었다. 얼굴을 들었을 때는 뭐라 말할 수 없이 슬픈 미소를 띠고 있었다. 다치아라이가 그런 식으로 감정을 드러낼 수 있다는 것을 나는 내 눈으로 보고도 믿을 수 없었다.

"모리야, 재미있는 얼굴이 됐구나. ……정말."

"널 즐겁게 해주려고 그런 게 아냐."

다치아라이는 나팔바지 오른쪽 주머니에 손을 넣었다. 안에서 나온 것은 약간 구겨진 하얀 봉투.

"결심했으면 어쩔 수 없네."

그렇게 중얼거리고는 봉투를 나에게 내밀었다. 의아하게 생각하면서도 나는 그것을 받아들었다. 앞에도 뒤에도 아무것도 씌어 있지 않은, 다치아라이 자신처럼 무뚝뚝한 봉투. 안에 든 것은 종이 몇 장 같았다.

그것을 꺼내려는 나에게 다치아라이는 조용히 물었다.

“모리야, 마야가 왜 출신지를 안 밝혔는지 아니?”

“……우연이었겠지.”

“그래, 우연이었어. 중간까지는.”

나는 손을 멈추고 다치아라이를 잠자코 바라보았다. 다치아라이는 아까 떠올린 표정은 무슨 착오였다는 양 원래의 무표정한 얼굴로 말을 이었다.

“하지만 중간부터 의도적인 걸로 변했어. 모리야, 왜 그런지 알아?”

“…….”

“네가 유고슬라비아에 오는 걸 막기 위해서야.”

긴장이 짜르르 온몸을 훑었다.

다치아라이는 반걸음 나에게 다가섰다.

“마야는 너한테는 물론, 부탁받으면 싫다고 못 하는 이즈루한테도, 남자인 후미하라한테도 연락처를 가르쳐주지 않았어. 알면 네가 찾아올지도 모른다고, 마야는 그걸 걱정했어.”

목소리가 점차 강해졌다. 다치아라이의 냉정함이 그에 따라 사라져갔다.

“하지만 나라면 적당한 때까지 비밀을 지킬 수 있을 거라고 믿고 나한테만은 가르쳐줬어. 모리야, 네가 들고 있는 그게 뭔지 알아? 난 마야한테 편지를 썼어. 그리고 그게 사라예보에서 온 답장이야.

읽어봐. 지금 당장!"

하얀 봉투.

편지지 석 장. 꺼내는 데 애먹었다.

그중 두 장에는 알파벳이 유려한 필기체로 씌어 있었다. 영어다. 셋째 장에는 타자 친 것처럼 깨끗한 일본어가 씌어 있었다. 묻지 않아도 알 수 있다. 다치아라이가 번역한 것이다.

그것을 읽었다.

편지에 감사드린다. 그러나 내 편지가 당신에게 갈 것인가. 사라예보는 참혹하게 변했다. 이 편지가 무사히 일본에 배달되기를 기도한다.

나는 마리야의 오빠, 슬로보단. 동생에게 쓴 진심 어린 편지를 읽고 매우 기뻤다. 그러나 나는, 우리에게 그것이 고통스러운 일이듯 당신에게도 고통스러울 이야기를 써야만 한다.

내 동생, 그리고 당신의 친구 마리야는 5월 22일 저격병의 총에 목을 맞고 사망했다.

마리야의 무덤을 만들어줄 수 있어 다행이었다. 사라예보에서는 점점 제대로 된 무덤을 쓰기가 어려워지고 있다.

마리야는 당신을 사랑했다. 다른 여러 나라를 사랑했듯 그 아이는 일본을 사랑했다. 그 아이는 일본에 다시 갈 수 있기를 강하게 소원했다. 나는 그것을 일부만이라도 들어주고 싶다.

우리가 사는 곳에 평화가 돌아왔을 때(신이여, 그날이 머지않았기를) 당신이 찾아오기를 기도한다. 동생을 대신해 우리가 당신을 환영하겠다. 그것이 동생의 평안을 위한 일이기를.

어떤 반응이 정상이었을까.

글은 그 뒤로도 이어졌지만 그 이상 읽을 수 없었다. 마야, 애티가 남아 있는 얼굴, 특징 있는 씩씩한 눈썹, 검은 눈, 검은 머리.

목! 어째서 목을!

얼굴을 들자 다치아라이가 보였다. 나는 그저 소리를 질러댔다.

"왜 말 안 했냐. 왜 알면서 가만있었어. 언제 안 거야. 나랑 시라카와가 쓸데없는 짓 하는 꼴을 보니 재미있던!"

"그럼 넌!"

그보다 더 크게 다치아라이가 소리쳤다.

"넌 이 얘길 이즈루한테 할 수 있어? 이즈루가 어떻게 될지 상상이 안 되진 않을 거 아냐. 난 그런 짓은 할 수 없었어. 난 그런 거 견딜 수 없어.

넌 모르지? 작년에 송별회에서 어째서 내가 정신을 못 가눌 정도로 취했는지. 이즈루가 취한 이유는 눈치챘으면서 나도 마찬가지일 거란 생각은 해보지도 않았지? 마야가 궁금한 게 있을 때 내가 왜 늘 설명하길 싫어했다고 생각하니? 겸연쩍어서 그런다는 걸 이해해준 적 있어?

네가 날 어떻게 생각하는지는 알아. 내가 그렇게 보인다는 것도 알아. 센도처럼 속 편한 별명보다 다치아라이가 나한테 훨씬 잘 어울린다는 것도 알고 있었어. 하지만 모리야, 너 날 너무 차가운 사람으로 보는 거 아니니!"

머리가 흐트러져 앞으로 흘러내린 한 가닥이 왼쪽 눈을 반쯤 가리고 있었다.

그 머리를 뒤로 넘기고 다치아라이는 고개를 약간 숙이고서 시선을 다른 데로 돌렸다. 왼쪽 주머니에 손을 넣어 작은 물건을 꺼냈다.

"이게 같이 들어 있었어."

수국.

얼룩이 묻은 수국 머리핀.

다치아라이의 주머니에 들어 있던 그것은 살아 있는 양 따뜻했다.

종장

1992년(헤이세이 4년) 7월 6일 월요일

후도 다리를 건너기 시작했다. 요 며칠 계속된 맑은 날씨에 아토쓰가와 강은 여느 때보다 물이 줄어들어 있었다. 삼 년간 다녔던 길을 얼마 동안 따라가, 쓰카사 신사 다 와서 그냥 지나치기 쉬운 교차로에서 산 쪽으로 꺾었다. 침침한 가로등은 점점 수가 줄어들고, 이윽고 아스팔트 포장마저 사라졌다.

산으로 들어서자 삼나무 숲이 무겁고 축축한 바람과 달빛을 차단했다. 어둠에 익숙해진 눈으로 가까스로 길을 분간했다. 나무들 사이로 파고드는 빛으로 눈에 익은 묘석을 알아볼 수 있었다. 분카 원년에 죽은 이의 무덤. 왠지 모르게 다치아라이의 말이 생생하게 되살아났다. '……과거란 게 정말 있었구나.'

머리핀을 두 손으로 쥐고, 눈은 발치만 보았다. 묘석이 빽빽이 들어선 산을 다치아라이와 둘이 조용히 올랐다.

절반쯤 올라왔을 때 나지막이 말했다.

"난 어디선가 잘못을 한 걸까."

다치아라이가 대답했다.

"아니."

"잘못했다고 해주면 훨씬 마음이 편할 텐데."

"그렇지만 네가 잘못한 게 아냐."

물론 그렇다. 내가 실패했기 때문에 이런 결과를 맞은 게 아니다. 나는 착각을 한 고등학생이었을 뿐이고, 그 때문에 마야가 죽은 것은 아니다. 그렇게까지 자만하지는 않았다. 내가 무엇을 바랐든, 어떻게 움직였든, 결과는 분명 같았을 것이다. 그래도 어떻게 이럴수가. 자책하는 것마저 용납되지 않다니.

그러나 다치아라이는 한마디 덧붙였다.

"……그러게, 네 행동이나 말이 나비의 날갯짓처럼 작용해서, 그래서 결과가 달라질 수 있었을지는 모르지."

작게 웃었다.

"고맙다."

"좀더 그럴듯하게 말해줄 수 있으면 좋을 텐데."

"아냐……."

나는 멈춰 섰다. 바로 뒤에서 다치아라이의 발소리도 그쳤다.

"왜?"

숨을 들이쉬었다.

"미안하다."

멋대로 너에게 역할을 떠맡겨서 미안했다. 다시 걸음을 뗐다. 숲 틈새로 시가지가 보이는 언저리에서 다치아라이가 뭐라고 중얼거린 듯했지만 그것이 용서의 말이었는지 아닌지는 알 수 없었다.

산꼭대기 부근에서 시야가 트였다.

나무가 베인 곳으로 후지시바의 야경이 보였다. 상대적으로 조그맣고 별 볼일 없는 시가지이건만 그 빛이 밤하늘의 별을 지워버렸다. 묘가 들어설 곳은 하얀 로프로 구분되어 있다. 작년에 비해 새 무덤이 몇 개 늘어난 듯했다.

한구석에 후지시바가 잘 보이는 곳을 골라 조금 땅을 팠다. 돌멩이를 주워 미지근한 흙을 파냈다. 참 어린애 같은 매장이다. 결국 내가 할 수 있는 일은 기껏해야 이 정도. 위령조차 못 되는 한낱 감상. 그러나 감상이 일시적인 위안을 얻는 괜찮은 방법이라는 것을 처음 알았다.

땅을 파면서 일 년 전을, 그리고 한 시간 전을 돌이켜 생각했다. 온갖 정경이, 말이 되살아났다. 그러나 경험을 동경해 바보짓을 하고, 바보짓임을 알아도 끝까지 밀어붙이겠노라고 결심했을 때는 이미 모든 게 끝난 뒤였다. ……어쩌면 여기는 웃을 대목일지도 모른다. 아니, 오히려 웃어주기를 바랐다.

야트막한 구멍에 수국 핀을 살며시 내려놓았다.

다치아라이가 옆에 쭈그리고 앉았다. 말없이 둘이서 흙을 덮었다.

간단한 매장은 금세 끝났다.

쭈그리고 앉아서 흙을 봉긋하게 쌓지도 않은 임시 무덤을 내려다보았다.

합장도 하지 않고 그저 중얼거렸다.

"실패와 선입견과 착각뿐이야. 참 꼴사납기도 하지. 왜 마야가 이렇게 되고 내가 이 모양인 거냐."

다치아라이도 기도를 바치지는 않았다.

"그 질문에 대답할 수 있는 사람은 종교인 아니면 선동가일걸."

유감스럽게도 다치아라이는 종교인도 선동가도 아니다. 그럼 무엇인가 생각해도 답은 나오지 않았다. 타인도 어떤 사람인지 알 수 없는 마당에 자기는 어련하겠냐.

미지근한 열기의 잔재에 싸여 우리는 하염없이 무덤만 내려다보았다.

먼저 일어선 사람은 다치아라이였다. 흙 묻은 손을 닦지도 않고 그녀답지 않게 작은 목소리로 물었다.

"……조사는 계속할 거니?"

계속해서 무슨 소용이 있나, 모든 게 끝장났는데, 하고 생각이 단순하게 돌아가려는 것을 꾹 참았다. 그래, 모든 것을 포기하고 기억 속에 봉인하고 싶지만…….

마야를 죽인 것의 정체를 규명하고 싶다는 충동도 어렴풋이 들었다. 어떤 개념이 어떤 명분으로 마야를 죽였는지 알고 싶었다. 거의 불가능해 보이지만, 따지고 보면 마야의 소망도 거의 불가능해 보였었다. 차근차근 쌓아올리는 마야의 강인함을 본받을 수 있다면 언젠가 뭔가 찾아낼지도 모른다. 그렇게 할 수 있다면, 나는 행복하기만 한 인생 대신 동경했던 것에 다가갈 수 있다.

그러나 그게 가능할까. 내게 그것을 이루어낼 힘이 있을까. 마야조차도 결국에는 무력했는데.

각오가 서지 않는다. 시간이 필요하다. 나는 다치아라이의 물음에 대답하지 않았다.

말없이 일어나 돌아보았다.

눈앞에 펼쳐진 광경은 야경. 범람하는 빛.

내가 사는 곳, 후지시바 시가 밤하늘을 밝히고 있다.

대단히 행복한 광경이고, 동시에 아름답기도 했다. 뜻하지 않게 그에 마음을 빼앗겨 언젠가 마야에게도 보여주고 싶다고 생각하고 말았다. 그 순간, 온갖 장면이 되살아났다.

나를 가까이서 빤히 쳐다보는 눈, 곱슬곱슬한 검은 머리, 하얀 목덜미, '철학적인 의미가 있습니까?', 그리고 하얀 봉투.

나는 다치아라이로부터 조금 떨어져 야경 앞에 우두커니 섰다. 전에도 다치아라이에게 꽤나 꼴사나운 모습을 보이고 말았다. 이 이상 한심한 얼굴까지 보이기는 싫었다.

나는 실패만 거듭하고 여태 확실한 것을 아무것도 갖지 못했다. 그러나 어쨌든 틀림없는 사실이 있다. 마야는 죽었다. 그 사실을 그제야 실감했다.

눈앞에 보이는 모든 것이, 그리고 보이지 않는 것도 모두 영원히 마야를 떠나고 말았다.

그러나 내게는 그것들이 남아 있다는 사실이, 나는 아직 믿기지 않았다.

요네자와 호노부를 이야기하다

요네자와 호노부는 다채로우면서 한결같은 작가다. 2001년에 데뷔해 2015년 10월 현재 일본에서 발표된 열여덟 편의 작품을 돌이켜보면, 그가 얼마나 다양한 스타일을 구사하는지 알 수 있다. 다행히 우리나라에도 작품의 반수 이상이 번역되어 나왔으니 짚어보자면, 『인사이트 밀』(최고은 옮김, 북홀릭, 2008)의 클로즈드 서클(closed circle. 사건이 발생하는 장소로서, 외부 세계로부터 완전히 차단된 공간을 의미한다), 『덧없는 양들의 축연』(최고은 옮김, 북홀릭, 2010)의 피니싱 스트로크(finishing stroke. 말하자면 '마지막 한 방'으로, 마지막 페이지 혹은 마지막 줄에서 진상이 밝혀짐을 의미한다), 또 『추상오단장』

(최고은 옮김, 북홀릭, 2011)의 리들 스토리(riddle story. 수수께끼에 대한 해답이 제시되지 않는 이야기)가 있다. 한편 『개는 어디에』(권영주 옮김, 문학동네, 2011)는 하드보일드고, 『부러진 용골』(최고은 옮김, 북홀릭, 2012)은 판타지에 미스터리가 융합되어 있으며, 『빙과』(권영주 옮김, 엘릭시르, 2013)를 위시한 통칭 '고전부' 시리즈와 『봄철 딸기 타르트 사건』을 위시한 '소시민' 시리즈는 기본적으로 일상 속 수수께끼 계열이다. 그러면서 그 안에서 여러 고전 본격 미스터리의 스타일을 차용한다. 심지어 처음 쓴 소설은 근미래를 배경으로 한 경찰 액션물이었다고 한다. 그런데 이토록 표정이 다양한데도 어떤 작품을 읽든 이건 틀림없는 요네자와 호노부라는 생각이 저절로 든다. 물론 천편일률적이라는 의미가 아니다. 그만큼 작가의 세계가 뚜렷하다는 뜻이다. 그것을 이 글에서는 '청춘'과 '성실함'이라는 두 개의 키워드로 풀어볼까 한다.

요네자와 호노부는 특히 작품 활동 초기에 소위 청춘 미스터리를 꾸준히 써서 발표했다. 뭐니 뭐니 해도 가도카와 학원 소설 대상의 제1회 영 미스터리 & 호러 부문 장려상을 수상한 『빙과』로 데뷔한데다, 현재까지 이어지는 주요 시리즈 두 개 모두 고등학생들이 주인공이다.

'고전부' 시리즈의 주인공 오레키 호타로는 '안 해도 되는 일은 안 한다. 해야 하는 일은 간략하게'라는 좌우명을 갖고 있는 자칭 에너지 절약주의자다. 그런 그가 누나의 권유 또는 강요로 폐부 위기에 놓인 고전부에 들어가 호기심 왕성한 여학생 지탄다 에루를 만나면서 본의 아니게 일상 속에 흩어져 있는 작은 수수께끼들을 풀게 된다. 작은 수수께끼들은 이윽고 33년 전 학교에서 발생한 사건과 고전부 문집 《빙과》의 제목에 담긴 의미에 얽힌 커다란 수수께끼로 발전된다. 이것이 데뷔작 『빙과』의 줄거리다.

한편 '소시민' 시리즈의 주인공 고바토 조고로와 오사나이 유키는 하고많은 것 중 하필이면 소시민을 지향하는 고등학생이다. 이 둘을 엮는 것은 결코 연애 관계가 아니라 호혜 관계다. 말하자면 오사나이는 고바토의 '명탐정' 자질을, 고바토는 오사나이의 '복수 마니아' 자질을 견제해주기 위해 일종의 공동전선을 펴고 있는 셈이다.

두 시리즈가 공통적으로 그리는 것은 사춘기 특유의 자의식이다. 우리는 대개 사춘기에 이르러 처음으로 자신이 무엇을 할 수 있는지, 그리고 무엇을 할 수 없는지를 의식하게 된다. 여러 시험 또는 시련을 통해 자신이 할 수 있는 것, 그리고 할 수 없는 것을 알게 되는 것이다. 만약 내가 남보다 잘하는 것, 나만 할 수 있는 것이 발견되면 그에 자만한다. 당연하다. 그게 사람 마음이니까. 하지만 이 또한 당연하게도 그런 오만은 좌절에 부딪힐 수밖에 없다. 중학교 시절, 고바토는 남들보다 뛰어난 추리 능력을 발휘했고 그에 자만했다. 그러다가 무참히 깨졌다. 작가가 말하는 사춘기의 '전능감全能感'이 무너지는 순간이다. 그것이 그가 고등학교에 들어와 새 출발을 다짐하고 소시민으로 살려는 까닭이다. 복수에 대한 강한 집념 탓에 쓰라린 과거를 가지는 오사나이 역시 그 때문에 '늑대'이기를 그만두고 소시민이 되려 한다. 한편, 원치 않는 명탐정이 된 오레키는 자기 능력에 대해 회의하면서도 슬그머니 자신감을 갖게 되는데, 그 결과가 바로 시리즈 제2편인 『바보의 엔드 크레디트』(권영주 옮김, 엘릭시르, 2013)의 결말이다. 오레키뿐 아니라 후쿠베 사토시나 이바라 마야카, 심지어 지탄다 에루 같은 다른 고전부원들도 시리즈를 통해 자신에게 가능한 일과 가능하지 않은 일을 알아나간다.

사춘기 특유의 자의식은 이 책 『안녕 요정』에서도 찾아볼 수 있다. 원래 '고전부' 시리즈 제3편으로 쓰였던 『안녕 요정』은 출간되지 못할 위기에 처한 것을 출판사를 옮겨 전면적으로 개고, 출간되었다는 사연이 있다. 성격이라든지 위치 관계, 역할 분담은 다르지만 등장인물이 남녀 고등학생 네 명인 것도 아마 '고전부' 시리즈의 흔적일 것이다. 어느 비 오는 봄날 그들 앞에 나타난 이국(원래는 가공의 나라였는데, 개고하면서 유고슬라비아로 바꾸었다고 한다)의 소녀 마야와의 만남을 통해 그들은 자신들에게 그저 당연하기만 했던, 의식해본 적도 없는 '일상'을 재발견한다. 그 과정에서 주인공 모리야 미치유키는 자신과는 너무나도 다른 현실을 살고 있는 마야와 그녀가 상징하는 바깥 세계에 대해 강한 동경심을 품고 그에 손을 뻗으려 한다. 자신의 손은 닿을 것이라 확신하고 있다. 하지만 결국은 작가의 여러 다른 등장인물들과 마찬가지로 자신의 현실을, 한계를 더없이 참담한 방식으로(심지어 2단 콤보로) 깨닫게 된다.

소시민으로 살겠다는 고바토의 좌우명조차 사실 따지고 보면 자의식의 발로다. 이는 에너지 절약주의를 표방하는 오레키, 데이터베이스를 자임하는 후쿠베의 경우에도 마찬가지다. 그들은, 우리는 그렇게 계속해서 세계와 타인에 대해 자신이 선 자리를 가늠하며 자기 인식을 조정하는 것이고, 그렇게 해서 세계와 타협해나가는 것이다. 그 과정은 물론 이루 말할 수 없이 불안정하고 아프다. 그 아픔을 가장 극명하게 그린 작품이 아마도 『보틀넥』(권영주 옮김, 엘릭시르, 2014)이 아닐까. 작가의 여덟 번째 작품으로 2006년에 나온 『보틀넥』

은 요네자와 호노부 자신이 그때까지 써온 청춘 미스터리를 총괄하기 위해 썼다고 명언하는 작품이다. 다른 작품의 등장인물들과는 달리 『보틀넥』의 주인공 사가노 료는 철저한 '무능감無能感'에 사로잡혀 있다. 애인의 죽음, 형의 죽음, 최악의 가정불화. 자신을 둘러싼 온갖 불행을 그는 모두 어쩔 수 없는 일로 받아들인다. '어쩔 수 없는 일은 받아들이는 수밖에 없다'가 그의 입버릇이다. 이 같은 '무능감'은 '전능감'과 결코 대척점에 위치하는 것이 아니다. 오히려 '전능감'과 '무능감'은 동전의 양면 같은 관계다. 그러나 애인이 떨어져 죽은 절벽에서 사고를 당한 그가 가게 된 또 하나의 세계, 자신이 아니라 이쪽 세계에서는 태어나지 않은 누나가 있는 평행세계(그렇다, 『보틀넥』에는 무려 평행 세계가 등장한다)에서 그가 점차 알게 되는 잔인한 진실은 그의 현실 및 자기 인식을 거세게 뒤흔든다.

지금은 청춘 소설의 범주를 벗어난 작품도 많이 쓰기에 이렇게 불리는 일이 별로 없어졌지만, 몇 년 전까지만 해도 일본에서 요네자와 호노부는 종종 '청춘 미스터리의 기수'로 불렸다. 그것은 일단 그가 이처럼 사춘기 특유의 오만함, 좌절, 불안, 아픔을 등신대로 그려내기 때문일 것이다. 그러나 여기서 특기할 것은, 그의 청춘 미스터리가 단순히 청춘 소설+미스터리가 아니라는 사실이다. 요네자와 호노부는 미스터리의 축에 또 하나의 축을 접목시켜 미스터리의 결말이 또 한 축의 결말과 포개지는 구조를 선호한다고 한다. 작품 활동 초기에 그가 선택한 또 한 축이 바로 '청춘'이다. 사가노 료는 평행 세계의 누나 사키와 함께 두 세계의 '틀린 그림 찾기'를 하면서 지금까지 몰랐던, 혹은 알려 하지도 않았던 자기 쪽 세계, 그리고 무엇보다도 자기 자신에 대한 진실을 알게 된다. 그 진실은 료 앞에 매우 무거운 선택을 들이댄다. 또 『안녕 요정』에서 모리야는 전쟁이 벌어진 유고슬라비아로 돌아간 마야의 안부를 걱정해 그녀와의 추억에 비추어 그녀의 고향을 밝혀내려 하는데, 그것은 결국 자신의 미숙함, 안이함을 깨닫는 결과로 이어진다. 수수께끼를 풀어나가는 과정이 곧 자기 인식의 조정으로 연결되는 셈이다.

재미있는 것은 작가의 미스터리라는 장르에 대한 확고한 애정에도 불구하고 그에게 미스터리가 만능이 아니라는 사실이다. 개인적으로 미스터리의 매력은 일차적으로 수수께끼의 존재에, 그리고 수수께끼가 풀리면서 모든 게 말끔하게 해결되고 질서가 회복되는 데 있다고 생각한다. 극단적으로 말하자면, 탐정이 범인을 밝혀냈으니 모든 게 제자리로 돌아갈 테고 이제 안심하고 살 수 있는 셈이다. 그러나 요네자와 호노부의 미스터리에서는 수수께끼가 풀린다고 문제가 해결되지는 않는다. 오히려 앞으로 더 큰 고민과 아픔과 노력과 결단이 기다리고 있을 것을 짐작할 수 있다. 질서 회복은 그 끝에 얻을 수 있을지도 모르는 하나의 가능성이다. 구체적인 내용은 밝히지 않지만, 『안녕 요정』에서도, 『보틀넥』에서도, 『빙과』, 『쿠드랴프카의 차례』, 『여름철 트로피컬 파르페 사건』에서도 미스터리는 그런 의미에서 무력하다. 청춘 미스터리와는 조금 다르지만 『추상오단장』이나 『부러진 용골』, 『인사이트 밀』에 관해서도 같은 말을 할 수 있겠다. '사건 해결≠질서 회복'이 비단 요네자와 호노부만의 특징은 아니겠으나, 그런 것이 이 작가의 성실함이라는 인상을 받는다(사족이지만 '사건 해결=질서 회복'인 작가가 불성실하다는 뜻은 물론 아니다). 말하자면 이야기에 대한 성실함이요, 자신이 창조한 등장인물들에 대한 성실함이다. 결코 그는 좋은 게 좋은 거지 하고 대충 넘어가거나 등장인물들에게 선심을 쓰지 않는다. 심지어 xx조차 마지막에 죽음을 맞이하기도 한다. 작가의 성실함은 이뿐만이 아니다. 생각해보면 그의 등장인물들은 다들 하나같이 성실하다. 하다못해 『개는 어디에』에 등장하는 하드

보일드 탐정 지망의 껄렁한 탐정 조수 한페마저 성실하다. 방향이 맞건 틀렸건, 행동이 옳건 그르건 그들은 모두 자신에게 성실하게 행동하고, 고민하고, 자기를 돌아본다. 그렇기에 그들의 이야기가 이토록 생생하게 읽는 이의 가슴에 와 닿는 게 아닐까. 그리고 그렇기에 비록 미스터리가 해피엔드를 가져다주지 못해도 작품을 읽고 나서 남는 느낌이 싸늘한 절망 대신 어렴풋한 희망인 게 아닐까.

'고전부' 시리즈는 일본에서 현재 고전부원 네 사람이 2학년으로 올라간 제5편 『두 사람의 거리 추정』까지 나와 있으며, '소시민' 시리즈는 봄, 여름에 이어 『가을철 밤 긴톤 사건』까지 나와 있다. 그 밖에도 『개는 어디에』 역시 시리즈에 대한 구상이 있다고 한다. 『안녕 요정』의 경우, 특이하게도 이 작품에서 고등학생이었던 모리야와 다치아라이가 성인이 된 다음을 그리는 단편들이 띄엄띄엄 잡지 등에 발표되고 있다. 또 얼마 전(2015년 가을 현재)에는 기자가 된 다치아라이가 주인공인 장편 『왕과 서커스』가 발간되었다. 국내에서는 예전에 나왔던 『봄철 딸기 타르트 사건』과 『여름철 트로피컬 파르페 사건』이 안타깝게도 품절 상태라 『가을철 밤 긴톤 사건』이 소개될 수 있을지 확실하지 않지만, 현재로서는 그것과 미발표 작품을 제외한 모든 작품이 이미 소개되었거나 앞으로 소개될 예정이다. 요네자와 호노부라는 작가가 앞으로 또 어떤 소설을 우리 앞에 내놓을지 기대되는 바다.

권영주(번역가)

권영주
서울대 외교학과를 졸업하고 대학원에서 영문학을 전공했다. 옮긴 책으로는 헬렌 매클로이의 『어두운 거울 속에』, 요네자와 호노부의 '고전부' 시리즈와 『보틀넥』을 비롯하여 『삼월은 붉은 구렁을』(제20회 노마문예번역상 수상)부터 『달의 뒷면』까지 온다 리쿠의 작품 다수와, 미쓰다 신조의 『잘린 머리처럼 불길한 것』 등이 있다.

안녕 요정

1판 1쇄 2015년 11월 5일
1판 5쇄 2022년 6월 7일

지은이 요네자와 호노부
옮긴이 권영주

책임편집 지혜림
편집 임지호 양수현
아트디렉팅 이혜경 **본문조판** 이정민 유현아 **표지일러스트** 이은미
저작권 박지영 형소진 김하림 이영은
마케팅 정민호 이숙재 박치우 한민아 김혜연 이가을 박지영 안남영 김수현 정경주
브랜딩 함유지 함근아 김희숙 정승민
제작 강신은 김동욱 임현식 **제작처** 영신사

펴낸곳 (주)문학동네
펴낸이 김소영
출판등록 1993년 10월 22일 제2003-000045호

주소 10881 경기도 파주시 회동길 210
문의 031-955-1901(편집) 031-955-3578(마케팅) 031-955-8855(팩스)
전자우편 editor@elmys.co.kr **홈페이지** www.elmys.co.kr

ISBN 978-89-546-3772-5 (03830)

엘릭시르는 출판그룹 문학동네의 장르문학 브랜드입니다.

잘못된 책은 구입하신 서점에서 교환해드립니다.
기타 교환 문의: 031-955-2661, 3580